PATRICIA HOLLAND MORITZ

Kältetod

KRISTALL-MÄCHTE Rebekka Schomberg jagt in Paris der blutbefleckten Vergangenheit ihres Großvaters nach. Währenddessen verschwindet ihr Vertrauter Freddy in Berlin spurlos. Seine Kollegen halten sich seltsam bedeckt. Während die Suche nach Freddy auf Hochtouren läuft, wird der Kulturstaatssekretär Berlins in seiner Pankower Villa erhängt aufgefunden – mit der Droge Crystal Meth im Blut. Bei der Durchsuchung des Hauses stößt Ermittler Mark Tschirner, Rebekkas Geliebter und Informant, im Computer auf einen Chat des Opfers mit einem jungen Mann. Alles weist auf einen homosexuellen Drogenkontakt hin und »Gayromeo« sieht dem verschwundenen Freddy verblüffend ähnlich. Mark versucht verzweifelt, Rebekka zu erreichen, die alles von Paris aus in den Medien verfolgt. Als ein Junge tot aus der Spree gefischt wird, nimmt der Fall eine grausame Wendung. Auf dem Höhepunkt der Ermittlungen kehrt Rebekka zurück und wird an Marks Seite mit Abgründen menschlicher Perversion konfrontiert.

Patricia Holland Moritz wurde in Karl-Marx-Stadt geboren. Sie arbeitete in Leipzig als Buchhändlerin, in Paris als Speditionskauffrau, studierte in Berlin Nordamerikanistik, arbeitete dort später als Tourneeveranstalterin und seitdem in München und dann in Berlin für ein Verlagshaus. Sie ist Bloggerin auf www.patriciahollandmoritz.wordpress.com, erhielt für ihren Roman »Zweisiedler« das Arbeitsstipendium für Berliner Autorinnen und Autoren und ist Co-Autorin der Autobiografie des Pfarrers Christian Führer »Und wir sind dabei gewesen«. 2014 startete sie ihre Berliner Krimiserie um die Ermittlerin Rebekka Schomberg. »Kältetod« ist nach »Die Einsamkeit des Chamäleons« ihr zweiter Roman bei Gmeiner.

Bisherige Veröffentlichungen im Gmeiner-Verlag:
Die Einsamkeit des Chamäleons (2014)

PATRICIA HOLLAND MORITZ

Kältetod

Rebekka Schombergs zweiter Fall

GMEINER SPANNUNG

Besuchen Sie uns im Internet:
www.gmeiner-verlag.de

Im Ehnried 5, 88605 Meßkirch
Telefon 07575/2095-0
info@gmeiner-verlag.de

1. Auflage 2015

Lektorat: Claudia Senghaas, Kirchardt
Herstellung: Julia Franze
Umschlaggestaltung: U.O.R.G. Lutz Eberle, Stuttgart
unter Verwendung eines Fotos von: © robtek – Fotolia.com
und © sattriani – Fotolia.com
Druck: GGP Media GmbH, Pößneck
Printed in Germany
ISBN 978-3-8392-1768-9

Einzelne Schilderungen im Buch beruhen auf wahren Ereignissen:

Das SS-Massaker von Tulle, Juni 1944.

Eine Mordserie, begangen von Thierry Paulin und Jean-Thierry Mathurin in Paris, 1984–1987. (Aufgezeichnet von Marie-Luise Scherer in »Die Bestie von Paris und andere Geschichten«, erschienen bei Matthes und Seitz Berlin)

Alle anderen Personen und Handlung sind frei erfunden. Ähnlichkeiten mit lebenden Personen sind rein zufällig und nicht beabsichtigt.

Ich widme dieses Buch einem mutigen Mädchen. Sie ist das beste Buch, das ich im Leben geschrieben habe - meine Tochter Emma Holland-Moritz.

Ich glaube nicht an die »böse« Natur des Menschen. Ich glaube, dass er das Schrecklichste tut aus Mangel an Phantasie, aus Trägheit des Herzens.

Ernst Toller

WAS BISHER GESCHAH

Rebekka Schomberg ist Ermittlerin in eigener Sache. Dank eines Millionenerbes von ihrem Großvater lebt sie ohne jede soziale Bindung und finanziell unabhängig. Sie wohnt abwechselnd in einem Gartenhaus am Rand von Berlin und im »Vico House«, einem exklusiven Hotel in Berlins Mitte. Die Millionen ihres Großvaters sind Diebesgut von Ermordeten aus einem Massaker, 1944 im französischen Tulle von Erich Schomberg befehligt. Aus dem Schuldkomplex heraus, das Erbe angetreten zu haben, entschließt sie sich, ein Leben in Anonymität zu führen und Verbrechen aufzudecken, die sonst nicht erkannt worden wären. Dabei hilft ihr das Talent, das auch der Kriegsverbrecher Schomberg nutzte: Mit ihrem überdurchschnittlichen Maß an Empathie kann sie sich wie ein Chamäleon an den Schauplatz eines Geschehens anpassen.

Die Häufung von Todesfällen in ein und derselben Recyclingfirma bringt Rebekka auf die Spur eines Serienmörders. An ihrer Seite ermittelt Mark Tschirner, Polizeihauptkommissar. Sein Verhältnis zu Rebekka bleibt sowohl seiner Frau als auch den Kollegen vom LKA verborgen. Nach der Aufklärung der Morde geht Rebekka zurück in ihren versteckten Alltag. Im Internet verfolgt sie seit Jahren Nachrichten zu einem französischen Kriminellen. Mathieu Ceva, zu lebenslanger Haft verurteilt, soll nach 15 Jahren entlassen werden. Eines seiner Mordopfer war Swetlana Taubman, einzige Überlebende einer jüdischen Familie aus dem Massaker von Tulle 1944. Rebekka hatte sie über Jahre finanziell unterstützt, und mit ihrer Ermordung ist die letzte Beruhigung für ihr schlechtes Gewissen, das Erbe ihres Großvaters angenommen zu haben, gestorben. In ihren Augen hat Ceva kein Recht auf ein Leben in Freiheit. Sie beginnt ihre Recherchen im Pariser Gefängnis La Santé und wartet auf den Tag, an dem er entlassen wird.

PROLOG

Frankreich – Tulle, Freitag, 9. Juni 1944

Das Mädchen lief mit durchgestreckten Beinen, wie es nur ein Kind tun kann. Ein Kind, das spielte, das den Clown mimte vor den anderen Kindern. Gelächter in der Straße, die wie die anderen Straßen und der Markt abgeriegelt war wie für ein Volksfest. Lautsprecher hingen wie Kröpfe an den Straßenlaternen. Musik und das sich überschlagende Lachen der Dolmetscherin, die französische Worte ins Deutsche übertrug und wieder zurück, mischten sich unter den Lärm.

Das Mädchen lief in seinem skurrilen Aufzug – es trug noch den weißen Schlafanzug aus Baumwolle mit Tüll, kein Wunder bei dem Vater, der sein Püppchen immer einkleidete und damit sein eigener bester Kunde war – die Straße entlang mit einem Ziel, das nur es selbst zu kennen schien. Es wandte nicht den Blick, weder nach rechts noch nach links, obwohl es auf den Bürgersteigen Dinge zu sehen gab, die das Mädchen noch nie gesehen hatte. An Laternenpfählen, Balkongittern, Bäumen und Telefonmasten hingen dicke Seile mit Schlingen. Darunter standen Hocker und Stühle, wie sie auch aus ihrem Haus geholt worden waren. Neben jedem Hocker, neben jedem Stuhl stand ein Bewacher.

Das Kind lief immer schneller, die Knie durchgedrückt, als ragten Stöcke aus den Kappen seiner knöchelhohen Schnürschuhe. Die dünnen Arme mit den kleinen geballten Fäusten bewegten sich mechanisch im Takt zu den Schritten und waren Antrieb, wie es Schaufelräder an den großen Mississippi-Dampfern waren. Von denen hörte das Mädchen jeden Abend, wenn der Vater von Huck Finn erzählte. Der wollte mit seinem Freund Jim auf dem Floß bis zur Mündung des Ohio schwimmen und von dort mit einem Dampfer den Fluss hinauf. Doch ihr Floß wurde von einem Dampfer gerammt und zerstört, bevor sie die Mündung erreichten.

Das Mädchen lief schneller. Jetzt konnte es seinen Vater sehen. Es stimmte nicht, dass er nicht wiederkehren würde. Er war da. Stand leibhaftig vor ihr. Hinter ihm stand ein Mann in einem Anzug, der ein Muster hatte von Erde und Bäumen. Der Bewacher des Stuhles, auf den der Vater jetzt stieg. Die Hände des Vaters, mit denen er immer dirigierte, wenn das Mädchen sang: »*Sur le pont d'Avignon, on y danse, on y danse, sur le pont d'Avignon, on y danse tout en rond …*«, und dazu auf dem Akkordeon spielte, waren hinter dem Rücken des Vaters zusammengebunden. Der Mann im Anzug bemerkte das Kind nicht, das flüsternd seinen Vater rief. Dessen Blick endete irgendwo über dem Dach der »Tivoli«-Bar, vor der eine Menschenmenge für Jahrmarktstimmung sorgte. Der Bewacher legte dem Vater die Schlinge um den Hals. Dann stieß er den Stuhl zur Seite. Aus einem Grammofon klangen Schlagermelodien. Der Blick des Vaters war nun blind wie eine gesprungene Fensterscheibe, durch die es nichts mehr zu sehen gab.

KAPITEL 1

Es ging langsam. Er roch das Holz. So viel Holz in diesem Raum, das war ihm nie so bewusst gewesen. Der Sommer begann gerade. Es mussten die Sonnenstrahlen sein, die durch die Dachfenster fielen … Sie heizten es auf, das Holz, das jetzt duftete. Es roch nach Holz in seinem Haus. Wieso hatte er das nie wahrgenommen? Das Holz … Es würde länger leben als er. Die Lilien neben der Eingangstür … Sie wären erst dann verblüht, wenn er bereits eine Woche unter der Erde lag. In seinem eigenen Sarg. Am Ende seines Lebens und am Anfang dieser unvorstellbaren schwarzen Leere. Noch ein, zwei Minuten würde sein Gehirn durchhalten und Sauerstoff aus dem Blut heraussaugen. Der Strick aus Plastik fräste sich sekündlich tiefer in seine Haut. Er spürte seine Hände nicht mehr. Seine Schultern waren schwer wie Kugellager. Es ging zu langsam. Viel zu langsam. Die Zeit, die ihm blieb, würde er nicht nutzen können. Sie war so viel wert wie ein hingeworfener Brocken Rohfleisch vor einen Verhungernden. Das Wissen um die Zeit, in der er sein Leben nicht würde retten können, versetzte ihn in Panik. Nie im Leben hatte er Zeit gehabt. Und jetzt zu viel davon. Und doch wollte er nicht, dass sie verging. Denn mit ihr ging sein Leben auf dieser Erde zu Ende. Das war nicht die Probe. Das war der Auftritt. Kein Genickbruch am Galgen, sondern langsames Ersticken, an seinem eigenen Dachbalken hängend. Krämpfe setzten ein. Das Plastikseil schnitt tiefer. Speichel lief aus seinem Mund. Ein warmes Rinnsal Blut floss aus seinem Ohr in den Kragen seines Hemdes. Seine Tränen mischten sich mit dem Rotz, der aus seiner Nase lief. Die letzten Gedanken eines Menschen, der wusste, dass er starb. Er hatte sie nun, da er kein Wort mehr sagen konnte, obwohl auf seine brechenden Augen eine Kamera gerichtet war.

KAPITEL 2

Dicke Vorhänge dämpften das Licht im Zimmer. Straßenlärm drang durch den Fensterspalt. Unten in der Torstraße ging das Leben seinen Gang und brauchte sie nicht. Rebekka Schomberg hielt das für ein gutes Gefühl.

In ihrem Zimmer im »Vico House« lief permanent der Fernseher. Sie stellte ihn laut: Schmacke, Bundestagsabgeordneter und Sprecher einer Arbeitsgruppe, saß vor einer Runde Staatsdiener, die sich »Untersuchungsausschuss« nannte. Schmacke wiederum hatte vor kurzem selbst einem Gremium vorgesessen, das sich mit der Aufklärung rechtsnationaler Straftaten befasste. Das indessen war notwendig gewesen, weil die eigentlichen Ermittlungsbehörden Polizei und Staatsschutz in einer Mordserie falsch ermittelt hatten. Hier und jetzt aber ging es um den Verdacht von Kinderpornografie, zu dem sich Schmacke äußern sollte.

Rebekka rückte näher an den Bildschirm. Mit zunehmendem Unglauben bemerkte sie die Verwandlung des Verdächtigen in den Aufklärer. Die eben noch Verhörenden wurden nun von ihm verhört, und der Auslöser dafür war das Totschlagargument schlechthin, das ein noch so ekelhaftes Verbrechen in den Schatten der Fragen stellte: Wer hat was und wovon wann gewusst? Wer hat wem was wann gesagt und warum?

Männer saßen da und zupften verlegen an ihren Hemdaufschlägen. Der ursprünglich Befragte fuhr gnadenlos fort, Fragen zu stellen. Die Männer schraubten weiter an ihren Manschettenknöpfen, betrachteten Wanddekorationen und Stuhllehnen, wahlweise auch die Unterlagen ihres Sitznachbarn.

Rebekka wollte nicht glauben, was sie sah und hörte. Sie rieb sich die Stirn. Wer in diesem Land gestern noch auf Kinder wichste, konnte bei seinem eigenen Verhör auf die Ermittler spucken, und zwar von ganz oben. Rebekka stellte den Ton aus. Sah nur noch bewegte Lippen, das genügte ihr.

Rebekka schaltete ihren Laptop ein, stellte den Wasserkocher an, legte ein Nudelquadrat in eine Schüssel und eine Schreibe Käse daneben. Ein kleiner Luxus der Anspruchslosigkeit. Das exklusive »Vico House« bot alles, und das 24 Stunden am Tag. Nur keine chinesischen Nudelsuppen für 49 Cent und mit wahlweise Krabben oder Schwein in Pulverform zum Darüberstreuen.

Sie hörte dem Wasser beim Kochen zu und wusste, alles, was sie jetzt tat, diente ihr als Aufschub. Sie goss das brodelnde Wasser in die Schüssel, dass die Nudeln nur so knirschten. Die Käsescheibe schmolz vor ihren Augen und legte sich wie ein weiches Tuch um die rohweiße Masse. Noch zwei Minuten.

Rebekka trug die Schüssel vorsichtig zum Laptop. Dann öffnete sie die Mailbox, wie sie es in den letzten Tagen stündlich tat.

Sie wartete auf die eine Nachricht und hasste dieses Gefühl, das sie seit einem Jahr wie eine Krankheit in sich trug. Als sie auf den Computerbildschirm starrte, kam es ihr vor, als habe sie keine Vergangenheit, keine Gegenwart und keine Zukunft, sondern nur diesen einen schimmernden Moment, in dem das Warten zur Ungeduld wurde. Der Tag X rückte näher, doch Google lieferte nur selten Meldungen zu Mathieu Ceva. Hier und da ein Interview. Auch Schlagzeilen wie die, dass der Mann einer der gefragtesten Junggesellen Frankreichs war. Zeitungen druckten Fanpost ab. Liebesbriefe und verfremdete Fotos von Frauen, die den Kick wollten, das Böse zu lieben.

Mathieu Ceva war ein gut aussehender Mann. Er stammte aus der Karibik und hatte sich in den Bars am Pigalle von Frauen und Männern für Sex, Exotik und Abenteuer gut bezahlen lassen. Als einer der berüchtigtsten Mörder der französischen Kriminalgeschichte war er vor 15 Jahren ins Gefängnis gegangen. Mathieu Ceva war ein Mann, den die Haft nicht gebrochen hatte, weil er andere gebrochen hatte. Jetzt war er eine Berühmtheit. Und sein neues Leben musste er nur noch beginnen. Das Internet war voll von Bildern von ihm; Zeitungscover, die Dokumentation einer krankhaften Eitelkeit. Nur zu seiner bevorstehenden Entlassung drang nichts in jenen Äther, in dem jedes Gerücht für ein paar Stunden zur Tatsache wurde. Gar nichts.

All das hätte Rebekka Schomberg egal sein können. Sie hätte weder von ihm noch von seinen Taten erfahren. Vergilbte Zeitungsartikel steckten an der Tapete. Sie wiesen in eine Zeit, in der Rebekka in der DDR lebte und eine Stadt wie Paris so fern und unerreichbar wie ein Mondkrater war. Sie verfolgte die Geschichte seit Jahren, und nun wurde sie verfolgt von der Geschichte.

Rebekka lehnte sich zurück. Sie stellte die Musik laut und schloss für einen Moment die Augen.

Hélène Grimaud. Brahms' Klavierkonzert Nummer 1. Der Klang und die inneren Bilder, die vor Rebekka erschienen, waren so schön, dass es wehtat. Und obwohl es taghell war, wurde es um sie herum plötzlich dunkel. Rebekkas Erinnerungen hatten immer mit Dunkelheit zu tun.

In der Nacht, in der Mathieu Ceva und Paco Bertrand ihren ersten Mord auf dem Montmartre begingen, fiel in Berlin gerade die Mauer. An jenem 9. November hatte Rebekka mit ihrer Mutter bei Rotkäppchen-Sekt und Salzstangen vor dem Fernseher in der Wohnung in Marzahn gesessen.

»Jetzt möchte ich sie alle sehen, die Heinis«, säuselte ihre Mutter angetrunken, »den Parteisekretär, der deinen Vater bekniete, weil der noch ohne Parteibuch auf seiner Liste stand …«, sie stopfte sich Salzstangen in den Mund, »und das in der Forschung!«, äffte sie die Stimme des Mannes nach, »bin mal gespannt, wo sie jetzt bleibt, die Forschung, wenn auch noch die Letzten durchs offene Gartentor verschwinden. Die im Westen können ja jetzt schon eine eigene SED aufmachen, bei all den Parteinasen, die abgehauen sind und noch abhauen werden.«

Rebekka schaute ihre Mutter an. Eine attraktive Frau von Mitte 40. Monika Schomberg bemerkte nicht, dass sie von ihrer Tochter beobachtet wurde. Sie konnte es nicht bemerken.

Ihre Gedanken verstellten ihr den Blick, auch den auf ihre Tochter, die nun neben ihr saß.

Die Mutter trank weniger als früher, doch die Verbitterung der letzten Jahre hatte Falten in ihr Gesicht gefräst und würde dort verharren, wenn sich nicht bald eine neue Tür auftat. Die offene Mauer war keine Option.

Der Brief von Erich Schomberg hatte zwischen ihnen auf dem Küchentisch gelegen und markierte den Graben, der sich zwischen Mutter und Tochter auftat. In dem Brief beschrieb Rebekkas Großvater ein verstecktes Konto auf der Commerzbank in Westberlin. Sein Sohn sei zu jung gestorben, um ihn zu beerben, daher solle nun Rebekka das Beste draus machen, und sie solle nicht alles glauben, was die Leute nun nach dem Ende der »Ostdeutschen Demokratischen Republik« hervorkramen würden. Er habe sich zumindest immer korrekt verhalten, sowohl im Krieg als auch im Frieden. Rebekka solle niemandem etwas von dem Brief erzählen und das Erbe im wahrsten Sinne des Wortes für sich behalten.

Erich Schomberg besaß ein Vermögen, das Vermögen eines jüdischen Tuchmachers, den er selbst zum Galgen geführt hatte. Mit der notwendigen Gerissenheit war es ihm gelungen, das Raubgut als Spareinlage eines Biedermanns zu verschleiern und über zwei Regimes hinweg zu retten. In dem Brief, den seine Enkelin nun in den Händen hielt, stand Erich Schombergs Letzter Wille. Es war der Letzte Wille eines Menschen, auf dessen Fingerzeig hin andere Menschen gequält und getötet worden waren. Dieses Wissen um ihren Schwiegervater hauste seit Jahrzehnten im Verlies von Monika Schombergs Gedanken, dort, wohin sie auch die Trauer um ihren Mann verbannt hatte, der am Tag von Rebekkas Geburt tödlich verunglückt war. Doch an jenem Abend schilderte Monika Schomberg, was sie von ihrem Mann über die Verbrechen des Erich Schomberg erfahren hatte. Sie hatte den verhassten Schwiegervater zum letzten Mal auf der Beerdigung ihres Mannes gesehen. Dieser Verbrecher, wiederholte sie ständig, war zudem ein hochgefährlicher Mitläufer, immer in dem System, das gerade herrschte. »Immer ganz den Umständen angepasst. Wie dein Chamäleon!«

Rebekka ignorierte den Vergleich, der das Talent ihres Haustieres mit der Arglist ihres verbrecherischen Großvaters gleichsetzte. Knapp 10 Jahre lang hatte Rebekka mit einem namenlosen Reptil in ihrem Kinderzimmer zusammengelebt und dem Tier mehr von sich anvertraut als ihrer eigenen Mutter.

»Mach es wie ich und halt dich fern von diesem Mann und seinem Geld.«

Rebekka wusste, wie mit verweigerten Erbschaften umgegangen wurde. Das Geld landete in der Staatskasse und würde genau die Bonzen weiterfinanzieren, die auch nach dem Mauerfall auf ihren Sesseln sitzen blieben. Dieselben Leute, die einen Erich Schomberg für seine Linientreue gedeckt hatten.

Rebekka schüttelte energisch den Kopf. »Das Geld werden wir behalten. Und ich weiß auch, was wir damit machen.«

Monika Schomberg war in den sogenannten besten Jahren und hatte eine Tochter von Anfang 20, die ihr wenig Sorgen bereitete. Bis zu diesem Tag, an dem Rebekka jene schwerwiegende Entscheidung getroffen hatte. An diesem Tag war Rebekka um sechs Millionen D-Mark reicher, und die Beziehung zu ihrer Mutter zu Ende. Monika Schomberg zog sich von ihrer Tochter zurück, und Rebekka lernte, sich an diese Variation des Lebens zu gewöhnen.

Hélène Grimaud. Brahms' Klavierkonzert Nummer 1 tat ihr immer noch wohltuend weh. Stundenlang hätte sie so liegen und sich treiben lassen können in ihrer Welt, in der es die Parameter aus Erwartungen anderer Menschen nicht gab. Doch sie wusste, dass jeder Aufschub irgendwann in Panik gipfelte. Sie setzte sich an ihren Laptop und öffnete das E-Mail-Postfach.

KAPITEL 3

Dieses Zeug war eine Offenbarung. Es trennte Charaktere in Weizen und Spreu.

Die wenigsten bekamen es so in den Griff, wie sie es tat. Fein dosierte Mengen, sauber inhaliert, punktgenau zu festen Zeiten, das war die Formel für Glückseligkeit. Hier entstand es, jenes Gefühl, es mit der ganzen Welt aufnehmen zu können. Auf ihren Partys traf sich der Gerüstbauer mit dem Immobilienmakler, der Stoff machte sie einander gleich, reduzierte sie auf den perversen Kern jenseits der Einschränkung durch Moral. Die Einzigartigkeit jener Nächte hatte sich herumgesprochen. Sie musste Leute zurückweisen, auf das nächste Mal vertrösten. Diese Stadt war schon so prall von Events, und doch wurde offenbar noch nicht genug geboten. »KitKat-Club« und »Berghain« waren müde Bingo-Kaschemmen gegen ihren Salon.

Andere Stoffe hatten das Zeug zum Töten. Dieser hier nicht. Sauberes Badesalz, abgepackt als Partydosis für die Hosentasche. Viagra für den Kopf. Es wurde gesnifft, geslammt, geraucht. Sie selbst nahm es am liebsten mit ihm zusammen. Sie machten »Clouds«, wenn sie an der Glaspfeife zog, oder sie zog allein an der Pfeife, hielt ihm die Nase zu und atmete in seinem Mund aus. Viermal, fünfmal, bis er den ultimativen Kick bekam. Dann reckte er seinen Arm nach oben, der tätowierte Schriftzug »Jennifer« vibrierte nur so auf seiner Haut, und er zeigte die Faust, Daumen und kleinen Finger abgespreizt. Dann hatte ihn Satan für die nächste Stunde. Dann sah er sie nicht mehr. Dann war sie endlich allein. Gab sich in aller Ruhe ihrem Rausch hin, der sie zu Höchstleistungen brachte, nicht wie der kinnbärtige Fettsack an ihrer Seite, der in seinem Größenwahn auch noch glaubte, sie liebe ihn. Sie wusste das Geschenk dieses Trips, die Euphorie des Moments, zu nutzen. Sie setzte sich an ihren Computer und machte da weiter, wo sie zuvor lustlos aufgegeben hatte.

Sie war vor ihm sicher. Andere waren es nicht. Er fühlte sich denen überlegen, die sich nicht wehren konnten, weil sie betäubt, halb tot oder noch Kind waren. Oder alles zusammen. Er war nicht pädophil. Der Stoff setzte Fantasien frei. Keiner der Männer, die zu ihren Partys kamen, war pädophil oder sodomitisch veranlagt. Und trotzdem wurden es mehr und mehr, die ihnen von Woche zu Woche folgten, von Party zu Party, und wer schon in der Warteschlange stand, war so gut wie drin im Inner Circle der Jünger dieses schönen, grausamen Spiels. Es genügte, wenn sie »dad & son« inserierte. Ein ebensolcher Magnet waren die Buchstaben »YNG«. Den größten Ansturm gab es bei »K9«, weil man Sex mit Tieren so wenig kriminell fand wie ihren Verzehr. Normalos waren die schlimmsten Böcke. Ihre Vorbilder saßen in der Regierung. Dort bekam ein mutmaßlicher Freund von Kinderpornos Schützenhilfe von einem Crystal-Junkie. Deutsche Männer auf Pervitin. War es erst im Blut, spuckte der Stoff am Ende ein anderes Wesen aus. Sie waren keine primitiven Kinderschänder. Hatten selbst Kinder und Frauen. Sie brauchten das alles nicht. Zu den Partys kamen sie doch erst einmal nur, um zu schauen. Vielleicht sogar zuzuschauen. Oder um verdeckt zu ermitteln. Am besten fand sie jene, die nur recherchieren wollten und das auch noch behaupteten, während ihnen der Geifer schon aus dem Mund floss. Egal, was sie sagten, am Ende war es immer das Gleiche. Ein Kind war kaputt. Ein neues musste her.

Ihr vertrauten die Kleinen sofort. Seit der Umschlagplatz Warthestraße in Neukölln aufgeflogen war, musste sie sich jedoch neue Quellen suchen. Zielstrebig und impulsgesteuert wie eine Ratte zog sie ihre Kreise immer enger, meist im Morgengrauen der harmlosen Wochentage, die im schützenden Schatten der schillernden Nächte des Wochenendes ruhten. Noch nahm niemand die Gefahr der Droge ernst. Bei der Polizei wunderte man sich lediglich über die hohe Anzahl an Toten in der Nacht zum Montag. Typen, die glaubten, auf Crystal fliegen zu können wie ihre Daddys einst auf LSD. Nur, dass Papa beim Wacken Open Air maximal vom Baum gefallen war. Die Jungs heute mussten auf S-Bahnen, Brücken und Hochhäuser klettern, um abheben zu können.

Die Sorglosigkeit der Bullen war faszinierend. Von einer Modedroge war die Rede, als würde der letzte Schrei aus Paris präsentiert. Dabei war es der erste Schrei einer überforderten Gesellschaft aus Workaholics, Spätgebärenden und Karrieredienern, nur dass ihn da draußen niemand hörte, diesen Schrei. Auch zur Partydroge wurde der Stoff gern geadelt, dabei lag er längst in den Schreibtischschubladen, und das nicht nur bei Abgeordneten des Bundestags. Der Lernstoff ganzer Semester wurde zusammen mit Crystal ins Hirn gesogen. In kranken Zeiten wie diesen war der Stoff so effektiv, wie er es schon als »Panzerschokolade« in den Weltkriegen war. Keine Überseeplantagen und Kuriere, die an ihrem Mageninhalt krepierten, sondern Labors kleiner Pseudochemiker produzierten in Tschechien, was bereits die halbe Republik zum Dopingsünder machte. In der anderen Hälfte war immer noch von einer Randerscheinung die Rede. Dieses Handlungsvakuum war ihre Chance. Der große Kuchen stand auf dem Tisch. Ein Messer lag bereit. Und noch war sie allein im Raum. Hier gab es nichts zu teilen, denn der Idiot an ihrer Seite wusste nicht mal mit Besteck zu essen. Diese Sache zog sie ganz alleine durch. Und das Geschäft lief schon jetzt ganz ordentlich: Der Durchschnittstyp slammte fünfmal in 24 Stunden. Ein Slam waren 0,2 Gramm, und so verbrauchte jeder User im Schnitt »Tina« zu 150 Euro. Bei 20 Partygästen zweimal die Woche je 3.000 Euro. Dafür lieferte sie gern Qualität vom Allerfeinsten.

Es waren Schlüsselszenen aus »Breaking Bad« gewesen, die ihr die Augen geöffnet hatten. Bei einem Treffen auf einem Schrottplatz lässt Highschool-Chemielehrer Walter White sich für vier Pfund Methamphetamin im Voraus bezahlen, hat anschließend aber Probleme, die Lieferung einzuhalten, da das für die Herstellung notwendige Pseudoephedrin aufgebraucht ist. Daraufhin brechen er und sein junger Gehilfe Jesse Pinkman in einer Chemikaliengroßhandlung ein und stehlen ein ganzes Fass Methylamin. Bei einem erneuten Treffen auf dem Schrottplatz nimmt Drogenhändler Tuco zufrieden die Lieferung entgegen. Er zieht sich eine Fingerkuppe davon in die Nase. Aus nichtigem Anlass schlägt er anschließend im Meth-Rausch seinen Handlanger No-Doze tot. Das Zeug war nicht nur sauber, es war rein.

Was ich wohl alles machen kann, die Kraft in mir treibt mich voran. Was hinter mir liegt, ist vorbei. Endlich frei … In voller Lautstärke hörte sie diesen Song immer wieder, und war er zu Ende, spielte sie ihn von vorn. *Es ist Zeit, nun bin ich bereit! Und ein Sturm zieht auf. Die Kälte, sie ist nun ein Teil von mir …*

Sie war die Eiskönigin. Und wer sie berührte, wurde so kalt wie sie selbst.

KAPITEL 4

Beim Blick auf das E-Mail-Postfach schlug Rebekkas Herz höher, und die kleine innere Uhr mit dem Zeitzünder lief schneller.

Die E-Mail enthielt den Link zu einer Videosequenz des Fernsehsenders TF1. Sie klickte ihn an und wurde auf einen Nachrichtenbeitrag vom Vorabend geführt. Die Meldung ließ Rebekka zusammenzucken. Und nur ganz allmählich stellte sich jenes Gefühl der Erleichterung ein, auf das sie schon so lange wartete.

Der Serienmörder Mathieu C. wird nach 15 Jahren aus der Haft entlassen. Der ehemalige Komplize von Paco B., beide auch die »Mörder der alten Damen« genannt, verlässt in den kommenden Tagen und unter höchster Geheimhaltung Paris in eine nicht genannte Region. Seine Taten beging C. zusammen mit seinem Komplizen. In den späten 80er- und frühen 90er-Jahren ermordeten sie 21 Frauen, vorrangig im 18. Arrondissement von Paris. Dennoch wurde C. 1993 allein vor Gericht gestellt. Der Haupttäter B. verstarb noch vor dem Beginn des Prozesses in Haft an AIDS. C.s Versuch, seinem Komplizen sämtliche Taten unterzuschieben, misslang. Der Mord an der ehemaligen Kunsterzieherin Swetlana Taubman konnte C. persönlich nachgewiesen werden. Dennoch wurde er für alle 21 Morde zu lebenslanger Haft verurteilt, aus der er nun entlassen wird.

Danach gab sein Anwalt ein kurzes Statement ab.

Mein Mandant wird an einen geheim gehaltenen Ort ziehen und sich dort unter einem anderen Namen niederlassen. Auch er hat das Recht einer zweiten Chance. Er wird arbeiten und Steuern zahlen. Und versuchen, sich ein neues Leben …

Während der Anwalt sprach, hatte Rebekka bereits ein zweites Fenster im PC geöffnet und einen Flug gebucht. Air France ab Berlin-Tegel nach Paris-Charles de Gaulle.

Ihr blieben zwei Stunden. Das Taxi brauchte eine gute halbe davon. Sie wählte Freddys Nummer.

»Kannst du mir ein Taxi rufen und schnell beim Tragen helfen?«

»Wenn du inzwischen für Madonnas Horde die Fitnessgeräte in vier Suiten verteilst, den Belegungsplan für unser Hauskino einmal komplett umschreibst, weil sich der Vertretungsdödel in der Zeile vertan hat und nun die entsprechenden Anrufe hier eingehen, du dem Bautrupp im Seitenflügel schnell zehn Kaffee bringst und sieben davon sauber und im richtigen Maß wie immer mit Cognac aufmischst, dann kann ich in zwei Minuten vor deiner Tür stehen.«

Rebekka lächelte. Sie wusste, sie würde ihn vermissen.

»Ich brauche deine Hilfe, Freddy.«

»Das klingt schon anders«, säuselte er am anderen Ende. »Das war das Codewort, das meinen Hintern schon jetzt in deine Etage schwingt.«

Kurz darauf hörte sie das Klopfen an ihrer Tür und war erleichtert, als er eintrat, Frederik Karst, Angestellter im »Vico House« und ihr bester und genau genommen einziger Freund. Sein Blick fiel auf drei Umzugskisten.

Er lächelte sie an mit einer Mischung aus Unglaube und Bedauern, dieser große Junge in Raver-Kleidung und jenem wachen Blick, der ihn immer wie auf Drogen wirken ließ.

»Ist es wieder so weit?«

Rebekka nickte. Sie strich ihm über das blonde struppige Haar und legte die Hände an seinen Kopf, dass er ihrem Blick nicht mehr ausweichen konnte. Erst wenige Wochen war es her, dass Freddy Rebekka in Lebensgefahr gebracht hatte. Er hatte dem Falschen vertraut, einen Feind für einen Freund gehalten und wurde nun das Gefühl nicht mehr los, bis an ihr Lebensende auf Rebekka aufpassen zu müssen. Ihr Zimmer im »Vico House« war seitdem das am besten bewachte, selbst dann, wenn Madonna nebenan wohnte. Rebekkas Abreise passte nicht in Freddys Plan. Zumal er wusste, dass die Frage nach ihrer Rückkehr so sinnvoll war wie die nach dem Ziel ihrer Reise.

»Freddy! Nun schau mich nicht an wie ein Auftragskiller ohne Auftrag! Ich muss auch mal raus hier. Seit ich das Krankenhaus verlassen habe, hänge ich nur noch hier auf meinem Zimmer rum.«

»Das nenn ich klagen auf hohem Niveau!«

Im »Vico House« konnte nur wohnen, wer über ein anderes Klubmitglied aufgenommen wurde. Hier zählte eine Währung, die nur wenige auf dem Konto hatten: Aufstieg. Die eigenen Kontakte in die Geschäftswelt mussten effektiv und nachweisbar sein, und am Ende galt nur, ob etwas Sinnvolles daraus erwuchs, wenn man zu den weltweit verteilten »Vico Houses« Zugang erhalten wollte.

»Außerdem: du und ›mal raus hier‹! Das kannst du deinem Kommissar Tschirner erzählen, aber nicht mir.«

Freddy legte den Kopf schräg. Sein Blick ruhte auf dem ledernen Seesack. »Bei dem, was du vorhast, wäre ich gerne Mäuschen.«

Rebekka lächelte. »Ich lass dir wieder meine Kisten da. Wollen wir sie gleich nach drüben bringen?« Freddy bewohnte ein kleines Dienstappartement im Seitenflügel.

Er steckte seinen Kopf durch die Tür. »Das machen wir sofort. Fällt bei dem Chaos im Haus jetzt am wenigsten auf.«

»Danke, Freddy.«

Noch einmal ging sie zurück auf ihr Zimmer. Sie stellte eine Reisetasche aufs Bett und legte den leeren Seesack hinein. Dann öffnete sie die Türen ihres Kleiderschrankes, hielt kurz inne, setzte sich. Am Boden standen zwei große Plastiktüten. Eine war mit H&M-Mode für die geschäftstüchtige, im Wesen eher bemüht modebewusste Dame Mitte 40 gefüllt. Obenauf lag ein Flacon Woman Nr. 1 von Betty Barclay. Daneben klemmten Spiegel, Süddeutsche und Berliner Zeitung. In der zweiten Tüte lagen flauschige Pullis, Hosen und Röcke in allen Pastell- und Sandtönen, die die Textilpalette der Biohersteller hergab. Dazu das Cherry Blossom Spray von Bodyshop und drei Ausgaben des Schweizer Kunstmagazins »amateur«. Es war still im Raum. Auch die Geschäftigkeit auf dem Flur war einer behaglichen Stille gewichen. Sie schloss die Augen. Neu einstellen. Farbe wechseln. Der heutige Tag war unauffällig grau. Sie drehte den Ton vom Fernseher an. Die Schlagzeilen wechselten vom Untersuchungsausschuss gegen Schmacke im Bundestag zu einem Flüchtlingsdrama in Berlin und einem im Mittelmeer. Privilegiertheit verstelle die Optik und schaffe eine Aura der Unnahbarkeit – diesem Ausspruch Heinrich Bölls wollte Rebekka nicht zustimmen, doch er kam ihr wieder in den Sinn, während sie die beiden Tüten in der Reisetasche verstaute. Ihre Unnahbarkeit war weder Kälte noch Desinteresse, sondern von der Art einer Sorge, andere Menschen in ihre Einsamkeit hineinzuziehen, an einen Ort zu locken, an dem sie ihnen letztlich nichts zu bieten hatte.

Sie zog Jeans und T-Shirt aus, legte beides zusammengerollt mit in die Reisetasche und zwängte sich in einen grauen Hosenanzug.

Auf dem Nachttisch lag ein Buch. Sie hatte es ausgelesen, und wie gewohnt schrieb sie eine E-Mail-Adresse auf die erste Seite: die_vorleserin@t-online.de.

Rebekka las Bücher, die ihr begegneten, abgelegt in Hausfluren und auf Treppenstufen; auf Wühltischen, nicht unterscheidbar von den anderen in ihrem literarischen Wert. Berühmte Autorennamen ließ sie liegen. Es waren die Bücher der unbekannten und mitunter auch unbegabten, aber doch veröffentlichten Autoren, denen ihr Interesse galt. Jedes gelesene Buch wiederum gab sie dieser großen immer geöffneten Bibliothek da draußen zurück. Mal warf sie eins in einen Postkasten, ein anderes in einen Hausflur, oder sie ließ es auf einer Parkbank liegen. Nun hielt sie das Buch mit den Erinnerungen des CIA-Agenten Philip Agee in der Hand. Er hatte ein ähnliches Leben wie sie geführt. In seiner Empfindung fand sie sich wieder. Sie blätterte. *Wenn man morgens aufwacht, macht es im Kopf klick, also wer bist du heute? Es ist den ganzen Tag lang dasselbe Problem. Jemand fragt einen etwas ganz Alltägliches: Was haben Sie übers Wochenende gemacht? Klick. Für wen hält er mich? Man gewöhnt sich so sehr daran, zu lügen, dass man nach einer Weile kaum noch selbst weiß, wann man die Wahrheit sagt.*

Sie legte das Buch auf ihre Reisetasche, ging ein letztes Mal zum Spiegel. Die Veränderung wurde langsam sichtbar. Ihre Gesichtszüge wurden fest. Der letzte zweifelnde Blick war verflogen. Rebekka stellte sich auf eine Reise ein, die sie zu einem anderen Menschen machen würde. Es war ein ihr vertrauter Prozess. Diesmal fühlte er sich anders an. Ein Teil von ihr würde für immer verändert bleiben.

Sie trat auf den menschenleeren Flur und schloss die Tür hinter sich.

Als Rebekka Schomberg hatte sie Freddy vor einer halben Stunde in den Arm genommen, ihn festgehalten und ihm versprochen, sich so schnell wie möglich bei ihm zu melden.

Als Gisa Kallweit verließ sie nun das »Vico House« und wusste, dass Frederik Karst lange nichts von seiner Freundin hören würde.

Sie trug eine randlose Brille statt Kontaktlinsen. Ihre Haare hatte sie streng aus dem Gesicht geflochten und hochgesteckt. Beim Blick in den Rückspiegel des Taxis stellte sie zufrieden fest, dass dieser Stil ihr tatsächlich ein paar Jahre drauf gab. Sie sah aus wie 50.

Das Taxi drängelte sich zusammen mit der gefühlten halben Stadt über die Prenzlauer Allee zur Ostseestraße und nach Tegel, und Rebekka schaute nervös auf die Uhr.

In der Reisetasche klingelte ihr Handy. Mark.

Rebekka war versucht, ihrem ersten Impuls nachzugeben, schon allein, um seine Stimme zu hören. Vermutlich war er schon auf dem Weg zum »Vico House«, wo er auch nur von Freddy hören würde, die gemeinsame Freundin sei entflogen, im wahrsten Sinne des Wortes.

Sie ließ das Telefon klingeln und bemühte sich, dem neugierigen Blick des Taxifahrers im Rückspiegel auszuweichen.

Als der sich wieder der Fahrbahn zuwandte, nahm sie das Handy, zog die Karte heraus und legte sie in ein Seitenfach ihrer Brieftasche. Mark Tschirner wollte Rebekka Schomberg erreichen, doch die gab es für eine Weile nicht mehr. Rebekka legte das Handy zurück in die Tasche, schaute erneut zur Uhr und seufzte laut, womit sie den Blick des Fahrers gleich wieder auf sich zog. Er vermutete sicher eine von ihrem Ehemann genervte Frau auf seiner Rückbank.

»Keene Bange!« Der Fahrer setzte zu einem japsenden Lachen an. »In Tegel sind wa schnella, als Sie ›Flughafen Berlin-Brandenburg‹ sach'n könn.« Jeden Satz mit einem Schnappen nach Luft beendend, lachte er nun noch lauter über seinen eigenen Witz. »Und im Jejenteil zu dem, könn' Se von Tegel aus ooch fliejen!« Nun klopfte er sich auf die Schenkel und gab ein glucksendes Lachen von sich.

»Na, Sie sind mir ja ein lustiger Zeitgenosse.« Mehr als ein Lächeln brachte Rebekka nicht zustande.

»Hhhfffmmm«, tönte es nun aus seinem Mund wie aus einem Luftballon, und sie konnte im Rückspiegel sehen, wie der Fahrer die Karte »humorloser Gast« zog und verstummte.

Der Taxifahrer bohrte gelangweilt in seiner Nase, als Rebekka das abgegriffene Taschenbuch in das Ablagefach der Autotür zu ihrer Linken gleiten ließ.

Sie war angespannt. Doch das lag nicht an der Zeit bis zum Abflug, die synchron mit den klickenden Ziffern auf dem Taxameter verrann. Es lag an dem Käfig, der sich langsam um sie schloss, ihr nach und nach den Atem nahm und für die kommenden Stunden ihr dumpfes Gefängnis sein würde.

KAPITEL 5

Elsa schob das verbeulte Tor auf und lief über die Brache der alten Fabrik. Und da waren sie.

»Printesa! Printesa!« Die Kinder kamen ihr entgegengelaufen, schwenkten die Arme wie Propeller in der Luft, froh über eine Abwechslung wie diese. »Buna Printesa!«

Sie hängten sich an ihre Arme und ihren Rock. Wie ein Weihnachtsbaum kam sie sich vor, als sie die alte Fabrik betrat.

»Hallo, Elsa«, rief der alte bärtige Mann, als er sie sah. Er stand bei dem kleinen Lagerfeuer, das Tag und Nacht im Erdgeschoss brannte. Sie schüttelte die Kinder ab, die sich lärmend davonmachten und sie dann von der rostigen Eisentreppe aus beobachteten. Solange sie mit dem Häuptling sprach, hatten sie ruhig zu sein.

»Hallo, Rudko.« Sie schaute sich kurz um und senkte dann die Stimme. »Herrscht wieder Ruhe?«

»Nujo«, sagte Rudko. »Die Polizei war noch ein paarmal hier. Aber alles gut. Keiner von uns kannte den Jungen.«

»Jajaja!«, Elsa hob beschwichtigend die Hände. Sie wollte nichts mehr von dem Unfall hören, von dem dummen Balg, das in Panik aus der Fabrikruine auf die Straße gerannt und überfahren worden war.

»Und wie laufen die Geschäfte?«

»Oojojojoj. Nicht gut genug. Sonst wäre ich längst weg.«

Normalerweise waren an einem freien Tag wie diesem und bei diesem Wetter ein paar versprengte Touristen hier zu sehen auf ihrer Suche nach dem Morbiden. Dann wurden Fotos gemacht und Videos gedreht und denen zu Hause als ein Bild der Stadt präsentiert, wie sie noch keiner kannte.

»Heute keine Gäste?«

»Nein. Heute nur Neuankömmlinge. Noch mal 20.«

Sein Deutsch war gut genug, dass sie wusste, er hatte sich nicht in der Zahl geirrt. Zu den bereits 50 Bewohnern der Ruine waren noch mal 20 hinzugekommen.

»Hm«, sie dachte kurz nach. »Du weißt, dass ich dir nicht mehr geben kann als bisher.«

»Das macht nichts! Nici pe departe! Alles ist gut!«, wiegelte er eifrig ab.

Sie hielt ihm die Hand hin, auf der ein 100-Euro-Schein lag. Er ergriff sie und erwischte neben dem Geldschein auch die zwei kleinen Plastiktüten mit knirschenden Kristallen darin. Dann stopfte er alles in seine Hosentasche und hakte sie unter. Von dem Geld und dem Verkauf des Stoffs an die schrägen Graffitikünstler, die sich hier nächtelang austobten, könnte er wieder eine gute Woche für seine Leute überbrücken. Und wer zu seinen Leuten gehörte, bestimmte Rudko Sarközi nach wie vor selbst.

Wie eine echte Prinzessin führte er sie nun zu der Eisentreppe.

»Sterge-o!«, rief er den Kindern zu. Kreischend rannten sie die Treppe hoch in den ersten Stock.

Die Truppe der Neuankömmlinge saß noch dichtgedrängt beieinander auf dem Boden. Erst nach und nach würde sich einer vom anderen lösen, um sich umzuschauen in dem, was ihnen als ihr neues Zuhause versprochen worden war und nichts anderes war als eine kalte, feuchte Ruine. Die Graffitis an der Wand standen im bizarren Kontrast zu der traditionellen Kleidung mancher Frauen hier. Einige hockten um einen Topf mit köchelnder Suppe. Sie schauten kurz auf, als die Frau mit Rudko hereinkam.

Der kleine Trupp Kinder, angeführt von Semi, dem Mutigsten von allen, nahm schon die nächste Treppe.

»Buna Ziua!«, rief Elsa den Neuankömmlingen zu.

Rudko winkte nur ab. »Die verstehen kein Rumänisch. Das sind Bulgaren.«

»Ich dachte, ihr sprecht alle eine Sprache.«

»Wir Roma untereinander, ja. Egal, woher wir kommen. Jeder spricht Romani. Aber nicht jeder hier ist einer von uns. Nun komm.«

Im zweiten Stock der Ruine lag eine sauber gefegte Halle. Auf dem Boden Matratzen und Kinderspielzeug. Ein Dutzend Kinder tobte durch den Raum. Als Rudko plötzlich auftauchte, war Ruhe.

»Geht raus bei dem Wetter!«, rief er ihnen zu. »A juca afara!«

Jeder schnappte sich ein Spielzeug, einen Fußball, eine Puppe, und dann zogen sie mit ehrfürchtigem Blick auf Elsa und Rudko an ihnen vorbei die Treppe hinunter.

In den offenen Mauerstücken blühten Geranien, Sonnenstrahlen fielen herein. Das armseligste Leben kann das Paradies sein, wenn man sich an seiner Armut nicht stört, dachte Elsa und schaute Rudko abwartend an.

»Hier ist er nicht. Gehört ja auch nicht dazu. Er ist draußen, wahrscheinlich im Verschlag. Komm mit.«

Ächzend lief er vor ihr die Stufen hinab. Im Vorbeigehen warf er zwei Holzscheite auf das Feuer im Erdgeschoss, denn trotz des sommerlichen Tages war es hier immer feucht und kühl.

In einer Ecke des Innenhofs war eine Wäscheleine gespannt. Mit den Kleidern, Hosen und Hemden spielte der Wind. Dahinter führte eine Treppe hinab in einen Keller. Da saß der Junge.

»Mario.«

Rudko sagte den Namen wie eine Nummer, damit sie später wussten, von wem sie sprachen.

Der Junge hockte vor einem übelriechenden Müllhaufen. Daneben lag ein kleinerer Haufen, der auch nach Müll aussah. Leere gelbe Plastikeier der Kinderüberraschungen. Leere Coladosen. Zwei angebissene Sandwiches in ihren Plastikverpackungen.

»Touristen lassen das hier.«

»Verstehe«, sagte Elsa. »Wann bringst du ihn mir?«

»In zwei Stunden. Warte wieder vorne auf mich.«

»Gib ihm vorher etwas davon.« Sie zeigte auf Rudkos Hosentasche. Ihre Augen jedoch waren nur auf den Jungen fixiert. Er war wunderschön, ihr kleiner Prinz.

KAPITEL 6

Rebekka war keines klaren Gedankens fähig. Sie lief an den Flugsteigen in Berlin-Tegel entlang. Den Ausweis und ihr Ticket in der einen Hand, schüttete sie erst Schokopralinen und kurz darauf Weingummis in ihren Mund. Sie kaute hastig und der Zucker schien augenblicklich zu wirken, denn sie wurde ruhiger. Nur der kalte Schweiß klebte weiter in ihren Händen und wurde immer noch kälter. Doch das fiel niemandem auf, denn Rebekka war inmitten der Geschäftsreisenden unsichtbar.

Die Reisetasche in der Hand, zwei Tageszeitungen unter dem Arm, lief sie gezielt quer durch die Schlangen an den Schaltern, ohne im Gedränge jemanden auch nur zu berühren, legte die Tasche auf das Rollband, den Ausweis und das Ticket auf den Counter.

»Frau Kallweit?«, fragte die junge Frau freundlich.

»Ja?« Sie nahm ihre Brille ab, schaute erst auf den Ausweis in den kleinen zierlichen Händen der Frau und dann direkt in ihre Augen.

»Möchten Sie lieber am Gang oder am Fenster sitzen?«

»Oh …«, Rebekka konnte ihre Erleichterung nicht verbergen, was sie im selben Moment ärgerte. »Am Gang wäre gut.«

»Kein Problem!«, sagte die Frau am Counter mit einem warmen Lächeln.

Wenn sie diese Energie bei jedem Fluggast aufbringt, dann sind ihre Batterien am Abend leer, dachte Rebekka und lächelte. Kein Problem, hatte sie gesagt, kein Problem, wenn ich nicht selbst eines wäre.

Der Personalausweis war eine sogenannte Totalfälschung, und als solche hatte sie ihn in Auftrag gegeben gehabt. Und da immer geliefert wurde, was bestellt wurde, war dieser Ausweis aus ähnlichen Materialien erschaffen wie ein echter. Nach der kompletten Analyse war hier auch das Papier mit Wasserzeichen und Faserstruktur einschließlich Druckfarbe und Aufdrucken sowie Kunststofffolie mit Hologrammen rekonstruiert worden. Auf dem Lichtbild war Gisa Kallweit zu sehen, und die Eintragungen zu Geburtsort und Geburtsdatum stimmten ebenfalls mit denen von Gisa Kallweit, Gerichtsreporterin bei der Berliner Zeitung, überein. Der Ausweis war noch acht Jahre gültig.

Sie hatte noch ein paar Minuten Zeit. Der Gang in Tegel war zur einen Seite mit Türen zum Innenrondell des Flughafens versehen, durch die sich schnell verschwinden und in ein Taxi steigen ließ. Die Türen zur anderen Seite führten zu den Flugsteigen und damit zu dem Anblick, den sie sich bis zum Schluss aufheben musste, um nicht in Panik zu verfallen. Ihre Angst war in der Tatsache begründet, dass ihr in der fliegenden Zelle wenig Platz zur Verfügung stand und es keine Fluchtmöglichkeit gab.

So wenig es damals eine gab aus ihrem Zimmer in Marzahn.

Die Mutter hatte es nicht böse gemeint, wenn sie ihre kleine Tochter in ihr Kinderzimmer einschloss. Sie wollte ausgehen, tanzen, sich amüsieren. Die Bilder aus ihren ersten drei Lebensjahren mussten an einem tiefen Ort in Rebekkas Inneren liegen. Nur manchmal im Traum und in Situationen wie diesen krochen sie wie Muränen aus ihren Höhlen. Bilder von Händen, die sich im schweren Dunkel der Nacht an der Wand zum Schalter vortasten. Von kaltem Licht, das die Ausweglosigkeit erhellt. Von einer verschlossenen Tür. Am Ende war Angst.

Ihr Vater war am Tag ihrer Geburt bei einem Motorradunfall gestorben. Da war die Mutter zu jung gewesen, um vernünftig zu sein. Ihren eigenen Eltern war sie nie nah genug gewesen, um ihnen ihr Kind anzuvertrauen. Sie war überzeugt davon, dass es ihrer Tochter nicht guttun würde, nachts bei den Großeltern aufzuwachen und sich dann fremd zu fühlen. Sie hielt es für besser, ihr von vornherein das Gefühl zu vermitteln, auch in der Einsamkeit der Nacht geborgen zu sein.

Die Mutter ging fast jeden Abend aus, nicht weit, nur in die HO-Gaststätte »Biesdorfer Kreuz« und von dort meist noch mit zu ihren neu gefundenen Bekannten ganz in der Nähe. Damit gab sich die Mutter das gute Gefühl, immer da zu sein, wenn Gefahr drohte.

Nun war die Mutter tot. Doch die Klaustrophobie lebte in der Tochter weiter und so auch ihre Angst vor Nähe und Bindung.

Als der Flug aufgerufen wurde, ging sie zum Flugsteig, gab der jungen Stewardess lächelnd ihre Bordkarte und ging langsam durch den schlauchförmigen Gang ins Innere der Maschine. Den Mitreisenden fiel Rebekkas sonderbare Art zu laufen nicht auf – dieses vorsichtige Tasten an der Wand entlang –, da jeder bestrebt schien, das Flugzeug als Erster zu betreten, als hätten die Sitzplatznummern auf ihren Boarding-Pässen keinerlei Bedeutung mehr.

Minuten später lagen die Dächer von Berlin unter ihr und entfernten sich beruhigend schnell. Bald war sie über den Wolken, schloss die Augen und wartete auf die freundliche Stimme der Stewardess mit der Frage, was sie trinken und essen wollte. Sie streckte die Beine schräg in den Gang und stellte die Rückenlehne, so weit es ging, nach hinten. Kaffee, Tomatensaft, Wodka und ein Truthahnsandwich würden ihr über die kommende Stunde hinweg helfen. Der Rest wäre bereits der Landeanflug, und der bedeutete das Ende der Panik.

Der Platz neben ihr war frei. Rebekka stellte den Laptop auf den Klapptisch. In der Datei namens »CEVA« studierte sie noch einmal alle relevanten Informationen, die sie für ihren Aufenthalt in Paris benötigte und doch bereits auswendig kannte.

Mathieu Ceva hatte seine Strafe in Fresnes abgesessen. Zur Wiedereingliederung in das Leben in Freiheit war er in das Gefängnis La Santé nach Paris überstellt worden. Und genau damit ging ihre Rechnung auf. Hier durfte Gisa Kallweit von der Berliner Zeitung vor Ort recherchieren. Noch wenige Tage saß Mathieu Ceva hier ein. Dann würde er entlassen werden. Und dann gehörte er ihr.

In der Excel-Datei hatte sie Namen, Geburtsjahre, Todesarten und Adressen der Opfer von Mathieu Ceva und Paco Bertrand vermerkt. Auf den ersten Mord waren innerhalb von drei Jahren noch 20 weitere gefolgt, bis Ceva am Nachmittag des 1. Dezember 1992 in der Rue de Chabrol im 10. Arrondissement an einer Straßenecke dem arglosen Polizisten Francis Jacob buchstäblich in die Arme lief. Jacob konnte sein außergewöhnliches Polizistenglück nur glauben, weil Ceva sofort nach seinem Anwalt verlangte.

Die beiden jungen Männer aus Guadeloupe gingen als »Bestien von Paris« und »Mörder der alten Damen« in die französische Kriminalgeschichte ein. Bertrand war in Paris aufgewachsen, Ceva in Tulle. Rebekka würde herausfinden, ob Ceva vor dem Mord eine Verbindung zu seinem Opfer Swetlana Taubman gehabt hatte. In keinem der Fälle wurde eine solche erwähnt.

Bertrands und Cevas Lebensläufe waren nicht die von potenziellen Serienmördern. Paco Bertrand war ein begnadeter Sänger. Ein Kontertenor, der sein Talent schließlich auf Travestiebühnen verschleuderte. Mathieu Ceva war der Sohn eines Kampftauchers und hatte es aufgrund des strikten Willens seines Vaters in der französischen Armee zu einem Spezialkommando gebracht. Die Wege von Bertrand und Ceva kreuzten sich im Rotlichtmilieu des Pigalle, wo sich die beiden Männer als Kellner, Strichjungen und Bartänzer verdingten. Vier Jahre lang hielten ihre Verbrechen Paris in Atem. Vier Jahre lang führten diese nicht sonderlich hellen Jungs die Brigade Criminelle vom Quai des Orfèvres vor, indem sie den Ermittlern bei jedem Mord mindestens einen Schritt voraus waren. Montmartre, die Insel der Ruhe über dem pulsierenden Rotlichtviertel der Stadt, war eine Enklave alter Menschen und ihrer Geschichten. Seine Bewohner empfanden ihr Leben dort nicht als Recht, sondern als Glück. Ein Becken voller satter Friedfische, von dem ein verirrter Hai nur träumen kann. Bertrand und Ceva mussten sich nur bedienen. Es bedurfte weder Planung noch großen Geschickes. Hätten sie sich nicht getroffen, hätten die Frauen ihr Leben bis zur Altersschwäche oder einem Verkehrsunfall genossen. Und fasste man alle »Hätte« zusammen, ergäben sie eine bessere Welt. Doch die Welt bestand nicht aus dem, was man hätte tun können. Sie bestand aus dem, was tatsächlich getan wurde. Und leider sah sie auch so aus. Rebekka schloss die Augen. Ihre Wut richtete sich gegen Erich Schomberg, ihren Großvater. Menschen wie er waren die Wurzel des Übels. Schomberg hatte Schalter umgelegt von Leben auf Tod, und das ohne jede Berechtigung bis zu dem Tag, da er seinen eigenen Schalter bediente. Täter wie er hatten Generationen von neuen Tätern geprägt, Menschen, die ihr Wesen nach seinem Bild formten. Nur deshalb ging das Morden weiter, weil die Maschine mit der Geburt des Menschen angeworfen war und Mörder weiterleben ließ, während ihre Opfer in ihren Gräbern verfaulten. Für Rebekka war Mathieu Ceva ein Tumor, der aus dem Gewebe geschnitten gehörte, egal, wie riskant der Eingriff war. Mit dem Mord an Swetlana Taubman hatte er sein Leben verwirkt. Die Resozialisierung eines solchen Menschen empfand sie als Hohn, als das Resultat einer austherapierten Gesellschaft, die die Geister, die sie einst gerufen hatte, nicht mehr loswurde.

Sie spürte einen sanften Druck auf ihrer Schulter.

»Bitte verstauen Sie Ihren Laptop. Klappen Sie den Tisch hoch und stellen Sie die Rückenlehne senkrecht.«

Unter ihr lag Paris, das hier nur aus Lagerhallen und Autobahnen zu bestehen schien. Monsieur Ceva. J´arrive, dachte Rebekka zufrieden und ein Lächeln umspielte ihren Mund.

KAPITEL 7

Er war noch unterwegs, also musste Elsa die Party ohne ihn beginnen. Die meisten kamen hierher, bevor sie ins »Berghain Lab« zur Snax-Party mit 5.000 Männern gingen. In dunklem Ambiente aus Industriebrache und stampfenden Deep House-Klängen packte man dort seine Klamotten in einen Sack und bekam eine Nummer dafür, die mit Edding auf den Arm geschrieben wurde. Mindestens die Hälfte der Typen auf dem Berghain-Trip, die jetzt erwartungsvoll und aufgekratzt wie Hunde jeden Quadratmeter ihrer Wohnung abschnüffelten, waren Amerikaner. Des Puritaners liebstes Kind war diese Stadt fern der Heimat.

Auf einen Gast freute sich Elsa besonders. Er war heute zum ersten Mal dabei. Und wie die Dinge standen, konnte er ihr in Zukunft sehr gute Dienste leisten. Er war gut aussehend, arbeitete im »Vico House« und damit in einem Einzugsbereich, der das Ambiente ihrer Partys bereichern würde.

Es klingelte. Da war er. Etwas verlegen wirkte er noch, also drückte sie ihm erst mal eine Büchse Red Bull in die Hand.

»Cola und andere Softdrinks stehen in der Küche. Fühl dich wie daheim!«

»Äh, wie heißt du?«, fragte er, während er noch immer ihre Hand hielt.

»Ich bin Elsa, Prinzessin des Königreichs Arendelle.« Sie lachte. Seine Verlegenheit hatte ihren Reiz. Die ersten interessierten Blicke richteten sich auf den Neuankömmling.

»Ich frage nur, weil ich eingeladen wurde. Von …«, er schaute sich um, so ganz geheuer schien ihm sein Auftritt hier nicht zu sein.

Das ist echtes Frischfleisch, dachte sie belustigt und nahm seine Hand in beide Hände, um beruhigend auf ihn einzuwirken.

»Von deinem Freund ›Twinkfucker‹, richtig?«

»Du sagst es.«

»Ich weiß. Nun mach dich mal locker. Er ist schon auf dem Weg. Ich bin hier so was wie die Mutter des Ganzen. Habe gehört, du arbeitest im ›Vico House‹? Keine schlechte Adresse …«

»Und es wäre mir lieb, wenn das unter uns bliebe, Prinzessin!«

»Natürlich!«, sagte sie und war selbst betört von ihrem mütterlichen Ton. »›Twinkfucker‹ will schließlich auch nicht, dass du ihm um den Hals fällst, wenn ihr euch mal in der S-Bahn begegnet. Wir alle haben unser Leben ... da draußen, jenseits dieser verheißungsvollen Dunkelheit hier drin.« Sie zwinkerte ihn verschwörerisch an. Er fühlte sich schon besser, das war zu spüren.

»Danke für den Drink, aber habt ihr nicht auch etwas Wodka zum Mixen? Ich meine ... Ich habe eine lange Schicht hinter mir und würde mich gern etwas entspannen.«

Blutiger Anfänger, dachte sie und hakte sich auf dem Weg zur Küche bei ihm unter. »So ziemlich alles hier dient der Entspannung. Alkohol gehört nicht dazu. Die Wirkung ist nicht immer abzusehen, wenn du ihn zusammen mit Tina nimmst. Und du möchtest Tina doch heute kennenlernen, oder?«

Das wollte er. Er schlich nun schon so lange um dieses Zeug herum, dass er zum ersten Mal einer Einladung zum Slammen gefolgt war. Er musste zumindest wissen, was dieses Zauberkraut mit ihm machte, schon allein um mitreden und – wenn es gut lief – mitfühlen zu können.

Sie kannte diesen verunsichert neugierigen Blick der Jünger, die sich herantasteten wie junge Welpen an das erste Spielzeug. »Ach so, bitte gib mir dein Handy und auch deinen Laptop.« Mit einer Kopfbewegung deutete sie auf seine Umhängetasche. »Nicht, dass du noch auf die Idee kommst, unser Treffen bei Cam5 einzustellen. Auch Facebook und Twitter sind keine guten Portale für Partys wie unsere, wenn du verstehst, was ich meine.«

Mürrisch holte er Laptop und Handy heraus.

»Keine Angst, kannst du dir danach wieder abholen.« Sie öffnete eine Schublade und legte beides hinein. »Nun zu Tina. Möchtest du dich beteiligen?«

»Ja.« Er zog einen Packen 10-Euro-Scheine aus der Hosentasche.

»Gut. Ich empfehle dir, gleich ein Gramm zu kaufen, damit kommst du günstiger. Ich gebe es dir für 150 Euro.«

»Dann nehme ich ein halbes für 75.«

Sie lächelte nachsichtig. »Genau das ist der Punkt. Ein halbes gibt es bei mir für 90. Ein Viertel für 70. Du kommst definitiv am besten mit einem Gramm. Damit hast du fünfmal Spaß.«

Etwas zögernd zählte er 15 Scheine in ihre Hand. Sie gab ihm ein Plastiktütchen mit weißen länglichen Kristallsplittern.

»Feinste Qualität, du wirst dich nicht wiedererkennen. Und genau darum geht es ja. Alles vergessen, was dir Sorgen macht. Danach wirst du nicht mehr derselbe sein.«

Er war sich nicht sicher, ob er das wollte. Er war immer gut drauf, war der Clown für seine Kollegen und die beste Freundin für Rebekka. Alles, was ihm fehlte, war eine echte Liebe in seinem Leben. Dabei wusste er nicht einmal, ob er zum Lieben in der Lage war. Es schien so als habe er Angst, als sei lieben eine Falle, die ihn nie wieder in die Freiheit entlassen würde.

»Ach komm«, sie nahm in tatsächlich in den Arm.

Er gab dieser unvermuteten Berührung nach. Sie war schmal und drahtig, und sie trug ein Kleid wie aus einem Theaterfundus. »Du kleine, schöne, Kurzhaarprinzessin«, sagte er plötzlich zu seiner eigenen Überraschung. Der Krampf der letzten Tage und Wochen, die Vorfreude auf ein Date aus dem Internet, hinter dem ein echter Mann zu stehen schien, in den er sich – ja! – verlieben könnte, alles fiel plötzlich von ihm ab. Wenn dieses Zeug schon aus der Plastiktüte heraus wirkte, dann war Tina seine neue beste Freundin.

Sie war froh, ihn so erleichtert zu sehen. Der Rest wäre nun ein Kinderspiel im wahrsten Sinne des Wortes. Sie führte ihn in ein plüschiges Zimmer. Tapeten wie aus den 70ern, Nierentische und Schirmlampen. Dazwischen Polster und Sessel und eine antike Chaiselongue, auf der zwei Typen knutschten.

Er wurde gleich von einem Holzfällertypen in Empfang genommen. »Hey, I am Marcus, how are you? Did you try this before?«, fragte der und zeigte auf das Päckchen in Freddys Hand.

Freddy schüttelte den Kopf.

»May I help you?«

»Yes, gerne.«

Sie mussten beide lachen und hockten sich auf zwei Sitzkissen an einen flachen Tisch. »First one to slam or to sniff?«

Freddy ekelte sich vor Spritzen. Nie wusste man, worin die Nadel zuvor gesteckt hatte.

»Kannst du denn eine Spritze setzen?«, fragte er nun in der Hoffnung, der Typ habe mit seinem Englisch nur kokettiert und würde ihn schon verstehen.

»Ich bin Krankenpfleger«, antwortete Marcus, und der amerikanische Akzent erinnerte Freddy an Bruce Darnell. »Das habe ich auch in mein Profil geschrieben, seitdem bin ich ein sehr gefragter Partygast!« Er lachte rasselnd. »Warte hier.«

Zwei Minuten später war Marcus mit einer aufgezogenen Insulinspritze wieder da und legte die Plastiktüte, die noch genügend Kristalle für weitere Trips enthielt, vor Freddy auf den Tisch.

»Steck das ein. Du glaubst nicht, wie schnell das sonst verschwindet.«

Freddy gehorchte und starrte unbewegt auf die Spritze in der Holzfällerhand. »Ist die sauber?«

»Na klar. Es steht noch eine 100er-Packung in der Küche, falls du mir nicht glaubst.«

Das stimmte wohl. Insulin wurde heute nur noch über Pens gespritzt. Nur in manchen Schöneberger Apotheken und rund um den Nollendorfplatz verstand der Apotheker, wenn man nach Insulinspritzen fragte, und nahm dann eine Zehnerpackung aus einer Hunderter heraus. Freddy war im »Vico House« für so ziemlich alles, so auch für den Vorrat an medizinischem Material, zuständig und hatte sich mit seiner Frage nach Insulinspritzen genau einmal blamiert. Der Blick des Apothekers war nicht zu missdeuten gewesen.

Marcus legte ihm ein Stauband am Oberarm an und zog es fest.

»Are you okay?«, fragte er, und Freddy wandte seinen Blick zur Seite, als er »Yes!« antwortete.

Den Einstich spürte er kaum, dafür sofort eine wohlige Wärme in seinem Kopf. Allmählich nahm sie von seiner Haut Besitz, die sich innerlich zu entzünden schien. Er begann zu schwitzen.

»Want to take your shirt off?«, hörte er seine Stimme nah am Ohr. Der Holzfäller, ein echter Mann, ein erfahrener Typ. So einen hatte er noch nie getroffen. Der war besser als die alten Heinis, die doch nur Papa spielen wollten und ihn nicht als ebenbürtig betrachteten. »Twinkfucker« konnte ihm gestohlen bleiben, er hatte gefunden, wen er brauchte.

»Ja. Zieh's mir aus.«

Er spürte, wie er rattig wurde, und alle anderen im Zimmer waren plötzlich ganz nah. Ob sie zuschauten oder selbst übereinanderhingen, er konnte es nicht mehr ausmachen, war nur noch auf den Typ neben ihm aus, der nun auch sein Hemd auszog und eine wunderbare Weide blonder Brusthaare auf einem muskulösen Oberkörper freilegte. Jetzt rissen sie sich gegenseitig die Klamotten vom Leib. In seinem Inneren tobte ein einziges Glücksgefühl. Zu allem war er jetzt in der Lage, *It's time to see what I can do, to test the limits and break through. No right, no wrong, no rules for me. I'm free!*, schrie es aus der Anlage. »Genau, NO MORE FUCKING LIMITS IN MY FUCKING LIFE!«, schrie er nun auch, und der Rest, diese wogende Masse aus Gier und Lust, stimmte ein.

Es mussten Stunden vergangen sein, er hatte kein Zeitgefühl mehr. Sein ganzer Körper war eine einzige Wunde. Seine Haut fühlte sich an wie geladen. Elsa war verschwunden. Er hielt also nach Marcus Ausschau, musste noch einen nächsten, letzten Schuss haben. Auf einem Sessel in der Ecke sah er einen Typen, der viel älter als die anderen war. Er hatte graues langes Haar und einen fetten Bierbauch unter einer Lederweste, sonst war er nackt. Er atmete schwer, reckte immer wieder seinen Arm nach oben, die andere Hand in seiner Brust verkrallt. Freddy war mit einem Mal nüchtern, suchte sein Telefon, erinnerte sich an das Schubfach. Wählte 112. Niemand nahm

Notiz von ihm oder dem Typen, der da in der Ecke um sein Leben rang.

»Verdacht auf Herzinfarkt.«

Freddy gab Adresse und Etage durch, an einen Namen an der Klingel konnte er sich nicht mehr erinnern.

»Wie viele Leute sind vor Ort?«

»Mit mir etwa … zehn.«

Am anderen Ende war es kurz ruhig.

»Waren Drogen im Spiel?«

Freddy wusste, dass sie dann die Polizei mitbringen würden.

»Nein, nur Alkohol. Davon jede Menge.«

Er biss sich auf die Lippen, spätestens, wenn sie dem Alten Blut entnahmen, würde alles auffliegen. »Und, ja … Drogen, aber nicht viel davon.«

»Nicht viel wovon? Welche Drogen wurden konsumiert?«

»Crystal.«

»Crystal Meth?«

Freddy fühlte sich wie ein Nestbeschmutzer, aber dreckiger, als es hier bereits war, konnte es durch ihn auch nicht werden. »Ja.«

»Na, junger Mann, dann bleiben Sie mal, wo Sie sind. Hilfe ist unterwegs.«

Er rannte ins Bad, warf sich einen Bademantel über und lief nach unten, öffnete die Tür, hörte bereits die Sirenen, hier in Mitte waren sie schnell, und hinter der Häuserfront leuchtete der Schriftzug der Charité. Er blockierte die Tür, rannte wieder hoch zu dem Alten in der Ecke, der mittlerweile mit blau angelaufenen Lippen auf dem Boden lag. Wer von den anderen gerade wach oder nicht am Vögeln war, schaute nur mit senilem Grinsen zu, wie Freddy den Alten halbwegs in stabile Seitenlage brachte. Mehr fiel ihm jetzt auch nicht ein. Panisch sammelte er Spritzen, Tütchen und Strohhalme ein, ließ alles in das Schubfach mit den Handys fallen. Für Crystal, das sie bereits intus hatten, konnten sie nicht bestraft werden. Er suchte die Küchenschränke nach Spirituosen ab und platzierte alles, was er an Schnapsflaschen fand, auf dem Tisch und auf dem Boden. Dann polterte es schon an der Tür. Zwei Rettungssanitäter und drei Polizisten standen plötzlich im Zimmer, einer der Ärzte schob Freddy beiseite. »Wir machen jetzt weiter«, sagte er nur. Die Uniformierten nahmen jetzt erst wahr, wohin sie hier geraten waren. Wie Zombies erhoben sich plötzlich vier, fünf halb nackte Typen, und Freddy glaubte nicht, was er sah. Voll im Rausch fingerten sie plötzlich an den Uniformen der Polizisten herum, als wäre deren Auftritt eine Showeinlage. Als der Erste vom Kinnhaken eines Polizisten krachend gegen die Wand flog, hörten die anderen auf.

»Personalien, aber flockig!«

Während sich der Notarzt über den Alten beugte, hielten die Uniformierten die Männer in Schach. Freddy stand am Rand und glaubte sich in einem Gemälde von Hieronymus Bosch. Elsa schaute durch die Tür. Sie schien etwas hinter ihrem Rücken zu verstecken und war plötzlich wieder verschwunden. Etwa zwei Minuten später kam sie zurück und betrat ihre eigene Wohnung wie ein Gast.

»Guten Abend, die Herren.«

Erst jetzt nahm sie die beiden Rettungssanitäter wahr. Sie hievten den Mann gerade auf eine Trage und platzierten eine Sauerstoffmaske auf seinem Gesicht.

»Wo sind seine Sachen?«, fragte einer der Polizisten. Elsa warf alles auf einen Haufen, was sie für die Kleidung des Mannes hielt, und pflückte einen Parka von der Garderobe, aus dem sie eine Brieftasche zog. »Hier sind seine Papiere drin.«

»Okay, wir sind dann weg.« Die Sanitäter trugen den Mann hinaus und quälten sich mit der Trage die enge Treppe hinunter.

»Gut«, sagte einer der Polizisten. Und zu Elsa gewandt: »Sie sind die Wohnungsmieterin?«

»Ja.« Sie reichte ihm unaufgefordert ihre Papiere. Der Rest ging schnell. Nach einer Ermahnung in die Runde und die Ankündigung eines Wiedersehens auf der Wache verließen die drei Uniformierten die Wohnung.

Elsas Blick überflog die Flaschenansammlung auf dem Boden. Freddy kam ihrer Frage zuvor. »Hab das nur schnell gegen Tina ausgetauscht.« Er zog die Schublade auf.

In Elsas Gesicht kehrte ein Lächeln zurück. »Du sorgst dich um deine neue Freundin. Das ist schön.« Und an die anderen gewandt: »Lasst uns die Spiele beginnen.«

Dann brachte sie den Jungen herein.

KAPITEL 8

Frank Kellermann war bereits abgehängt worden. Über seinem Körper lag eine Plane. Auf einem Stuhl an seinem Kopfende saß eine Frau im Putzkittel, die ein Taschentuch knetete.

Polizeibeamte des KDD und des Erkennungsdienstes zur Spurensicherung sowie ein Rechtsmediziner hatten gerade ihre Arbeit begonnen.

Genervt steckte Mark Tschirner das Handy zurück in die Jackentasche. Er blieb in der Tür stehen und versuchte, sich ein Bild von den Menschen zu machen, denen die Villa gehörte. Der Tote war der Kulturstaatssekretär Berlins. 43 Jahre alt. Verheiratet. Zwei Kinder. Zu Lebzeiten ein gut aussehender Mann, erinnerte sich Mark, und erst seit einem halben Jahr im Amt. Kellermann war einer, der Leuten wieder Lust auf Politik und in seinem speziellen Fall sogar Lust auf die Verteidigung der Kultur in dieser Stadt machte, der immer mehr Gelder gestrichen wurden. Die Fakten zu Kellermann hatte sich Mark auf der Fahrt zum Fundort der Leiche bereits von den Kollegen ins Gedächtnis diktieren lassen. Eines von Marks Talenten war, Gehörtes sofort filtern zu können und nur die brauchbaren Informationen zu speichern. Im Kommissariat war er der Einzige, der sich keinerlei Notizen machte. Für die Schreiberei hatte er Strobel, der ebenfalls auf dem Weg in die Grabbe-Allee war. Pankow war eine beliebte Gegend, seinen überschaubaren, aber doch für eine Stadt wie Berlin erheblichen Reichtum zu zeigen.

Marks letzter Fall hatte ihn ebenfalls regelmäßig nach Pankow geführt, zu einem Kunsthändler, der die komplette Szene wie an einem Nasenring hinter sich hergezogen hatte. Pankow war Understatement. Und offensichtlich ein Hort der Kultur, dachte Mark beim Betreten des Raumes. Sein Blick wanderte in den offenen Giebel mit Dachbalken.

Auf den hellen Vintage-Möbeln hatten die Kriminaltechniker schwarze Puderspuren hinterlassen. Ansonsten war es so sauber, dass die in den Sonnenstrahlen herumwirbelnden Staubkörner wie Dekoration wirkten. Ein großer ovaler Esstisch mit acht Stühlen stand in der Mitte. An den Wänden gerahmte Kinderzeichnungen neben augenscheinlich echter – im Sinne von teuer erworben – Kunst, vermutete Mark. Julia war auf dem besten Weg, ihn mit ihrem Hang zu Malerei und Fotografie anzustecken. Sein letzter Fall hatte sich um Recyclingkunst gedreht, die Variationen von Metall, seine Färbung, Verarbeitung und nie vermutete Ästhetik. Und nun ertappte er sich tatsächlich bei der Frage, ob das an der Wand echte Morgner-Grafiken waren oder zumindest so aussehen sollten. Bei seiner Frau zu punkten, war Mark Tschirner ein Genuss.

Die Frau, die am Kopfende des Toten hockte, knetete ihr Taschentuch zwischen ihren Händen.

»Kriminalhauptkommissar Tschirner«, sagte Mark und beugte sich leicht zu ihr herab, um ihr, so charmant das bei dieser Haltung möglich war, seinen Ausweis vor die Nase zu halten.

Sie schaute kurz darauf, dann auf Mark und schien kurz zu überlegen, ob sie aufstehen sollte.

»Bleiben Sie sitzen«, sagte Mark ruhig und zog sich einen Stuhl heran, die Leiche neben ihm erst einmal außer Acht lassend.

Die Frau schien weder beunruhigt noch aufgeregt. Sie strich nur unablässig ihren Kittel glatt, der, so befürchtete Mark, bald Funken sprühen würde.

»Margarethe Sinn. Das macht Sinn, verstehen Sie? Putzfrau im Hause Kellermann.«

Mark setzte den verständnisvollsten Blick auf, den er abrufen konnte. Etwa zwei Meter neben ihr, rechts vom Esstisch, bemerkte er eine Pfütze auf dem Parkett. Darin lag das abgeschnittene Seil, an dem der Tote gehangen hatte. Es war mindestens drei Meter lang, lilafarben und wirkte in die Nässe drapiert wie eine Kunstaktion von Ai WeiWei, bewusst deplatziert und mit einer Bedeutung versehen, die sich dem Betrachter nicht sofort erschloss.

»Einen kleinen Moment bitte, Frau Sinn.« Mark stand auf. »GELLERT!«

Erschrocken hob ein Mann im weißen Overall den Kopf. »Was brüllst 'n so, Tschirner?«

Doch Mark stand nur fassungslos neben dem, was er für eine Urinpfütze hielt.

»Welcher Schwachmat hat dieses verdammte Seil in die Pfütze gelegt? Soll das ein Experiment werden?«

»Äh, der Notarzt befürchte ich«, sagte Gellert, und den Widerwillen, einen Kollegen in die Pfanne zu hauen, merkte Mark ihm an. »Er hat den Toten schnell da runtergeholt, unten hat einer gehalten, während er das Seil am Dachbalken mit einem Teppichmesser abschnitt. Dann hat er sogar noch versucht, ihn wiederzubeleben.«

Der Notarzt, dachte Mark, Hans Günther. Er war Rechtsmediziner und Notarzt in einem, wurde also Tag und Nacht zu Einsätzen wie diesem gerufen. Man sah es seinen tief liegenden Augen an, die doch jenes energische Blitzen hatten, das Konzentration und Geistesgegenwart zeigten, mit der er bei der Arbeit war.

»Natürlich waren Wiederbelebungsmaßnahmen von vornherein sinnlos, aber bei diesem Typen machte man schon mal eine Herzdruckmassage zusätzlich, wenn du verstehst, was ich meine.«

»Ihr Promi-Lakaien!«, sagte Mark und klang etwas versöhnt.

»Na ja, und dann haben wir das Geschehen hier vorne etwas aus den Augen verloren und uns erst mal den Balken, die Treppe und den Rest des Zimmers vorgenommen.«

Mark beugte sich über die Pfütze und fächerte sich mit der Hand Luft zu. Kein Urin, kein Putzwasser.

»Stinknormales Leitungswasser«, raunte Gellert ihm zu. Hin und wieder ging Mark mit ihm auf ein Bier, deshalb gab der ihm gerne auch mal einen Tipp zwischendurch, der auf dem Amtsweg mindestens einen Tag gebraucht hätte. »Haben wir uns sofort vorgenommen. Außerdem sind die Klamotten des Toten trocken. Und …«, er hob die Augenbrauen, »so viel konnte der gar nicht mehr pissen.«

»Danke. Trotzdem noch mal zur Probe ins Labor, bitte«, sagte Mark und winkte genervt ab.

»Logisch.«

»Und könnt ihr das Seil auch noch auf Täter-DNA untersuchen, obwohl es in dieser … Pfütze lag?«

»Wir könnten das Seil auch auf DNA untersuchen, wenn es tatsächlich in Pisse gelegen hätte.« Gellert bekam wieder Oberwasser. »Was du wissen willst, ist …«

»Schlaumeier, ja! Wie sieht's aus?«, fragte Mark ungeduldig.

»DNA ist noch nachweisbar. Gab es doch einen Täter, dann hat er Spuren am Seil hinterlassen, und die finden wir.« Wie zur Erläuterung hob Gellert die Enden des zerschnittenen Seiles hoch, bevor er es in eine Plastiktüte stopfte.

»Stimmt«, sagte Mark beschwichtigt, »ich kann mich an den Fall Schröder erinnern. Der Kapitän, der als Wasserleiche in seiner eigenen Schiffsschraube hing. Selbst an ihm war noch DNA feststellbar.«

»Hmm …«, Gellert tat nachdenklich, »das muss daran liegen, dass sich auch mit dem letzten Physik-Nobelpreisträger an der Tatsache nichts geändert hat, dass sich Fett nicht in Wasser löst. Aber wir arbeiten dran.«

»Pappnase!«

»Dir auch einen schönen Tag!«

Sie klopften sich auf die Schulter, und Mark wandte sich wieder der Frau zu, die noch immer ihr Taschentuch knetete. Sie schien jedoch etwas oder jemand anderes zu betrauern als den Toten, über den sie wie gebannt hinwegschaute.

»Ich habe ihn …«, Margarethe Sinns Blick wanderte nun nach oben in den offenen Giebel, unter dem sich die Sonnenstrahlen in der Mitte berührten, »von ganz da oben herabhängend vorgefunden, aber nichts berührt, ihn schon gar nicht, sondern sofort die 110 gewählt.«

»Das war richtig«, sagte Mark. »Lag irgendetwas unter seinem Körper, ein umgekippter Stuhl beispielsweise?«

Entrüstet schaute die Frau ihn an. »Ich hab doch gesagt, ich habe nichts berührt!«

»Gut«, beschwichtigte Mark und schaute zu einer Holztreppe, die von der Wohnzimmertür aus an der Wand entlang nach oben führte bis vor eine Tür und dem einzigen Zimmer im Dachboden. Von dort oben fiel Sonnenlicht aus vier Dachfenstern in den Raum.

»Ich hab ja auch ihn erst mal hängen lassen«, fuhr die Frau fort, »ich meine, ich konnte ja sehen, dass er nicht mehr lebt. Außerdem hätte ich auch gar nicht gewusst, wie ich da hinaufkommen soll.«

»Gut, dass Sie nicht herumgeklettert sind. Umso besser können Sie mir nun sagen, wo in etwa das Seil am Balken befestigt war.«

Die Frau schaute Mark an, als habe er sie gerade gebeten, die Ermittlungen zu übernehmen.

»Aber Sie sind doch der Polizist? In meinem Job finde ich nicht jeden Tag einen, der von der Decke baumelt, und habe auch kein Metermaß zum Arbeiten dabei!«

Wie sie das Wort »Job« aussprach, zeigte Mark, dass es normalerweise nicht zu ihrem Wortschatz gehörte. Vor ihm saß eine korrekt frisierte Mittfünfzigerin mit dezentem Makeup und einer Körperhaltung, die selbst ihre Kittelschürze wie ein Kleid von Dior wirken ließ. In diesem Haus gab es Kinder, Jugendliche, mit denen sie sich offenbar gut verstand und deren Vokabular sie sich zu eigen machte.

»Er hing also frei in der Luft an dem Seil.«

»Ja. Das habe ich alles bereits Ihren Kollegen erzählt, und die haben mitgeschrieben.«

Das Protokoll des KDD würde Mark später mit den Angaben der Frau abgleichen, zu denen er sie nun behutsam bewegen musste. Der erste Schock begrub bei einem Zeugen meistens die wichtigsten Details. Nur geduldige Fragestellungen beim Abklingen des ersten Eindrucks legten Teile frei, die das Puzzle komplettierten, dozierte Mark im Stillen, bis er feststellte, dass Strobel noch gar nicht da war.

»Dann erzählen Sie es mir noch mal.« Er rückte etwas näher an die Frau heran. »Schließlich sind Sie meine einzige Zeugin.«

»Wofür?«, fragte sie sichtlich erblasst. »Für einen Mord?«

Mark sagte ruhig: »Noch wissen wir nicht, ob es sich um Mord oder Selbstmord handelt. Die Treppe könnte die Steigehilfe für einen Suizid gewesen sein. Deshalb muss ich wissen, was Sie hier vorgefunden haben. Also noch mal: Wo in etwa hing das Seil?«

Margarethe Sinn schaute auf ihre Armbanduhr. »Etwa mittig im Raum. Dort, wo die Pfütze ist. Ich dachte ja erst, das wäre …« Sie schaute Mark verlegen an.

»Urin«, beendete er den Satz mit einem Nicken. »Es ist Wasser, Frau Sinn. Dessen sind wir uns ziemlich sicher. Könnte ein Eimer hier gestanden haben, den Sie umgestoßen haben … Vielleicht beim Versuch, hier sauber zu machen … Unter Schock, versteht sich?«

»Sie denken, ich finde den Herrn Kellermann und hab nix Besseres zu tun, als meinen Putzeimer zu holen? Na, Sie sind mir ja ein Ermittler!«

Er warf einen zweifelnden Blick auf ihre Schürze, behielt die entsprechende Bemerkung aber für sich. Für dieses Detail war später noch Zeit.

»Schon gut. Also kein Eimer. Wann waren Sie denn hier?«

»Na, wie immer dienstags. Punkt zwölf.« Frau Sinn klang noch immer entrüstet. Dass die Leute immer dachten, die Polizei kenne deren Kalender schon vor dem Verhör auswendig, nervte Mark zunehmend. »Dann sind die Jungs normalerweise in der Schule und ihre Eltern auf der Arbeit.«

»Normalerweise?«

»Ja. Denn jetzt zu Pfingsten sind Frau Kellermann und ihre Söhne im Tropical Island. Sie wissen schon, diese Urlaubsmetapher in der Nähe von Berlin.«

Das war schon eher ihr Vokabular, dachte Mark und nickte anerkennend. »Die drei sind allein gefahren?«

»Ja. In der letzten Zeit waren die Dinge etwas kompliziert.« Frau Sinn schaute Mark mit einem Blick an, der ihm den Rest ihrer Ausführungen suggerieren sollte.

»Wie meinen Sie das?«

Der Gesichtsausdruck der Frau mäanderte nun zwischen Unwohlsein und Enttäuschung.

»Also gut«, lenkte Mark ein. »Sie dachten, es sei niemand zu Hause.«

»Ja. Deshalb wunderte mich, dass nicht abgeschlossen war. Ich ging vorsichtig rein und rief erst mal, ob jemand da sei. Nichts ist schlimmer, als jemanden zu stören oder zu erschrecken, der vielleicht vergessen hat, dass die Putze kommt.«

Mark wurde hellhörig. »Ist Ihnen das mal passiert? Bei den Kellermanns?«

»Nein, nein! Wo denken Sie hin?«, sagte sie aufgebracht, als habe Mark die Familie soeben des Prostitutionsgewerbes beschuldigt. »Normalerweise sind um diese Zeit unter der Woche alle außer Haus. Ich hab genau zwei Stunden.

Manchmal weiß ich gar nicht, was ich machen soll, weil alles immer so sauber ist. Ich müsste Dreck mitbringen, um hier wirklich etwas zu tun zu haben.«

Das war Mark sofort aufgefallen. Alles war geradezu klinisch rein. Dunkelbrauner Parkettboden im edlen Kontrast zu den hellen Möbeln, rosa Lilien in zwei großen Glasvasen rechts und links der Tür, die vom Wohnzimmer direkt in einen quadratischen Flur führte. Kissen und Decken und Masken im Ethno-Stil, vermutlich auch in den Ländern gekauft, aus denen sie stammten.

Genauso aufgeräumt und unversehrt wie das Haus wirkte die Frau, die Mark gegenübersaß. Der Tod ihres Arbeitgebers schien Margarethe Sinn nicht außergewöhnlich stark zu berühren.

Mark sah, dass sein Kollege Strobel hereinkam und sich kurz mit den Kollegen vom KDD und dem Rechtsmediziner besprach. Dann kam er auf Mark zu und gab ihm ein Zeichen.

»Entschuldigen Sie mich noch mal kurz!«, bat Mark die Frau, die nun immer häufiger auf ihre Armbanduhr schaute.

»Grüß dich«, sagte Strobel, »die Ehefrau müsste gleich eintreffen.« Sein Blick ruhte auf der Plane mit dem Toten darunter. Als dächte er an etwas anderes, starrte Strobel weiter auf den leblosen Körper. »Sie war völlig außer sich, sehr schwer getroffen von der Nachricht, bat mich sofort, ihre Söhne noch nicht zu behelligen. Sie bringt sie zu Freunden, will nicht, dass sie das hier sehen.«

»Das ist verständlich. Ich werde hier auf Frau Kellermann warten. Klär mich kurz auf.«

»Alexandra Kellermann ist Chefredakteurin der

Musikzeitschrift ›Neomusic‹. Die Kellermanns haben zwei Söhne, Georg und Thomas, zwölf und 17 Jahre alt.«

Die Jungs hatten schöne, stämmige Namen, dachte Mark, und dass diese Namen Hoffnung machten auf eine kraftvolle und bodenständige Generation neben all den Leons und Lucas, die für ein eigenes iPad kämpfen konnten wie eine Generation vor ihnen gegen die Atomkraft. »Okay. Ich werde mir das Haus inzwischen noch genauer anschauen«, sagte Mark. »Bitte sorg du dafür, dass der Leichnam in die Gerichtsmedizin überstellt wird. Er ist hiermit beschlagnahmt.«

»Das steht sowieso fest«, schaltete sich der anwesende Rechtsmediziner ein. Karlsberg, ein Mann so prickelnd wie schales Bier, dachte Mark jedes Mal bei seinem Anblick. »Den Bericht haben Sie eventuell schon morgen.«

»Nach den ersten Schlagzeilen also, aber das macht nichts. Ich freue mich über jede gewonnene Minute.«

Karlsberg gab ein verächtliches Schnaufen von sich. »Bis dann.«

Nach jedem Einsatz mit seinem neuen Partner und Vorgesetzten Mark Tschirner fühlte sich Strobel etwas selbstsicherer. Doch vor allem für Momente wie diesen liebte er seine Arbeit an der Seite des undurchsichtigen Heißsporns. »Das heißt, du gehst nicht davon aus, dass sich der Kulturstaatssekretär das Leben genommen hat?«

»Richtig. Und wenn doch, dann hat ihm sein Vater Staat eine Obduktion spendiert, von denen es sowieso zu wenige gibt. Noch was …«, er hielt Strobel am Arm fest, »Vorsicht mit der Info, die nach draußen geht. Vorerst darf nur von ›tot aufgefunden‹ die Rede sein. Du schaffst das!«

Strobel nickte, ging zu dem offenen Transportsarg und beugte sich darüber. Mit Schnauzer gäbe er den perfekten Doktor Watson, dachte Mark und wandte sich mit einem entschuldigenden Lächeln wieder der Putzfrau zu.

»Beschränkt sich Ihre Arbeit hier im Haus auf das Putzen?«

»Nein …«, Margarethe Sinn zögerte kurz. »Manchmal bin ich auch am Wochenende eingesprungen. Als Babysitterin.«

»Bei einem zwölf- und einem 17-Jährigen?«, fragte Mark erstaunt.

Die Frau schüttelte den Kopf. »Ich weiß, das klingt ungewöhnlich. Aber das Ehepaar Kellermann war oft gemeinsam beruflich unterwegs, gerade an den Wochenenden, meist von Freitag bis Sonntag. Ich habe dann für die Kinder gekocht und zumindest ein bisschen darauf geachtet, dass der Jüngere nicht den ganzen Tag an der Playstation hing und der Große zumindest gegen Morgen von seinen Ausflügen zurück war.«

»Dann gehören Sie ja richtig zur Familie«, mutmaßte Mark und versuchte, irgendeine brauchbare Spur in Margarethe Sinns Gesichtszügen zu erkennen. Den darauffolgenden Gesichtsausdruck der Frau speicherte Mark in seinem Gedächtnis ab.

»Zur Familie?« Sie schien kurz nachzudenken. »Nein, Kommissar Tschirner. Zu den Kindern, nur zu den Kindern gehöre ich.«

KAPITEL 9

Die Anonymität von Flughafenhotels mochte Rebekka sehr. Keine vorgegaukelte Vertrautheit, wo sich Menschen nie mehr als einmal begegneten. Im Zimmer alles pragmatisch angeordnet an seinem Platz und schon mit wenigen Handgriffen wieder fertig für den nächsten Gast.

Sie schlief sich aus und frühstückte dann ausgiebig. Gegen Mittag kaufte sie sich am Flughafen eine Telefonkarte. Mit zwei Handgriffen hatte sie die neue Karte eingesetzt und speicherte nun die vier Rufnummern ein, die sie in Paris benötigte: Taxiruf. Gefängnis La Santé. Serge Joubert. Charlene Millet.

Dann rief sie ihre Freundin an.

Charlene Millet war alleinerziehende Mutter von vier Kindern und Ehefrau eines prügelnden Mannes, der seit zwei Jahren im Untersuchungsgefängnis saß und auf seine Überstellung nach Fresnes wartete. Aber noch saß er in La Santé und ließ sich dort von seiner Frau besuchen und von den Kindern die Schulnoten vorführen. Das war Rebekkas Glück.

Von den frühen Morgenstunden an betrieb diese kleine drahtige Frau mit Pinup-Rundungen und faltigem Gesicht zur Freude der Fernfahrer von und nach Paris ein kleines Bistro auf dem Gelände der Lagerhallen von Rungis.

Charlene lachte laut vor Freude, als sie Rebekkas Stimme im Hörer vernahm. »Gisa! Ist das schön, von dir zu hören! Na klar hab ich Schluss! Ich hab immer

Schluss, wenn du fragst, wann ich Schluss habe. Lass mich nur den alten Zausel schnell bezirzen, damit er den Rest der Schicht übernimmt. Und das dauert 'ne Stunde.«

»So lange braucht mein Taxi auch.«

Dicht aneinandergebaute Wohnblocks an der Périphérique schmolzen zu einem grauen Band, so schnell jagte das Taxi dahin. Rebekka nahm das charmante Bemühen des Fahrers, sich zu beeilen, kaum wahr.

»Madame?«

Ihr Auftrag hatte keinen Auftraggeber, aber eine Notwendigkeit, so irrsinnig ihr das Ganze auch manchmal selbst erschien. Bei 21 Morden war Mathieu Ceva anwesend gewesen. Einen davon hatte er allein verübt. »Verübt« war in diesem Zusammenhang ein Wort, bei dem Rebekka übel wurde, weil es dem grausamen Tun eine so spielerische Note verlieh. Cevas Komplize war tot. Im Prozess hatte Ceva erfolglos versucht, sämtliche Schuld auf seinen verstorbenen Kumpel abzuwälzen.

»Madame!«

Akribisch hatte Ceva die alten Damen ausspioniert. Ihre Gebrechlichkeit hatte er nachgeäfft in den schmalen Straßen des Montmartre beim mühsamen und letztmaligen Erklimmen der Stufen. Sobald der stolze Gang, die leicht herablassende Art der wohlsituierten Pariserin einem verborgen geglaubten Moment der Altersschwäche wich, war Ceva auf ihrer Spur. Die Handtasche, der Beutel am Handgelenk, das Portemonnaie darin, mit dem sie gerade noch das Brot, den Schinken bezahlt hatte; alles war nun fest im Blick des Jägers.

»Madame, nous sommes lá!«

Swetlana Taubman war weder gebrechlich noch wohlhabend. Sie war zur falschen Zeit am falschen Ort, wer auch immer das festlegte. Zusammen mit ihr trat Ceva den Heimweg an.

Es war Donnerstag, der 2. April 1992, ein stürmischer und doch milder Apriltag in Paris, der mit seinem Duft von Linden und Magnolien bereits wieder einen langen Sommer versprach. Swetlana Taubman ging zurück in ihr dunkles Appartement, wo eine Nachmittagsshow im Fernsehen lief, zu der sie es immer schaffte und zu der sie es auch an jenem Nachmittag schaffen wollte.

»MADAME!«

Warum schrie sie der eben noch so freundliche Fahrer an? Rebekka kam zu sich, als sei sie gerade erwacht.

»Wir sind da! Ich gebe Gas wie ein Verrückter, und Sie lassen die Zeit hier im Auto vergehen.«

Hatte Ceva sein Opfer erst einmal für sich, stieß er zu. Am Ende lag Swetlana Taubman auf dem Boden. Ihre Hände waren auf dem Rücken gefesselt. Aus ihrem Mund trat der Schaum sich auflösender Kristalle eines Abflussreinigers.

»Merci.« Rebekka lächelte den Fahrer an. Erst jetzt nahm sie die orientalische Einrichtung seines Arbeitsplatzes mit Lenkrad wahr. Am Spiegel hing eine Gebetskette. Die Armaturen waren mit Teppichstoff umkleidet, an dem lange Fransen baumelten.

In das Gesicht des Fahrers kehrte ebenfalls ein Lächeln zurück.

»Madame, haben Sie eine gute Zeit in Paris. Und wenn Sie ein Taxi brauchen, dann rufen Sie mich direkt an.« Mit müdem Blick reichte er ihr seine Karte.

»Ganz bestimmt«, sagte Rebekka.

Rebekka sah Khaled Mulatu an, dass er rund um die Uhr Taxi fuhr. Die Hälfte der Zeit für seinen Arbeitgeber, die andere für sich selbst.

Sie bedankte sich und stieg aus.

Rebekka stand vor dem Supermarkt und schaute hinauf zu Charlenes Wohnung. Die Fenster waren noch geschlossen, normalerweise stand ihre Freundin auf dem Balkon und erwartete ihre Freundin Gisa aus Berlin mit einer Zigarette und einem Kilian's in der Hand.

Rebekka griff zu ihrem Handy.

Er ging sofort ran.

»Serge, ich bin es. Gisa.«

»Also hält dieser Tag doch noch eine Überraschung bereit! Warte kurz!«

Rebekka hörte, wie Serge Joubert sein Büro verließ und die Stufen hinunter zum Hof rannte. Der breite Gang zwischen dem Gefängnisbau und der Außenmauer zur Straße war nur für Lieferanten und Wärter zugänglich.

Rebekka hörte, dass Serge sich eine Zigarette anzündete.

»Wie geht es dir? Bist du in Paris? Warum hast du nicht Bescheid gesagt? Kann ich dich sehen, meine kleine Boche?«

Rebekka lachte. »Du weißt, ich sage nie Bescheid, und du kannst mich immer sehen.«

»Wann? Passt es dir heute? Wie lange bist du da?«

»Das hängt davon ab, wie schnell die Mühlen sich drehen, wenn du ein bisschen nachhilfst.«

»Hm.«

Rebekka hörte seine Enttäuschung heraus.

»Serge«, lenkte sie ein, »du weißt, dass wir uns nicht beim Speeddating kennengelernt haben, sondern bei meinem Besuch im Gefängnis. Und dass diese Besuche mit meiner Reportage zu tun haben. Also bitte.«

»Ich habe ja gar nichts gesagt. Also, was kann ich für dich tun?«

»Mir einen Besuchstermin bei Mathieu Ceva verschaffen.«

»Du willst gleich die großen Kaliber, oder? Tut's nicht auch ein Steuerflüchtling?«

»Nein. Und mir ist dabei weiß Gott nicht zum Lachen zumute.«

»Das wird dir auch schnell vergehen. Der Typ ist ein Fuchs. Was macht ihn so interessant, dass du mich ständig nach ihm fragst?«

»Die Mordserie war damals großes Thema in Deutschland.« Bis hierhin konnte Rebekka die Wahrheit sagen. »Vor allem, weil eins seiner Opfer die einzige Überlebende eines von Deutschen begangenen Massakers in Tulle war.« Das war nicht gelogen, aber niemandem bekannt außer ihr. Hier ließ sie etwas durchblicken, schon allein, um herauszufinden, ob etwas davon bei Ceva landen würde.

Rebekka schaute sich um. Doch das Treiben auf dem Parkplatz verschlang ihre Anwesenheit.

»Und die anderen 20 getöteten Frauen waren deshalb weniger zu betrauern?« Serge klang genervt.

»Kannst du mir helfen?«, fragte Rebekka nun direkt.

»Ich kann ihn fragen. Ihre Besuchstermine legen die Häftlinge hier selbst fest. Und ob er Bock hat, mit einer Journalistin zu reden …«

»Hat er. Ich habe Interviews von ihm gelesen«, unterbrach ihn Rebekka energisch.

»Ich war noch nicht fertig«, sagte Serge in einem Ton, den sie so an ihm nicht kannte und der ihr nicht behagte, »dass er Lust hat, mit einer Journalistin zu reden, die er dann auf dem Freigang nicht vögeln kann, ist eher unwahrscheinlich.«

Das saß.

»Dann lass es bleiben«, sagte Rebekka und legte auf. Sie konnte sicher sein, dass Serge die Nummer, die er gerade auf dem Display gesehen hatte, sofort zurückrief.

»Es war nicht so gemeint. Sei morgen früh um 10 Uhr hier. Dann weiß ich mehr. Ich melde deinen Besuch an.«

»Danke, Serge.«

Er zögerte kurz. »Bist du dir sicher, dass du ihn für deine Recherche brauchst?«

Rebekka war sich sicher, und ihr ging es alles andere als gut dabei.

»Ja. Das bin ich.«

»Ich sage das nur, weil …«

»Weil?«

»Weil sogar ich ihm aus dem Weg gehe, wann immer es mir möglich ist. Ich vermeide den Dienst in Block D bei den Halb-Entlassenen.«

»Warum?«, fragte Rebekka vorsichtig.

»Weil ich Menschen gesehen habe, die zu Tode erschrocken waren.«

KAPITEL 10

Strobel hatte den Kollegen des KDD bereits das entsprechende Zeichen gegeben, doch bevor der Sarg zum Abtransport der Leiche verschlossen wurde, hockte sich Mark neben den Toten.

Frank Kellermann war bekleidet mit Hemd und Anzug. An der Identität dieses Mannes, der hier von Strangmarken, Rotz und Blut entstellt vor ihm lag, gab es keinen Zweifel. Dieses Gesicht war selbst Mark aus der Presse bekannt. Den leicht spöttischen Zug behielt der Senator sogar im Jenseits, in das er sich gerettet hatte, vermutete Mark.

Kellermanns Beziehungen zu allen nutzbringenden Milieus waren legendär. Genau deswegen hatten die renitenten Berliner in seinem Fall immer Gnade vor Recht walten lassen und diesen Politiker für seine Fehlbarkeit geliebt. Nach zwei Jahren im Amt brachte Kellermann allerdings eine Liebesaffäre zu Fall. Seine Frau stand ihm dennoch zur Seite, selbst bei der herabwürdigenden Pressekonferenz. Als sich herausstellte, dass die angebliche Geliebte eine Prostituierte und die ganze Affäre erfunden und lanciert war, um Kellermann aus dem Amt zu befördern und seinen Nachfolger zu installieren, war der einst Geschasste längst wieder ein gemachter Mann. Kellermanns neu gegründete Messefirma »Fairtrades« hatte soeben die weltgrößte Modemesse nach Berlin geholt, als der amtierende Kulturstaatssekretär über eine Steueraffäre stürzte, die allerdings alles andere als erfunden war.

Der Regierende Bürgermeister ließ daraufhin seinen Senator fallen und holte Kellermann, seinen rehabilitierten Kompagnon aus früheren Tagen, für vorerst zwei Jahre Amtszeit und ein Jahresbudget von 350 Millionen Euro zurück. Gerade mit der Neuordnung der Liegenschaften von Berlin beschäftigt – dem Schlachtfeld der Kunstszene mit den Investoren –, wurde ihm in seinem eigenen Haus ein Strick um den Hals gelegt.

»Strobel, schickst du bitte zwei Leute in die Brunnenstraße. Sie sollen Kellermanns Büro durchsuchen und mit seinen Kollegen reden. Alles Brauchbare, wann war er zum letzten Mal im Büro, wie war er drauf, gab es Probleme etc. Ich will Bewirtungsbelege und Dienstreiseabrechnungen. Telefonlisten und seinen Computer. Und bitte auch dort noch mal nach seinem Handy suchen.«

»Geht in Ordnung«, sagte Strobel.

»Brauchen Sie mich noch?«, fragte Margarethe Sinn mit einem beinahe ängstlichen Blick zur Tür. Dass sie der Hausherrin nicht begegnen wollte, war offensichtlich, und Mark würde herausfinden, warum. Alles zu seiner Zeit, sagte er sich und drückte ihr seine Visitenkarte in die Hand.

»Bitte kommen Sie morgen um 10 Uhr zu mir in die Dienststelle. Ich habe nur noch wenige Fragen zu ein paar Details.«

»Natürlich, ich werde da sein. Sehr gern.«

Mark wandte sich an Strobel. »Seine Schuhe fehlen.«

»Und?«, entgegnete Strobel. »Er war bei sich zu Hause. Wird sie ausgezogen haben.«

»Warum dann nicht auch das Sakko?«

»Weil er …?« Strobels Gesicht war ein einziges Fragezeichen.

»… dazu keine Zeit mehr hatte. Richtig kombiniert, Strobelchen.«

Strobel verzog das Gesicht zu beifälligem Grinsen.

»Sein Mörder kam entweder mit Kellermann zusammen hier rein oder er hat hier bereits auf ihn gewartet«, fuhr Mark fort. »Die Haustür ist nicht aufgebrochen worden. Terrassentür und Fenster sind ebenfalls intakt.«

Strobel verschränkte die Arme. Das war nicht alles. Da kam noch mehr.

»Das Opfer stand in Socken auf einer festen Fläche, eine Schlinge um den Hals.«

»Woher willst du das wissen?«

»Weil ich auch ohne Obduktionsbericht erkenne, dass der Mann nicht ins Seil gesprungen ist.« Mark wies auf die gleichmäßige Strangmarke am Hals des Toten.

»Aber mit einem Strick um den Hals auf einer festen Fläche stehen, ist noch nicht tödlich.«

Strobel kannte dieses Glühen in Marks Augen, was den mit knapp 40 Jahren jungen Ermittler gewieft wie einen alten Haudegen aussehen ließ.

»Was hat es also mit der Pfütze auf sich?«, fragte Strobel.

Mark hob erneut die Plane am Fußende des Toten an und berührte die Füße behutsam und kurz mit dem Handrücken.

»Seine Socken sind nass. An den Fußsohlen.«

Mark schüttelte den Kopf, und Strobel spürte, dass seinem Kollegen die eigene Vermutung ungeheuer war.

»Das ist geschmolzenes Eis. Und jetzt bist du dran, Strobelchen.«

Strobel überlegte nicht lange. »Das Opfer stand in Socken auf einem Eisblock.«

»Richtig.« Mark überlegte kurz. »Kellermann muss während dieses langsamen Tauprozesses versucht haben, die Schlinge zu entfernen. Sogar Selbstmörder greifen im letzten Moment noch ins Seil.«

»Waren seine Hände gefesselt?«

Mark beugte sich hinunter zu dem Toten und hob die Plane an. Er schüttelte den Kopf. »Ich kann keine Spuren an den Handgelenken sehen. Wir warten natürlich noch den Obduktionsbericht ab. Als er gefunden wurde, trug er ebenfalls keine Handfesseln.«

»Der Täter könnte sie ihm angelegt und bei Todeseintritt abgenommen haben. Immerhin wollte er sichergehen, dass dies wie ein Suizid aussieht.«

»Ich sag dir, sein Martyrium musste Kellermann ertragen, den Tod vor Augen.«

»Und vielleicht auch seinen Mörder vor Augen?«

Mark nickte. »Das alles hier sieht sehr nach einer Inszenierung aus.«

»Kommissar Tschirner?«

Mark hatte die Frau nicht hereinkommen hören.

»Alexandra Kellermann.« Sie reichte ihm die Hand, schien Halt zu suchen, während ihr Blick langsam hinunter auf den Toten unter der Plane wanderte. Eine schöne Frau, schwarze Haare, voller Mund. Ihre Augen waren gerötet.

»Bitte setzen Sie sich.«

»Darf ich ihn sehen?«

»Natürlich.«

Mark hielt sie am Arm, während sich Alexandra Kellermann zu dem Toten hinabbeugte. Strobel hielt die Plane und legte sie behutsam wieder über das Gesicht des Toten, als die Frau ihre Augen schloss und sich abwandte. Mark rückte ihr einen Stuhl am Esstisch zurecht und setzte sich ihr gegenüber. Still weinend verfolgte sie, wie der Sarg verschlossen und aus dem Zimmer getragen wurde.

»Wenn Sie möchten, führen wir unser Gespräch morgen früh im Präsidium«, sagte Mark einfühlsam.

»Nein!«, sie schaute ihn direkt und fordernd an. Die Trauer war aus ihrem Gesicht gewichen. Nur noch ein harter Zug war geblieben. »Ich möchte das jetzt hinter mich bringen. Bitte.«

»Natürlich.«

»Sagen Sie mir, was ist passiert?«

»Ihre Putzfrau hat Ihren Mann gefunden. Heute gegen Mittag. Sie waren da bereits seit drei Tagen verreist. Darf ich fragen, warum Ihr Mann Sie und die Kinder nicht begleitet hat?« »Dürfen Sie. Er musste arbeiten. Er ist noch nicht lange wieder im Amt. Traf sich ständig mit Leuten, Investoren und so.« Die Frage schien ihr so vertraut wie langweilig. Sie hatte die Antwort wie vom Tonband abgespult. Nun schaute sie ihn direkt an. »Wovon reden wir hier? Was ist passiert? Ihr Kollege redete kryptisch am Telefon. Mein Mann …«

»Ihr Mann wurde erhängt aufgefunden.«

Sie schüttelte den Kopf. »Nie! Niemals hätte er sich umgebracht!«

»Das befürchten wir auch«, sagte Mark.

»Befürchten? Wollen Sie sich lustig machen?«

Mark ärgerte sich selbst über seine Taktlosigkeit. Doch die Härte im Wesen dieser Frau forderte seine Kampfeslust heraus.

»Entschuldigen Sie, aber wenn er sich nicht umgebracht hat, dann müssen wir von Mord ausgehen. Dann war es kein frei gewählter Tod.«

Alexandra Kellermann zog ihren Mantel aus und hängte ihn in aller Ruhe an den Garderobenhaken im Flur. Dann streifte sie die Schuhe ab, während sie sich im Türrahmen abstützte und Mark unumwunden anschaute. Sie schob ihre Füße in zwei Plüschpantoffeln, und Mark hätte sich nicht gewundert, wenn sie sich jetzt einen Kaffee gekocht hätte.

»Möchten Sie auch einen?«

»Äh, einen was?«, fragte Mark überrascht.

»Einen Schuss Heroin?«

»Wie bitte?«

»Also für einen Ermittler tagträumen Sie ganz schön«, sagte Alexandra Kellermann. »Ob Sie einen Kaffee möchten, habe ich gefragt.«

»Nein danke«, entgegnete Mark und beobachtete, wie Alexandra Kellermann die Spuren schwarzen Spurenpulvers von der hellen Küchenzeile entfernte.

Den Lappen in der Hand, drehte sie sich zu ihm um. Die Härte aus ihrem Gesicht war gewichen. »Wissen Sie, ich habe ihn auf eine ganz besondere Art geliebt. So etwas gibt es, dass man nicht alles gemeinsam macht, sich aber trotzdem innig liebt. Und dass man beim Tod des Partners vor Schmerz nicht gleich wahnsinnig wird, ihn aber dennoch von der ersten Minute an vermisst.«

Zwischen Wahnsinn und Vermissen kannte Mark zwar noch andere Variationen, doch er nickte. Sie hatte ihm die Tür zumindest einen Spaltbreit geöffnet, durch den er nun gehen würde.

»Dann frage ich Sie ganz direkt: Wer wusste, dass Sie mit den Kindern im Urlaub sind und Ihre Putzfrau erst heute Mittag hier sein würde?«

Sie schaute ihn ratlos an, eine erste unverstellte Regung.

»Freunde. Kollegen aus dem Büro. Die Putzfrau selbst. Ich. Meine Kinder. Die Mitschüler meiner Kinder. Meine Kollegen aus der Redaktion. Und bestimmt noch einige mehr. Es war ja kein Geheimnis.«

»Und wer kommt Ihrer Meinung nach infrage, dieses Wissen ausgenutzt zu haben?«

Die Espressomaschine zischte, Alexandra Kellermann rührte in der Tasse und trank.

»Ob mein Mann Feinde hatte, wollen Sie wissen?«

»So kann ich das auch formulieren, ja.«

Sie dachte ernsthaft nach. Es fiel ihr aber niemand ein.

»Wann sind Sie und die Kinder weggefahren?«

»Am Freitag nach der Schule. Ich hab früher Schluss gemacht in der Redaktion.«

»Haben Sie Ihren Mann am Freitag noch gesehen?«

»Nein …«, sie zögerte kurz, »das heißt, ja, ich hab ihn morgens gesehen, bevor er ins Büro fuhr. Er gab den Kindern noch einen, wie er es nannte, ›Urlaubsschein‹ in die Hand und fuhr zur Arbeit.«

»Wie wirkte Ihr Mann auf Sie an diesem Morgen?«

»Angespannt wie immer in der letzten Zeit.«

»Seit wann war er denn so angespannt?«

»Seit einem halben Jahr. Es begann mit dem Tag, an dem er den Job als Kultursstaatssekretär wiederbekam.«

»Hat er über seine Arbeit und die Probleme gesprochen?«

»Ich sage nicht, dass er Probleme hatte!«, verkündete sie mit glasklarer schneidender Stimme.

Mark ließ sich nicht einschüchtern. »Dann anders formuliert: Hat er zu Hause von seiner Arbeit erzählt? Von Geschäftspartnern oder Projekten?«

»Das kam schon vor. Wir sind ja beruflich nicht so weit auseinander.« Sie stellte die Tasse geräuschvoll in die Metallspüle. »War's das erst mal?«

»Eine letzte Frage: Wir haben einen Laptop beschlagnahmt, die Kollegen untersuchen ihn bereits«, Mark zog die Augenbrauen fragend hoch, doch Alexandra Kellermann nickte nur apathisch, »aber das Handy Ihres Mannes haben wir nicht gefunden. Er besaß doch eines?«

»Natürlich. Ein nagelneues iPhone. Gab es zum neuen Job gleich mit dazu.«

Mark zog eine Visitenkarte aus der Innentasche. »Können Sie morgen im Laufe des Tages zu mir ins Präsidium kommen?«

»Ja.« Erst jetzt schien sie den Ernst der Sache zu begreifen. »Was immer Sie noch wissen wollen, ich werde es Ihnen erzählen.«

Mark hielt ihrem nun wieder kalten Blick stand. Und das Gefühl, dass sie tatsächlich etwas zu erzählen hatte, begleitete ihn beim Hinausgehen.

KAPITEL 11

Eine knappe Viertelstunde wäre es mit dem Taxi bis zum Gefängnis im 14. Arrondissement. 40 Minuten später wäre sie zurück und hätte schon einmal die Luft dort drüben geatmet, tief reingezogen, so, wie ein Alkoholiker nach dem ersten Schluck am Morgen giert, bevor er sich auch noch den Rest der Flasche gönnt. Den würde sie sich an dem Tag der Entlassung des Serienmörders Mathieu Ceva genehmigen. Wenn er nach seiner sogenannten lebenslangen Haft das Gefängnis verließ und sich an der Schwelle eines neuen Lebens glaubte.

Rebekka schaute hinauf zur Wohnung ihrer Freundin. Sie beschloss, sie mit einem Einkauf zu überraschen und ging in den Supermarkt.

Obwohl auf dem Parkplatz aus einem Wohnwagen Pizza verkauft wurde, beugte sich Rebekka im Supermarkt über die Gefriertruhe und suchte einige Pizzen heraus, die auch den Kindern von Charlene schmecken würden. Die waren fast nur Fastfood gewöhnt und würden so mal etwas Gemüse zu sich nehmen. Rebekka kaufte Tomaten und Mozzarella, frisches Baguette und Orangensaft sowie ein paar Kilian's für ihre Freundin.

Als sie den Supermarkt verließ, pfiff ihr aus dem Wohnwagen ein beinah zahnloser junger Mann hinterher.

»Ma belle, Pizza hättest du auch hier bei mir kaufen können. Ofenfrisch und schön knackig, genau wie ich, wenn du verstehst, was ich meine!«

Dabei rieb er sich seine Hände an der speckigen Schürze ab und klatschte sich lachend auf die Schenkel.

Rebekka schaute sich um.

Er lachte und brüllte nun noch lauter. »Na? Appetit bekommen? In deinem Alter freut man sich doch, noch mal so richtig …«

»La ferme!«, entfuhr es Rebekka nun doch ein wenig lauter, als sie es gewollt hatte, »halt doch ganz einfach die Klappe!«

Feine Dame im Designeranzug. Rebekka musste kichern.

Hinter dem Wohnwagen kam nun ein alter Mann hervor.

Rebekka schämte sich, so bloßgestellt worden zu sein, und sich noch dazu auf das Niveau des Jungspunds herabgelassen zu haben, was ihr sonst als Mittel zum Zweck nichts ausmachte, sie hier aber aus ihrer Vorfreude auf einen gemütlichen Abend mit Charlene und den Kindern riss.

Der alte Mann kam auf sie zu.

»Ah, Madame ist wieder da! Charlene ist noch nicht zu Hause, ihr Auto wäre sonst hier. Bleiben Sie doch auf ein Gläschen, bis Ihre Freundin kommt.«

Rebekkas Blick wanderte langsam von ihm zu dem zahnlosen Jüngling, dem es die Sprache verschlagen hatte.

»Nun kommen Sie schon!«, legte der Alte nach und rückte ihr einen Stuhl zurecht.

Der eben noch so vorlaute Bursche hinter dem Tresen schaute verlegen in die Richtung, wo sich Rebekka und sein Chef gerade auf einen Plausch niederließen.

»Zwei Sauvignon, eiskalt und vite, vite«, brüllte der

Alte nun den Jungen an, als müsse er Rebekka oder sich selbst seine ungebrochene Herrschaft über den Parkplatz samt Pizzawagen und Diener darin beweisen. Der Junge kam nun auch beflissen wie ein Kellnerlehrling angelaufen und gab jedem ein Glas in die Hand.

»Gefällt dir dein Deutschland nicht mehr, oder warum bist du so häufig hier?«, fragte der Alte geradeheraus und deutete mit seinem Glas ein Anstoßen an.

Sie nippte am Weinglas. »Doch, doch, schön ist es dort, zumindest da, wo ich bin.«

»Wo war das noch mal? In eurer Hauptstadt? In Berlin?« Er musterte Rebekka aus zusammengekniffenen Augen.

Als sie Charlene vor zwei Jahren zum ersten Mal hier besuchte, war ihr der Alte mit seinem speckigen Haarkranz auf dem feisten Kopf und seinem ranzigen Pizzawagen sofort aufgefallen. Man kam nicht grußlos an ihm vorbei, denn er war hier der Burgherr, an dessen Position es nichts zu rütteln gab. Ständig hingen Jugendliche bei ihm herum, und hin und wieder durfte mal einer von ihnen – das gewährte er ausschließlich den Jungs – für eine Woche den Pizzawagen hüten. Rebekka war bemüht, etwas Gutes, etwas Menschliches an ihrem Gegenüber zu entdecken, doch es gelang ihr nicht. Mit ihm und ihrer Einkaufstüte für alle gut sichtbar auf dem Parkplatz zu hocken, war ihr eine Qual, über die ihr auch die Wirkung des billigen Weines nicht hinweghalf. Doch solche Situationen auszuhalten, hatte sie sich anerzogen. Manchmal kam Unverhofftes dabei heraus.

»Richtig. Berlin. Und hier bin ich vor allem wegen Charlene.«

Rebekka hütete sich, ihn nach den Kindern ihrer Freundin und nach deren Befinden zu fragen.

»Charlenes Alter sitzt noch immer in La Santé ein. Warum die ihn noch besucht, ist mir eh ein Rätsel. Und die armen Kinder …« Der Mann beugte sich nun vertrauensselig zu Rebekka, die seinen abgestandenen Atem roch und sich beinah übergeben musste. Jetzt, da er Charlenes Kinder selbst erwähnt hatte, hob er die Augenbraue und ließ den Satz ins Leere laufen. Doch Rebekka ging nicht darauf ein.

»Wie lange hat er noch abzusitzen?«

Auch wenn sie es in Kürze von Charlene selbst erfahren könnte, wollte sie den Alten wieder aufs Thema lenken.

»Bestimmt noch zehn Jahre. Versuchter Totschlag. Wiederholungstäter. Den sollten sie gleich dabehalten, so was wie der gehört doch …« Wieder die gehobene Augenbraue und der ins Leere laufende Satz.

Erleichtert beobachtete Rebekka, wie Charlene mit ihrem klapprigen Peugeot Kombi auf den Parkplatz einbog. Sie trank ihren Wein aus, bedankte sich, schnappte ihre Einkaufstüte und lief ihrer Freundin entgegen. Kurz drehte sie sich noch einmal nach dem Alten um, der nun wieder hinter seinem Pizzawagen auf dem Holzstuhl saß, drei Jugendliche hatten sich wie aus dem Nichts um ihn gesellt und Rebekka wusste, dass die kleinen Tütchen mit dem verheerenden Stoff bereits Käufer gefunden hatten.

KAPITEL 12

Nebel, Leiter des Referats Verbrechensbekämpfung in der Brunnenstraße, hatte ihm eine Nachricht hinterlassen. Mark starrte den Zettel an, als sei er in Hieroglyphen verfasst.

Den Tod des Kulturstaatssekretärs würden sie der Öffentlichkeit nicht lange verheimlichen können. Die Presse gehörte gefüttert. Das fand Mark nicht schlimm. Schließlich las er auch selbst lieber Zeitung als Bücher, was Julia oft bedauerte. Sie wusste schon bald nicht mehr, was sie ihrem Mann zu den üblichen Anlässen noch schenken sollte. Sämtliche Jochen-Schweizer-Gutscheine waren bereits eingelöst, Krawatten trug er keine, und sein Rasierwasser kaufte er sich selbst.

Ein Wildwuchs in der Presse ließ sich nur mit einer klaren Todesursache des Kulturstaatssekretärs vermeiden, und auch dem Fall täte ein plausibler Grund für sein Ableben gut. Doch was sollte plausibel sein bei einem beliebten Politiker, der in der Blüte seiner Jahre stand, Familie und Kohle hatte, von einem Empfang zum nächsten gereicht wurde und dabei auch noch saugut aussah … Mark standen die Fragezeichen auf der Stirn, als er plötzlich Rebekkas Stimme hörte.

»Die Ursache für den Tod ist das Leben!«

Er lachte kurz auf, um sich sofort verstohlen umzuschauen. Ein dünnes Mädchen erschien wie ein weißer Vorhang in der Tür. Seltsame helle Leinenklamotten, alles irgendwie mit Reißverschlüssen zusammengehalten, die schon allein mit den sichtbaren Piercings irgendwann Reibung und damit Unmengen an Wärme und vielleicht sogar Strom erzeugen mussten. Mark schüttelte den Kopf. Das war nicht Rebekka, sondern die Variante von ihr, die ihre Mutter einst zu verhindern gewusst hatte.

»Sie wollten alle Unterlagen zu Kellermann haben?« Der weiße Vorhang wehte langsam auf ihn zu und klang dabei wie ein Windspiel.

»Dann sind Sie die interessierte junge Krimiautorin, die für einen Monat hier hospitiert?«

Das Bewerbungsfoto ähnelte diesem Mädchen so gar nicht.

»Genau. Habe alles ergoogelt, was es über Kellermann gibt. Und Ihnen noch etwas mitgebracht.«

Zusammen mit einem Kaffeebecher reichte sie ihm die säuberlich abgehefteten Computerausdrucke. Mark kam sich plump und altmodisch vor. Das war tiefstes 20. Jahrhundert, als ein Mann schon was zählte, wenn er eine eigene Sekretärin hatte. Und dieses Wort »eigene« musste nur noch um »Leib« ergänzt werden. Doch so, wie die junge Frau aussah, wäre sie auch vor 200 Jahren keine Leibeigene geworden mit ihrem Trotz und einer gespielten Art von Naivität, hinter der Mark wahre Abgründe vermutete. Kimberley Fröbe aus Hellersdorf. Mark hielt den Packen Papier für einen Moment in den Händen und zwinkerte der kleinen Person von etwa 1,60 Meter zu, die da an seinem Schreibtisch herumlungerte und auf Applaus für ihre Arbeit wartete.

»Wie alt sind Sie noch mal, Kimberley?«

»Noch mal 22. Und auch noch mal: Ich möchte Kim genannt werden«, flötete sie.

Mark war amüsiert. »Und wie viele Bücher gibt es schon von Ihnen, Kim?«

»Ich schreibe gerade an meinem zehnten Roman.«

»Dann zählen also auch Ihre Schulaufsätze dazu.«

Die junge Frau hob eine Augenbraue und ließ sie da oben ein gefühltes Vierteljahrhundert lang verharren. Währenddessen verengten sich – Mark konnte es schwören, aber nicht erklären – ihre Pupillen auf Stecknadelgröße. In die leicht oliv gebräunte Haut stieg ein Schuss Rot, und ihre sonst makellos glatte Stirn kräuselte sich.

»Ich bin Schriftstellerin, seit ich 14 bin! Und das als Legasthenikerin geschafft zu haben, macht mich stolz! Wie viele Bücher haben Sie denn überhaupt in Ihrem Leben schon gelesen? Die Bilderbücher nicht mitgezählt!«

Mark musste passen. »Touché!«

Dabei waren es tatsächlich einige Bücher, die er bisher gelesen hatte: ganze neun Bücher von Kim Fröbe nämlich. Er hatte sich ihre Bewerbung genau angeschaut und gleich das erste Buch bestellt, um herauszufinden, ob sie hier tatsächlich eine Buchrecherche machen wollte oder ganz andere Pläne hatte.

»Still und unheimlich« hieß der erste Band, und Julia hatte belustigt das Buch betrachtet. Die Gestaltung gehörte – laut Julia – in die Galerie der »Nackenbeißer«: typische Machart von Kitschromanen, innen wie außen. Auf dem Umschlag beißt der schöne Jüngling der Liebsten in die lasziv freigeräumte Stelle auf ihrer Schulter.

Der Inhalt, Krimi, gepaart mit leidenschaftlicher Liebe der Protagonisten, die sich schließlich untereinander ermordeten und wahlweise in Luft oder Säure auflösten.

Kim Fröbe war außerordentlich erfolgreich. So viel hatte Mark schon über sie herausgefunden. 70.000 verkaufte Bücher legitimierten den ungewöhnlichen Wunsch eines einmonatigen Praktikums bei der Kripo.

»Wieso brauchen Sie den Kram immer ausgedruckt? Ich könnte Ihnen die Links setzen, es gibt jede Menge Youtube-Videos zu dem Typen, Sie müssten nur draufklicken!«

Kim war ein Kind des 21. Jahrhunderts. Das wusste er, seit er sich nicht nur ihre Bücher besorgt, sondern auch das Netz nach Informationen durchsucht hatte.

Kim war ein Internet-Crack. Ein Klick, und ein sorgfältig gewebtes Netz um ihre Person, ihren Look, ihr komplettes Oeuvre entfaltete sich auf dem Bildschirm. Die gedruckten Ausgaben ihrer Bücher schienen sie selbst nur marginal zu interessieren: Sie war die Erfinderin der E-Book-Filme. Schon ihren ersten Roman konnte man sich nach dem »Download« im »Stream« anschauen und dabei Vokabeln lernen, von denen selbst mancher Engländer nichts wusste, vermutete Mark.

Kim gefiel ihm, weil sie das Klischee des gepiercten, nicht sonderlich hellen, lauten Hellersdorfer Mädchens mit ihrem Erfolg ad absurdum führte. Wasserblond gefärbter Bürstenschnitt – nur fünf Millimeter von der Glatze entfernt – und Metallkuppen an allen geeigneten Körperstellen. Und darunter ein wacher Geist, dem nichts entging. Auf ihre Bücher, das sagte Kim selbst, wurden immer zwei Korrekturleser angesetzt. Einen Lektor hingegen, der die Handlungsstränge im Auge behielt und gegebenenfalls in die Dramaturgie eingriff, hatte sie nicht. Jeder Schauplatz in Berlin existierte tatsächlich. Jedes Milieu war en détail begriffen und erfasst.

Rebekkas Tochter, dachte Mark, während er Kim beim Hantieren und Reden beobachtete. Hätte Rebekka eine Tochter, das Mädchen wäre wie sie. Und das machte auch die Anziehung aus, die Mark verspürte, ohne dass sie im Fall von Kim in Begehren überging. Im Gegenteil. Er wollte sie beschützen. Beschützen vor den Dämonen, die sie in ihren Büchern entwarf. Und die es in der Realität tatsächlich gab.

»Ich will die Sachen ausgedruckt und basta!«, sagte Mark mit gespielter Strenge.

»Aber während ich sie für Sie ausdrucke, sind die Artikel schon wieder veraltet!«, ereiferte sich Kim. »Sie müssen *on* sein, wenn Sie informiert sein wollen. Nichts ist so alt wie die Zeitung von gestern. Und Sie befassen sich mit Artikeln vom letzten Jahr.«

»Sind wir jetzt fertig mit der Vorlesung? Ich habe ein Klingeln gehört!«, scherzte Mark weiter, als das Telefon auf seinem Schreibtisch tatsächlich klingelte und Kim sich mit einem etwas gequälten Lächeln verzog.

»Ich bringe dir Kellermanns Obduktionsbericht aus der Pathologie gleich vorbei. Bin in zehn Minuten da. Wann ist dein Termin mit der Putzfrau?«, fragte Strobel.

Zum ersten Mal an diesem Morgen schaute Mark auf die Uhr. Er war seit 6 Uhr am Schreibtisch, Julia und die Kinder hatten noch geschlafen, als er ging.

»In zwei Stunden from now on. Wir haben also noch ordentlich Zeit, uns ein Szenario zu überlegen, bevor uns Frau von Sinnen eins auftischt.«

Strobel kicherte am anderen Ende.

»Du sollst nicht telefonieren beim Fahren«, maßregelte ihn Mark mit breitem und hörbarem Grinsen.

»Von Sinnen …«, sagte Strobel unbeirrt, »… wünsch ich mir eine Freisprechanlage. Wann bekomme ich meinen Dienstwagen? Werde keinen Cent der Sozialhilfe, die ich bei euch gezahlt bekomme, in meinen Privatwagen stecken!«

Strobel sprach immer in der dritten Person vom Kommissariat. Als gehörte er noch nicht dazu. Dabei hatte er sich spätestens seit den Recyclingmorden seine Sporen verdient. Doch Marks Präsenz, die dieser sehr gut einzusetzen wusste, schien ihn mehr als nötig zu beeindrucken. Und dabei, wünschte sich Mark, blieb es hoffentlich noch eine Weile.

»Du fährst Dienstwagen, wenn ich dabei bin. Und nun beweg dich hierher und bring den Bericht mit. Ich habe das komische Gefühl, in diesem Fall verrinnt die Zeit schneller als sonst.«

»Sie taut geradezu hinweg.«

Das stimmte. Die Wahrscheinlichkeit, das Opfer habe auf einem schmelzenden Eisblock gestanden, ging Mark nicht mehr aus dem Kopf. Und auch Rebekka ging ihm wieder mal nicht aus dem Kopf. Sie war erneut auf eine ihrer seltsamen Weisen verschwunden. Ihre Handynummer zum hundertsten Mal vergebens anzurufen, wäre jetzt Zeitverschwendung, und dazu, sich bei Nebel zu melden, hatte Mark schlichtweg keine Lust. Es ging ihm sowieso auf den Nerv, dass sich sein früherer Vorgesetzter in letzter Zeit verstärkt berufen fühlte, in Marks Fällen herumzuschnüffeln, als hätte er keine eigenen zu klären. In der Mordserie in der Recyclingfirma hatte Nebel ihn anfangs vom Ermitteln abhalten wollen, und seitdem klebte er an Mark. Immer unter dem Vorwand väterlicher Ratschläge. Sein Rückruf bei Nebel hatte definitiv noch Zeit.

KAPITEL 13

»Schon mal darüber nachgedacht, von hier wegzuziehen?«

Rebekka und Charlene saßen mit Kilian's Bier auf dem Balkon, den Parkplatz gut im Blick. Der Pizzaduft reichte bis hoch zu ihnen in den 6. Stock.

»Wohin denn?«, fragte Charlene. »Nach Afrika? Oder woandershin, wo sie auf eine wie mich mit vier Mäulern warten?« Sie zündete sich eine Zigarette an. »Hier ist es ganz okay. Ist der Smog von der Kreuzung nicht allzu dicht, dann kann's hier sogar richtig lecker riechen.« Charlene wollte von Rebekkas Frage ablenken.

Rebekka blieb beharrlich. »Du und die Kinder, ihr seid hier nicht mehr sicher. Nicht, solange Monsieur Ichhabeuchallelieb da unten die Geschäfte regelt. So wie er redet, kandidiert er bei der nächsten Präsidentschaftswahl!«

»Klar!«, prustete Charlene nun in ihre Bierflasche hinein. »Integration und Arbeit für alle, das ist schon mal ein sehr viel besseres Wahlprogramm als der Rest es hat. Und integrieren kann er ja – Afrikaner in die eine Gang, Araber in die andere, und Arbeit haben immer alle. Richtig gut zu tun sogar.«

»Ich meine das ernst, irgendwann krallt der sich deine Kinder.«

Charlene kniff die Lippen zusammen.

»Du willst mir doch nicht sagen …« Rebekka schüttelte ungläubig den Kopf.

»Ich kann nicht immer auf alles achten. Fabien lungert hin und wieder bei dem Alten herum. Es gehört hier im Viertel doch irgendwie dazu, von dem anerkannt zu werden!«

»Was tut dein Sohn für ihn?«

»Verdient sich was.«

»Reicht das Geld von der Beihilfe nicht?«

Charlene sog angestrengt an ihrer Zigarette und erwiderte nichts.

»Wann sind sie zu Hause?«, fragte Rebekka weiter und blickte auf die Uhr.

»Bobette bringt sie gegen sieben. Dann haben sie wenigstens ihre Schulaufgaben schon gemacht.«

Bobette war Angestellte bei den Allocations Familiales, dem Büro für Familienbeihilfe. Sie stammte aus Martinique, war eine dünne, große Frau mit einer klassischen CornRow-Frisur. Ihre Haare waren in exakten, geraden Reihen, die an Maisfelder erinnerten, an der Kopfhaut entlang geflochten. Rebekka war jedes Mal aufs Neue fasziniert von der Entschiedenheit, mit der sich Bobette um Charlene und ihre Kinder kümmerte. Sie telefonierten gelegentlich, und Rebekka schickte monatlich einen kleinen Bargeldbetrag für Charlene an Bobette und bekam dafür Fotos geschickt von den Ausflügen ins Umland, die die kleine Familie dank der geheimen Zuwendung unternehmen konnte. Seit der Vater im Gefängnis saß, hatte Bobette das Steuer übernommen und hielt Charlene den Rücken frei.

Fabien war der älteste Sohn und mit seinen 13 Jahren seinem Vater nun auch äußerlich der ähnlichste. Sein Jähzorn und die manchmal aufblitzende Unbeherrschtheit in kleinen Alltagsdingen erinnerte Charlene immer wieder schmerzhaft an den Mann, den sie nun hinter Gittern in La Santé wusste. Fabiens Schwestern – Zwillinge – Lisa und Michelle waren zehn, der jüngste Bruder, Emile, sieben Jahre alt.

Rebekka ergriff Charlenes Hand und spürte ein leichtes Beben darin.

»Versprich mir, dass der da unten deinen Jungen nicht kriegt. Bobette und ich können mit den Leuten bei den Allocations reden, dann bekommst du mehr Geld …«

Charlene schaute auf. Ein Lächeln hellte ihr Gesicht auf, ganz kurz nur. »Warum sorgst du dich so um uns? Hast doch ein eigenes Leben?«

»Weil Menschen wie ihr mir wichtig sind. Außerdem hast du mir den Zugang in dieses Gefängnis für meine Recherchen ermöglicht.« Beides stimmte.

»Ich komme zurecht!« Charlene klang trotzig und verletzt zugleich.

»Könntest aber Fabiens Taschengeld erhöhen, das er sich momentan mit Drogen aufbessert.«

Empört fuhr Charlene auf. »Fabien dealt nicht! Wofür hältst du ihn?«

Rebekka konnte es ihr nicht ersparen. »Ich saß bereits eine gute halbe Stunde bei dem Alten, als du kamst. Er hat deinen Jungen längst. Und nun wartet er auf deine Mädchen.«

»Jetzt sag ich dir mal was, was du noch nicht weißt!« Sie klang nicht wütend, sondern stolz. »Fabien hat sich verändert! Er ist erwachsen geworden, seit sein Vater weg ist. Er arbeitet wie ein Berserker für die Schule, seine Noten sind erstklassig, die Lehrer rufen mich schon an wegen ihm!« Ihre Augen leuchteten von all dem Leben, das plötzlich in sie zurückkehrte. »Er hat jetzt einen eigenen Computer, daran sitzt er nächtelang, seit sie diese Online-Nachhilfe eingeführt haben. Ich muss ihn zwingen, ins Bett zu gehen! Ich bin unendlich stolz auf ihn. Er nimmt mir eine solche Last von der Schulter, du hast ja keine Ahnung!«

Rebekka glaubte nicht, was sie hörte. »Ich freue mich, ihn gleich zu sehen.« Sie lächelte, und die Frauen stießen an.

Doch das wohlige Gefühl früherer Begegnungen wollte sich an jenem Abend zwischen ihnen nicht einstellen. Charlene wusste von ihrer gespielten Sorglosigkeit. Sie hatte als Mutter versagt, wenn sie wortlos aus dem Zimmer gegangen war, in dem der Vater seinen Sohn zur Sau machte. Fabien schlich sich jeden Morgen als Erster aus der Wohnung. Der frühe Schulbeginn war ein Geschenk für den Jungen. Den Schulkameraden erzählte er von einer liebevollen Familie aus Mutter, Vater und drei kleinen Geschwistern. Die Lügen kamen ihm glatt über die Lippen. Ja, besuchen könne man ihn auch mal, aber im Moment leider nicht. Die Mutter habe mit dem Bruder zu tun, weil der in der Schule nicht so gut mitkam. Und der Vater arbeite auch viel von zu Hause aus, betreue gerade einen Boliden, ja genau, dieses neu entworfene Auto in jungfräulichem Zustand, und zu Hause stünden Computer, Bildschirme, sogar ein Reißbrett und haufenweise Material für Modellbau herum. Die jüngeren Geschwister davon wegzuhalten, sei schon ein Problem, deshalb hätten ihn, Fabien, die Eltern gebeten, vorerst keine Freunde mit nach Hause zu bringen.

Fabien war froh, dass sein Vater nun im Gefängnis saß. Er hasste diesen Fremden, der den ganzen Tag im Sessel geflätzt, Perchavanne in der Glotze geschaut und dazu Bier gesoffen hatte. Mit zunehmendem Alter hatte Fabien sich als schlechter Sohn und Feigling gefühlt, weil er sich versteckt hatte, wenn sein Vater die Mutter verprügelte.

Den Tag, an dem Charlene hinter dem Rücken ihres Mannes bei der Polizei Anzeige erstattet hatte, würde sie nie vergessen. Als sie kamen, versteckte sie sich neben dem Fahrstuhl. Sie klingelten und hämmerten gegen die Tür. Er öffnete arglos. Sein Hemd war offen, in der Hand die Bierflasche, mit der er sich schon mal warm trank für die Prügelattacke am Abend und den bedeutungslosen Sex danach, wenn die Kinder schliefen. Sie sah seinen Gesichtsausdruck, den offenen Mund; sah, wie der eine ihm den Haftbefehl unter die Nase hielt; sah, wie der andere von hinten seine Handgelenke fixierte. Sie hörte, wie jedes Fragewort nur geröchelt in seiner Kehle stecken blieb. All das hatte sich in Charlenes Erinnerung gemeißelt wie ein Film, den sie immer wieder abspielte, zu schön, um wahr zu sein. Nichts als die Wahrheit war gewesen, dass sie bei diesem Mann den falschen Griff getan hatte, dass jedes ihrer Kinder über das Malheur ihrer Ehe hatte hinwegtäuschen sollen und dass sie zusehen musste, bis zu seiner Entlassung genug gespart zu haben, um ein für alle Mal von hier zu verschwinden, auf dass er sie nie wieder fände. Bis dahin musste er glauben, seine Frau, die ihm jeden ausgeschlagenen Zahn und Rippenbruch mit noch mehr Zuneigung als zuvor vergolten hatte, für die nächsten Jahre bei sich zu haben und dann ganz neu mit ihr beginnen zu können. Bei null, ganz am Anfang, wie ein junges Paar.

»Seine Entlassung, wann immer dieser denkwürdige Tag sein wird, hängt wie eine dunkle Wolke über jedem Morgen, an dem ich die Augen öffne. Eine Haft ist das eine. Die Folgen das andere.«

KAPITEL 14

Strobel konnte seinen Eifer kaum verbergen. Der Obduktionsbericht landete mit einem Klatschen auf Marks Schreibtisch.

»Kannst du mir sagen«, misstrauisch nahm Mark das Papier in die Hand, »wann die zum letzten Mal so schnell gearbeitet haben?«

»Bei Benno Ohnesorg, vermute ich.«

»Genau. Und das war im Westen und vor meiner Zeit. Ich kenne nur die Variante: Wir brauchen mindestens zwei Tage, geh mir nicht auf den Keks, ich melde mich!«

»Das hier ist unser Kulturstaatssekretär. Aus der Reihe dieser Chargen hängt nicht jeden Tag einer irgendwo rum.« Strobel ließ diese Bemerkung fliegen und testete mit verstohlenem Blick, wie sie bei Mark ankam.

Doch Mark vertiefte sich bereits in den Bericht. »Wenn dich einer hört, darfst du demnächst wieder Streife laufen. Oder wirst zu Nebel in die Prävention vermittelt. Der freut sich über jemanden wie dich zum Malträtieren. Schau mal!«

»Ich zittere vor Angst. Nun sag schon, was drin steht.«

Mark deutete auf eine Stelle im Text. »Typisches Erhängen. Der Knoten war hinten.« Mark blickte auf. »Für uns Ermittler ist das übrigens atypisch. Beim Suizid ist der Knoten nämlich meist seitlich. Was wir typisch nennen, ist für die Mediziner atypisch. Nun weißt du, warum's zwischen uns und denen in der Charité nicht so sonderlich gut läuft.«

»Und ich dachte, die fühlen sich von deiner zuvorkommenden Art erdrückt.« Strobel feixte.

»Pass auf, dass du sie nicht gleich zu spüren kriegst, meine zuvorkommende Art! Also weiter im Text.« Mark räusperte sich. »Blut aus dem linken Ohr. Stauungsblutung.« Er lehnte sich zurück, schüttelte immer wieder den Kopf. »Mann, Mann, Mann …«

Strobel zog sich einen Stuhl heran und saß Mark nun am Schreibtisch gegenüber.

»Das ging langsam«, fuhr Mark fort, »sehr, sehr langsam. Aber das ist es nicht. Kellermann hatte einen langen Todeskampf und muss noch lange da gehangen haben.« Mark stand so plötzlich auf, dass Strobel zusammenzuckte. »Wie lange braucht ein Eisblock aus … sagen wir mal … zehn Litern Wasser zum Schmelzen?«

»Die Zimmertemperatur war hoch«, parierte Strobel, »so um die 25 Grad. Der Raum war sonnendurchflutet.«

»Ja, aber der Tote wurde gestern Mittag gefunden. Die Sonne schien da seit etwa sechs Stunden. Er muss am Abend zuvor, Montag, erhängt worden sein. Todeszeitpunkt«, Mark blätterte erneut, »zwischen 2 und 4 Uhr am Dienstagmorgen.«

Mark vernahm ein Klimpern und sah, wie der weiße Vorhang um die Ecke bog.

»Darf ich zuhören?«, fragte Kim Fröbe zaghaft.

Mark hatte sie völlig vergessen und ihr diesen wahrscheinlich interessantesten Teil der Recherche fast vorenthalten.

»Darf ich erst mal vorstellen? Polizeihauptmeister Strobel, unsere Praktikantin und Kriminalschriftstellerin Kim Fröbe.«

Strobel machte sogar eine leichte Verbeugung, als er Kims zarte Hand drückte.

Mark quittierte die Geste mit einem Seufzer. »Also gut, auch das ist geklärt. Natürlich dürfen Sie dabei sein.« Er schilderte ihr kurz den Fall und was bisher bekannt war.

»Strangmarken?«, fragte Kim.

»Tief ausgeprägt«, antwortete Mark und schaute sie interessiert an.

»Da er nicht wie ein Selbstmörder ins Seil gesprungen ist, können die starken Marken auch von besonders dünnem, aber festem Material stammen.«

»Gut«, sagte Mark anerkennend, »es handelt sich um ein Seil, das in der rhythmischen Sportgymnastik verwendet wird«, er beugte sich zu Kim und sprach hinter vorgehaltener Hand, »der heimlichen Leidenschaft unseres Kollegen Strobel hier. Sie müssten ihn mal seine Keulen schwingen sehen. Unfassbar!«

»Und schon wegen der Keulen werde ich ja glücklicherweise als Täter ausgeschlossen, denn hier haben wir ein Seil«, versuchte Strobel, den Späßen seines Kollegen ein Ende zu bereiten.

Kim verzog keine Miene und rückte ein Stück von Mark ab.

»Und ich dachte, das gäb's nur im Film.« Sie klang enttäuscht.

»Was denn?«, fragten Mark und Strobel gleichzeitig.

»Dass sich Leute wie Sie, die letzte Instanz, die ein Mordopfer hier auf der Erde noch hat, schulterklopfend und Witze reißend über einen Obduktionsbericht beugen und das dann auch noch Ermittlung nennen!«

Mark sackte auf seinen Stuhl. Strobel hatte sich als Erster wieder gefangen.

»Wissen Sie, wie viele Fälle wir pro Jahr auf den Tisch bekommen? Vielleicht wäre das ja auch mal ein interessanter Fakt für Ihre Recherche.«

»Nein«, sagte Kim ungerührt. »Wie viele denn?«

»Ehm …«, Strobel schaute Hilfe suchend zu Mark.

Der nickte ihm nur beruhigend zu und sprang helfend ein. »Jedenfalls mehr, als man uns in unserer Ausbildung verklickern wollte. Der Alltag hier, liebe Kim, der verändert uns. Denn er ist so anders, wie die Welt anders ist, in der Sie leben. Aber wir hier werden wenigstens nicht selbst zu Monstern. Wir werden zu den Clowns, die wir für euch da draußen mit euren netten Recherchen und Krimis sowieso schon sind. Die blöden Bullen. Die aber auch der knallharte Nachbar sofort zu rufen bereit ist, wenn du mal dein Barbie-Radio auf volle Lautstärke stellst!«

»Ich habe kein Barbie-Radio, und wir waren noch beim Sie.«

Mark war erneut sprachlos. Strobel beobachtete ihn interessiert.

»Ent…schuldigung«, stammelte Mark.

Sie war merkwürdig. Hatte Züge, die ihn an Rebekka

erinnerten, die aber bei diesem Mädchen viel ausgeprägter waren. Eine seltsame Form von Autismus. Das konnte heiter werden. Kopfschüttelnd wandte er sich wieder den Unterlagen zu.

»Kellermann stand stundenlang auf einem Eisblock, bis ihm das Seil an seinem Hals endgültig die Sauerstoffzufuhr abschnitt. Über seine Fußsohlen gelangte Wärme in das Eis, und im Zimmer war es warm. Hier steht, dass er etwa 20 Zentimeter über dem Boden hing. Das restliche Eis ist also geschmolzen, während er schon tot war. Nun frage ich euch«, Mark schaute auf Strobel und Kim, die beide wie gebannt an seinem Schreibtisch verharrten, »wer konnte wissen, dass er so viel Zeit zum Töten haben wird? Dass Frau und Kinder für ein paar Tage weggefahren waren? Dass die Putzfrau erst um zwölf auftauchen würde, wenn sein Werk vollendet wäre, und überhaupt, dass sie dienstags kam?«

Strobel fühlte sich etwas unwohl und versuchte, Kim zuvorzukommen. »Der beste Freund. Oder der Bodyguard.«

»Jeder«, sagte Kim ungerührt.

Mark schaute sie eindringlich an. »Und wie kommt bitte *jeder* an diese Fülle von Informationen?«

»Durch Beobachtung. Kellermann war eine öffentliche Person. Wie häufig er im Internet auftaucht, aktiv und passiv, sehen Sie an dem Stapel, den ich Ihnen vorhin gebracht habe. Sein Name steht wahrscheinlich sogar an seiner Türklingel. Sein Dienstplan ist online. Seine Lieblingsrestaurants in der Klatschpresse. Selbst die Schule seiner Kinder war leicht ausfindig zu machen. Seine Frau arbeitet für eine der größten Musikzeitschriften des Landes, also bitte: Jeder kann sich diese Infos holen.«

Rebekka!, dachte Mark und wurde aschfahl. Sie musste ihm diesen kleinen Gnom geschickt haben.

»Aber nicht jeder hat die kriminelle Energie, so etwas zu tun«, gab Strobel zu bedenken. »Dazu gehört ein starkes Motiv. Hier wurde das Sterben eines Menschen ausgekostet, wurde sein Tod inszeniert wie eine Zirkusvorstellung.«

»Tschirner!«, hallte es vom Flur. Das war Gellert. Er war der Einzige, der Marks Namen schon rief, wenn er noch auf dem Flur war. Denn meistens hatte er Wichtiges mitzuteilen und eigentlich gar keine Zeit für Stippvisiten im LKA.

»Tach, die Herrschaften!« Gellert legte Kellermanns Laptop auf Marks Schreibtisch. »Das Teil haben wir geprüft. War nicht mal mit Passwort geschützt.«

In seinen engen Anzughosen sah der Erkennungsdienstler immer ein bisschen aus wie ein Zirkusdirektor. Dazu die nach vorn spitz zulaufenden Schuhe mit Keilabsätzen, auf denen er unentwegt wippte. Sein Haarkranz sah aufgeklebt aus wie immer, und genauso vertraut war Mark, dass er nun fragen musste: »Und? Was habt ihr gefunden?«

»Neben keinem Handy von Kellermann und keinen interessanten Fingerabdrücken im Haus, meinst du?«

»Genau, dazu kommen wir auch noch. Erst mal möchte ich wissen, was sein Computer ausgespuckt hat.«

»Jede Menge Dreck.«

»Der da wäre?«

»Der Streit um das Gelände in der Köpenicker Straße, in der Zigeuner hausen, ist der kleinere Dreckhaufen.«

»Bleib mal politisch korrekt, Kollege!«, sagte Mark mit Seitenblick auf Kim. Doch die schien in Gedanken mit etwas völlig anderem beschäftigt zu sein. Vermutlich noch immer mit der Frage, warum Mark ihr ein Barbie-Radio unterstellt hatte. Er wandte sich wieder Gellert zu.

»Der größere Dreckhaufen ist eine Dating-Website.«

»Ach«, Mark klang enttäuscht. »Und weil der Typ verheirateter Familienvater und Politiker war, darf er dort nicht gucken? Dann hast du noch keinen Dreck gesehen, Junge.«

»Eine Webseite, die ›Gummitwist‹ heißt und kleine Jungs an Männer vermittelt, ist dir aber hoffentlich dreckig genug, oder, Kollege Tschirner? Gehabt's euch wohl! Ich geh kurz kotzen.«

KAPITEL 15

»Du hast ja recht. Wir werden irgendwann von hier weggehen«, sagte Charlene mit dem beruhigenden Gefühl innerer Zufriedenheit. »Das muss nur richtig vorbereitet sein. Lucas sitzt noch mindestens acht Jahre, bis dahin sind die Mädels mit der Schule durch und Fabien ist in der Ausbildung. Emile ist der Unkomplizierteste von allen, der geht überall hin. Hauptsache, die Mama ist da.«

Auch für Rebekka klang das mit einem Mal logisch, wie mit kühlem Kopf geplant.

»Soll ich morgen mitkommen nach La Santé?«, fragte

Charlene, öffnete noch zwei Kilian's und schaute über die Balkonbrüstung, ob vielleicht Bobette und die Kinder inzwischen mit dem Minibus angekommen waren.

»Brauchst du nicht. Ich bin angemeldet.«

»Wann kann ich eigentlich mal einen Artikel von dir lesen?«

Mit dieser Frage hatte Rebekka gerechnet, die Antwort war vorbereitet. Sie musste nicht nachdenken.

»Wenn ›Le Point‹ sich entschließt, einen von mir zu drucken! Oder irgendein anderes französisches Blatt. Du weißt ja, für Geld tu ich fast alles.«

Charlene lachte befreit. »Ja, Mädel, das verbindet uns. Ich habe deine deutschen Artikel übrigens im Internet gefunden.«

Rebekka zuckte zusammen. Zwar stand ein nagelneuer Computer auf einem Tischlein im Wohnzimmer, nur hatte sie ihrer Freundin nicht zugetraut, dass sie ihn auch nutzte, außer für Bestellungen und Partnerschaftsbörsen.

»Haste mir nicht zugetraut, was?« Dann wurde Charlene nachdenklich. »Es ist toll, geradezu komfortabel, ständig unterschätzt zu werden. Das gibt mir Freiheiten, von denen andere träumen. Mein Alter hat mich auch ständig unterschätzt. Und dann, klick, Knast. Bravo.«

Irgendwann hatte es passieren müssen, dass Charlene auf die Artikel von Gisa Kallweit stieß. Doch sie war offenbar nicht misstrauisch geworden.

»Ich bin immer ganz stolz, verstehe zwar kein Wort, aber ich sage mir: Gisa Kallweit! Die kenne ich! Die besucht sogar eine wie mich!« Rasselndes Lachen folgte, in das Rebekka nur zögernd einstimmte.

»Nun sei nicht so bescheiden! Jede Woche sind zwei, drei Texte von dir online.«

Rebekka nickte nachdenklich. »Solange jeden Tag knapp 400 Verbrechen in Berlin verübt und im besten Fall später verhandelt werden, gibt es gut zu tun.«

Vor allem für die Truppe von Gerichtsreportern, von denen sich Rebekka ihr Alter Ego geschnappt hatte. Ihr jährlicher Weihnachtsstrauß an die Redaktion der Berliner Zeitung galt Gisa Kallweit.

Es klingelte, und Charlene lief zur Tür, um Bobette und den Kindern zu öffnen. Die Wohnung füllte sich plötzlich mit Stimmengewirr und Radiomusik, mit der Klospülung, die im Minutentakt rauschte und mit Charlenes Gebrüll, mit dem sie schließlich für Ruhe sorgte und alle um den Tisch gruppierte.

Rebekka und Bobette nahmen sich in den Arm wie zwei alte Freunde, dann die Kinder, Küsschen links, rechts, links, rechts. Es war eine Wissenschaft, in welcher Region man sich hier mit wie vielen Küsschen begrüßte. Selbst die Jungs unten auf dem Parkplatz taten das, weil sie nicht realisierten, wie uncool dieses Ritual anderswo wirken würde. Hier bei Charlenes Kindern tat ihr diese Begrüßung gut, weil sie ehrlich war und ihr das Gefühl gab, nach Hause zu kommen.

Natürlich wussten die Kinder, dass jeder am nächsten Morgen einen Geldschein in der Jackentasche vorfinden würde. Nur dem Kleinen legte Rebekka den Schein unter die Sparbüchse.

Inmitten dieser Szenerie spürte Rebekka vertraute Wehmut, weil ihr ein normales Leben für immer verwehrt bleiben würde.

Kurze Zeit darauf saßen alle am Tisch, es war ein lautes Durcheinandergerede, denn jeder wollte seine Geschichte dieses Tages zuerst loswerden. Die Kinder hatten die Süßigkeiten bereits untereinander aufgeteilt, die Rebekka mit vom Flughafen gebracht hatte, auch Fabien wurde wieder zum kleinen Kind, als er die Überraschungseier auseinanderbiss.

»Wie geht es dir, Fabien?«, fragte Rebekka, die beim Blick in dieses kleine, müde, ausgelaugte Gesicht eines Erwachsenen erschrak. »Mama sagt, du machst dich so gut in der Schule.«

»Hmmm«, antwortete Fabien und tat so, als wolle er noch ewig auf dem Schokoladenei herumkauen. Rebekka strich ihm über den Kopf.

»Was steht für dich morgen an bei deinem Besuch in La Santé?«, fragte Charlene unvermittelt.

Sie würde sich ins »George V.« einquartieren und dort ausharren bis zum Tag von Cevas Entlassung. »Morgen ist der letzte Tag meiner Recherche. Das Abschlussgespräch. Dann ist die Reportage fertig.«

»Also bringst du deine Arbeit morgen zu Ende?«

»Genauso ist es!«, sagte Rebekka mit einem Lächeln.

»Werden wir uns wiedersehen?«

»Wahrscheinlich öfter, als dir lieb ist«, sagte Rebekka.

KAPITEL 16

Mark öffnete Kellermanns Laptop mit spitzen Fingern. Am liebsten hätte er Gummihandschuhe übergezogen in Erwartung dessen, was darin verborgen war.

Ein fröhlicher Klingelton öffnete das Computerprogramm, und ein gutes Dutzend Ordner und Programmlogos bauten sich auf dem Bildschirm auf. Fotos, Dokumente, Planung, Jokes. Strobel und Kim standen an seinem Schreibtisch, beide die Arme vor dem Oberkörper verschränkt.

»Nun mach schon!«, forderte Strobel ihn auf.

Mark drehte den Laptop so, dass beide einen Blick darauf werfen konnten. Er klickte zweimal auf das Logo ›Gummitwist‹. Benutzername und Passwort eingeben. Mark traute seinen Augen nicht: Beides war gespeichert, neben »Twinkfucker« erschienen fünf Sternchen. Enter. Innerhalb von Sekunden baute sich am rechten Bildschirmrand eine Leiste mit gut zwei Dutzend Namen von »Bärtiger« bis »Porndream« auf, neben jedem blinkte ein grüner Punkt.

»Ein gefragter Bursche. Und hier geht's um Kinder?«, fragte Strobel in einer ihm selbst unheimlichen Abgeklärtheit. Er räusperte sich verlegen.

»Das sind Chatanfragen«, sagte Kim nüchtern. »Ganz normale Kontaktaufnahmen auf einer Dating-Seite für homosexuelle Männer. Das Interesse an der Vermittlung eines Kindes zu einer Party wird erst viel später angesprochen.«

»Und genau die werden wir mal so nach und nach beantworten«, sagte Mark. »Wer will?«

»Ich mache die erste Schicht. Wenn ich dann auch kotzen muss, ruf ich dich zur Ablösung«, sagte Strobel.

»Ich kann das auch übernehmen«, bot Kim an.

»Lieb gemeint«, Mark seufzte. Er vermutete den Grad an nüchternem Gleichmut bei Kim, der für diese Ermittlungen vonnöten war. Doch sie war Praktikantin, keine Kripobeamtin. »Du machst das, Strobel.«

Strobel nickte.

»Hol dir Hühne Kotschack vom LKA 13 zur Seite und ruf bei Gellert durch. Ich muss erfahren, was sie sonst noch aus der Website rausgeholt haben.«

»Mach ich.«

Strobel nahm den Laptop und trug ihn wie ein kostbares Ausgrabungsstück hinüber zu seinem Schreibtisch.

Kurz darauf stand Hühne Kotschack in der Tür. »Nachhilfe?«

Die hohe Stimme klang wie verstellt bei diesem Zweimetermann von knapp 300 Pfund.

»Hier!«, meldete sich Strobel. Hühne Kotschack rollte einen Stuhl zum Schreibtisch und ließ sich darauf fallen.

»Lass uns zuerst nach seinem letzten Chat schauen«, schlug Strobel vor.

»Bist ein schlauer Bursche!« Kotschack klickte auf den Nachrichtenordner. »Hier ein kompletter Chatverlauf. Kellermann war kein zahlender Kunde. Hat sich offenbar hin und wieder nur das Nötigste geholt.«

Strobel schaute Kotschack zweifelnd an.

»Guck nicht so. Ich mach das jeden Tag, Kollege.«

»Schon gut.«

Ein Fenster mit Nachrichten füllte den Bildschirm.

Ein Chatfenster ging auf. »Hey Mann, bin auf der Suche nach was sTarkem für Twisted fun. Any idea?«, schrieb Massagetom.

»Hm«, sagte Kotschack, »das sagt schon mal alles. Weiter geht's. Rubrik ›Group Search‹. Hier kannst du deinesgleichen finden. Für Dinge, von denen du selbst noch nicht wusstest, dass du sie brauchst. Wie im Kaufhaus. Ich lese mal vor, sonst entzünden sich deine Augen. Pigs und Bitches und Slammer bieten hier ihre Dienste an für die abartigsten Sextrips, Chem and Slam, home oder outdoor, to hit the Dark Side, bloodslamming, crave being a tina whore, fisten und fisten lassen, pozzen …«

Strobel horchte auf. »Ist das zur Abwechslung mal ein deutsches Wort? Pozzen?«

»Leider ja«, sagte Kotschack. »Das kann sich unsereiner nicht vorstellen. Zitat: ›Für alle Negativen, die sich geile Virensahne und andere Krankheiten reinziehen wollen und natürlich für alle Viren, Bakterien und Pilze.‹«

Strobel kam sich naiv vor, aber er musste fragen. »Und was ist pozzen?«

»Jemanden HIV-positiv machen. Oder sich selbst infizieren lassen«, antwortete Kotschack. »Unglaublich, aber wahr. Schauen wir mal, was Kellermann hier getrieben hat.« Er scrollte zur Mailbox. »Bei Basiskunden, also den Knallchargen jenseits der zahlenden Premiumkunden, werden die Nachrichten nur für fünf Tage gespeichert. Dieser Chat begann am Freitag.« Er beugte sich näher zum Bildschirm. »Aber da kannten sie sich schon länger, unser Gayromeo und Freund Kellermann, der Twinkfucker. Der Chatbeginn ist nicht der Beginn ihrer …«, Kotschack räusperte sich, »Freundschaft.«

Kim Fröbe stand plötzlich hinter ihnen. »Darf ich?«

»Kommen Sie ran.«

»Die Nicknames zeigen gleich von vornherein die Orientierung an«, dozierte sie sogleich.

»Die hier eindeutig homosexuell ist, wie wir wissen«, sagte Strobel gereizt, dem ihre ständige Anwesenheit auf die Nerven ging.

»Deine junge Kollegin hat recht. ›Twink‹ ist ein eindeutiger Hinweis auf seine Vorlieben«, sagte Kotschack.

»Will heißen?«, fragte Strobel, dem auffiel, dass er schon Marks Redewendungen übernahm. Das musste aufhören. Sonst sah er seinem Chef eines Tages noch so ähnlich wie Herrchen und Hund.

Es war Kim, die antwortete. »Jung aussehender Mann, im Alter von 18 bis 23 Jahren, mit kaum bis gar keinem Körper- und Gesichtshaar, wenig männlichen Eigenschaften, zum Beispiel Muskeln. Wer ›twink‹ schreibt, meint aber eigentlich Jungs. Gern auch Kinder.«

Strobel kamen Zweifel. »Kotschack, hast du von vornherein die Pädophilennummer bei Kellermann im Visier gehabt? Jungs ab 18 dürfen aber schon in dieser Liga spielen.«

Kotschack antwortete geduldig. »Erstens prüft keiner, wie alt die ›twinks‹ sind, die sich hier anbieten. Zweitens schauen wir uns jetzt den Chat mal genauer an.«

Mit drei Tastenkombinationen hatte Kotschack das Gespräch in eine Datei umgewandelt, die der Drucker jetzt ausspuckte.

Kim nahm die Blätter und ließ sie vor Kotschack auf den Schreibtisch fallen. Sie schüttelte den Kopf. »Mannomann.« Er heftete das Papier mit einem Klammeraffen zusammen und markierte die Zeilen mit zwei verschiedenfarbigen Neonstiften.

»Das war die letzte Aktivität unseres Opfers. Diese Nachricht an unseren Gayromeo stammt vom Montagnachmittag 16:32 Uhr. Der Empfänger, also Kellermann, hat sie noch gelesen.«

Kotschack überflog die Seiten, während Kim und Strobel auf den Computerbildschirm starrten.

»Klare Sache«, sagte Strobel. »Die Familie war gerade aus dem Haus, als der feine Herr Staatssekretär erst mal mit dem Auserwählten online verkehrte …« Er hob fragend die Schultern und schaute zu Kotschack, der in die Papiere vertieft war. »Was heißt YNG?«

»Young«, entgegnete Kotschack spröde. »Und auch wenn my English quasi not existent is, weiß ich, dass der Code für jung in Wirklichkeit für ein Kind steht.«

»Warum chatten die codiert?«, warf Kim ein.

»Hm«, sagte Kotschack nachdenklich, »der erste Kick, würde ich mal sagen. So ist es immer gleich eindeutig und hat was Geheimes, Verbotenes, Eklektisches.«

»Meint Ekliges?«, warf Strobel ein.

»Auch das, ja. Außerdem muss dir einer erst mal nachweisen können, dass du auf Jungs aus bist. Und darum geht es hier von A bis Z. Ein bisschen Geplänkel, eine Verabredung für den Abend zu einer Party und die klare Ansage, dass ein oder zwei Jungs mitgebracht werden sollen.«

»Dann ist ›Twinkfucker‹ alias Frank Kellermann selbst gar nicht der Geliebte von Gayromeo.«

»Scheiße, nein«, sagte Kotschack und legte die Papiere aus der Hand. »Gayromeo vermittelte kleine Jungs an Schwulenpartys. Für Leute wie Kellermann.«

Erst jetzt bemerkte das Trio, dass Mark bereits eine Weile hinten ihnen stand, mit aufgeschlagenem Obduktionsbericht.

»Habe ich richtig gehört?«

»Alles leider wahr, Herr Hauptkommissar«, Kotschack ließ seinen Blick über Strobel, Mark und Kim wandern. »Und was diese Scheiße in Verbindung mit dem Kulturstaatssekretär bedeutet, wissen wir, glaube ich, alle. Die Sprachregelung wird ein einziger Eiertanz.« Kotschack kicherte. »Auch schön.«

»Könntest du in deiner persönlichen Sprachregelung vielleicht das Wort ›Scheiße‹ etwas weniger gebrauchen?«, fragte Mark.

»Gib mir ein anderes Wort mit der gleichen Bedeutung«, sagte Kotschack.

Mark dachte kurz nach. »Okay«, sagte er, »dann bleib bei Scheiße. Kannst du die Adresse der Party rausbekommen?«

»Auch die ist codiert. Es gibt da feste Orte, ein bisschen wie die literarischen Salons in Berlin.«

»Super Vergleich, Danke, Kotschack«, warf Strobel ein.

»Das soll nur heißen, dass der Name schon die Adresse beinhaltet. Mal sind es Privatwohnungen, mal ausgediente Hotelzimmer oder stillgelegte Pensionen.«

»Und wo steht der Name dieses Veranstaltungsortes?«

»Hier«, Kotschack deutete auf eine Zeile, »›check your mobile‹, das heißt, ›hab dir die Adresse aufs Handy gemailt‹.«

»Und genau das haben wir bei Kellermann nicht gefunden«, sagte Strobel resigniert. »In den gesendeten Nachrichten müsste die Adresse stehen.«

»Genau deshalb und wohl auch wegen anderer kompromittierender Zeilen und Nummern haben wir es nicht gefunden. Der Täter hat es mitgenommen«, sagte Kotschack.

»Es kommt noch besser.« Mark schlug den Obduktionsbericht auf. »Kellermann hatte Crystal Meth im Blut.«

Jetzt hielt es Kotschack nicht mehr auf seinem Sitz. Sein Stuhl rollte quer durchs Büro, als der Zweimetermann sich erhob. Er geriet in Rage. »Ich red mir seit einem Jahr das Maul fusslig. Es ließ sich fein säuberlich auf der Landkarte verfolgen. In Grenznähe ging es los, erst Sachsen, dann Bayern, Thüringen. Dann Baden-Württemberg und NRW. Mittlerweile haben auch Niedersachsen und die Küste ihr Crystal Meth-Problem. Aber wie hieß es immer so schön? Das geht vorbei. Wie eine Grippe.«

Strobel kratzte sich am Kinn. »Und ich dachte, ›Breaking Bad‹ wäre Frühstücksfernsehen.«

»Nicht nur du, mein Lieber. Bei den Amis ist die kristalline Kacke schon lange am Dampfen. Nicht zu reden von Australien, China, Japan. Oder bei uns um die Ecke in Tschechien, Österreich, der sauberen Schweiz. Und jetzt geht die Scheiße auch hier richtig los! Berlin hat doch schon alles! Heroin, Kodein, Kokain, LSD, Extasy, Speed, Suff, Hasch, nun auch noch die Tschechengrütze!«

»Warum scheint die Welt plötzlich auf dieses Zeug so scharf zu sein? Die Auswahl an Drogen lässt doch wirklich nichts zu wünschen übrig?«, fragte Strobel.

»Darüber könnte dir Freund Hammer Vorträge halten. Bei ihm im Drogendezernat hat man Crystal schon lange auf dem Schirm, aber die Regierung reagiert eben erst mit Gesetz und Strafmaß, wenn es sich der erste Politiker eingepfiffen hat und die peinliche Situation eine Nachrichtenmeldung ist. Und damit hast du schon die größte User-Gruppe: Menschen unter Stress, vor allem beruflichem Stress, Burn-out-Kandidaten und Workaholics. Einmal quer durch alle Berufsgruppen, vom Studenten über den Abgeordneten zum Unteroffizier. Du nimmst die Droge, wirst körperlich müde, aber dein Kopf arbeitet weiter. Du schreibst deine Diplomarbeit am Computer, tippst, nickst kurz weg, bist wieder da und schreibst weiter. So geht das Tag und Nacht. Das enthaltene Dopamin löst Glücksgefühle aus. Du siehst dir quasi beim Arbeiten, beim Sex – ja, beim Erfolg – zu. Und du spürst, dass du dieses Level stundenlang aufrechterhalten kannst. Sind die Speicher leer, und du kommst wieder runter, bist du ganz klar. Du weißt, was du geleistet hast und jederzeit wieder leisten kannst. No Limits!, ist die Devise. Nun brauchst du dieses Gefühl der Stärke und Leistungsfähigkeit bald wieder. Jetzt musst du mehr nehmen als beim letzten Mal. Und wieder werden alle Gefühle hochgefahren, genauso dein Geruchssinn, Tastsinn, dein Gehör. Du kannst deinen Körper mit einem Computer vergleichen, der nie ausgeschaltet wird, und das Entspannendste, was du beim Runterkommen erreichst, ist von jetzt an der Stand-by-Modus. In immer kürzeren Intervallen fährst du deinen Körper wieder hoch. Je kürzer die Intervalle, umso flacher wird am Ende auch die Kurve deiner Gefühle. Kälte stellt sich ein. Du ziehst dich zurück, hast kein

Interesse mehr an irgendwem da draußen. Du genügst dir schließlich selbst in deiner eigenen kleinen Leistungsgesellschaft.«

»Das alles erklärt noch nicht die Perversionen, die Crystal auslöst«, gab Mark zu bedenken.

»Nun ja, Kollege, allein diese Art der Leistungssteigerung erscheint mir pervers genug. Aber wenn du die Erklärung willst, gerne!«

»Sag mir lieber, wo Kollege Hammer seine Crystal-Vorräte versteckt hat. Ich kann mir kaum vorstellen, dass er nach einer Razzia all diesen Versprechungen widerstehen kann.«

Kotschack gelang tatsächlich ein versöhntes Grinsen. »Bei dem ist der Name die Droge. Stell du dich einmal mit ›Hammer‹ vor, und die Weiber liegen dir zu Füßen! Aber zurück zur Perversion: Pervitin, Hauptbestandteil von Crystal, gab es bis in die späten 80er-Jahre noch in der Apotheke zu kaufen. Ein Medikament, das aufputscht. Es unterdrückt Müdigkeit, Hungergefühl und Schmerz. Es wurde in der Wehrmacht an Soldaten, Fahrzeugführer und Piloten verteilt. Selbst Adolf Hitler war ein Freund davon. Was die anderen als Pillen fraßen, ließ er sich gleich intravenös durch seinen Arzt verabreichen. Ich will nicht sagen, dass einige jener Zeitgenossen bei Massakern und Hinrichtungen nicht auch ihre natürlich gegebene perverse Ader auslebten. Aber bei dem Großteil hat die Droge jede Hemmschwelle beseitigt. Was an Fantasien in jedem von uns verborgen ist, holt der Stoff hervor. Er verharmlost sie, macht sie sogar zu einem erstrebenswerten, moralisch nicht abwegigen und vor allem realisierbaren Erlebnis.«

»Und nun stellt sich heraus, dass auch unserem Kulturstaatssekretär nach einer Realisierung seiner Fantasien zumute war. Nur, dass er es nicht mehr erlebt hat«, sagte Mark ruhig.

»Wundert mich nicht.« Kotschack sah nun aus, als stünde er kurz vor einem Zuckerschock. »Die süße Tina. Das Schmiermittel unserer kleinen Schwuchteltruppe hier.« Er zeigte auf den Bildschirm. »Crave being a tina whore! Da ging bei mir gleich eine Lampe an.«

»Die geht bei mir schon an, wenn ich diese Chatanfrage sehe«, sagte Kim.

Mark stutzte bei diesem Anflug von Witz in ihren Worten.

Sie zeigte auf das weiße Viereck, das noch immer auf dem Bildschirm geöffnet war. »Bei Massagetoms Suche nach ›was sTarkem für Twisted fun‹. Das Große ›T‹ im Wort steht für Crystal Meth. Alles, was bei dem Treffen passiert, geht nur mit Crystal Meth oder Tina oder Ice.«

»Das Zeug ist in Berlin angekommen. Und zwar gleich ganz oben«, sagte Mark und griff zum Telefon. »Um das Kleeblatt komplett zu machen, rufe ich die Kollegen vom Drogendezernat dazu, falls die ihre Dienststelle nicht schon nach Tschechien verlegt haben.«

Kurz darauf tönte Marks laute Stimme durch das Großraumbüro. »Raum 2. Dienstbesprechung um 10:30 Uhr. Die Kollegen Sexualverbrechen und Drogenfahndung sind auch dabei. Danke.«

Während er sprach, schaute er aus dem Fenster und sah, wie Margarethe Sinn die Straße überquerte. Es war zehn Minuten vor zehn. Die Zeit würde reichen. Seinen Fragenkatalog hatte er im Kopf.

»Kim?«

»Ja, Kommissar Tschirner?«

»Sie werden jetzt an einer Zeugenbefragung teilnehmen. Und ich bitte Sie um eines …«, er beugte sich zu ihr herunter und sprach leise in ihr Ohr.

Strobel quittierte die Geste von seinem Schreibtisch mit einem Kopfschütteln.

»Was?«, fragte Mark im Vorbeigehen.

»Schön, wie ernst du deinen Lehrauftrag nimmst. Geht's jetzt an die Befragung der Putzfrau?«

»Richtig. Du schabst weiter Dreck aus Kellermanns Computer und hältst Kotschack hier fest bis zur Dienstbesprechung. Wir werden sein Wissen über Crystal Meth noch brauchen.« Er schaute sich um. »Wo ist er eigentlich?«

»Wollte schnell Unterlagen von unten holen. Irgendetwas ist ihm wohl aufgefallen.«

KAPITEL 17

La Santé war der Name einer Trutzburg im 14. Arrondissement von Paris, Nummer 42, Rue de La Santé, des letzten Gefängnisses innerhalb der Mauern von Paris. Vor knapp 150 Jahren waren die ersten Insassen Todeskandidaten gewesen, deren öffentliche Hinrichtungen auf dem Boulevard Arago neben dem Tor stattfanden. Später verlegte man die Guillotine in den Innenhof. Am 28. November 1972 fiel sie zum letzten Mal. Schaute Rebekka an der meterhohen Steinmauer hinauf, glaubte sie, den Hall des Geräusches zu vernehmen: den Hieb und den anschließenden dumpfen Aufschlag. Beim Anblick der meterhohen Feldsteinmauer inmitten der schönsten Stadt der Welt überkam sie jedes Mal der Gedanke: Nein, hier will man nicht rein.

Arsène Lupin, der fiktive Meisterdieb, und Guillaume Apollinaire hatten hier eingesessen. Während des Zweiten Weltkrieges waren in dem Gefängnis einfache Kriminelle und Gegner der deutschen Besatzung inhaftiert. So auch Marcel Petiot, der sich ähnlich wie ihr Großvater Erich Schomberg das Vertrauen untergetauchter Juden erschlich und ihnen anbot, sie außer Landes zu bringen. In seinem Haus ermordete er die Flüchtlinge und beraubte sie. Ihm konnte die Tötung von mindestens 27 Menschen nachgewiesen werden. Darunter war auch eine ganze Familie. Kurz bevor die alliierten Truppen Paris erreichten, revoltierten die Gefangenen. Die Gendarmen töteten in La Santé, wen sie zu fassen bekamen.

Auch in jüngster Vergangenheit verbreitete das chronisch überbelegte Gefängnis Angst und Schrecken. 1.800 Gefangene in Räumen, die vor 150 Jahren für 1.200 Insassen gebaut worden waren und damals als musterhaft galten. Knapp zwei Drittel Männer von allen Kontinenten. Eine Zelle hatte zehn Quadratmeter, vier Betten und eine Toilette. Ratten so groß wie Katzen, Kakerlaken und Wanzen in den Zellen. Selbstmorde und Selbstmordversuche. Drogen, Vergewaltigungen und Prügeleien durch die Wärter.

»Dieses Getto, unsere Schande«, titelte Le Monde. Doch das Treiben in La Santé kümmerte lange niemanden, bis eine ehemalige Anstaltsärztin ein Buch darüber schrieb: Bis zu 200 Kakerlaken zählten Gefangene in ihrem Bettzeug. Vier Häftlinge mussten auf sieben Quadratmetern vegetieren mit nur einer Toilette und einer Klorolle pro Monat. Ein Häftling sei fast erstickt, als ihm ein Wärter eine Tränengasbombe in die Isolationszelle warf. Weder gab es unabhängige Kontrollen noch eine Beschwerdestelle. Das Personal konnte seiner Willkür freien Lauf lassen.

Die Enthüllungen hatten den Direktor den Kopf gekostet. Mit Genuss erinnerte sich Rebekka an den Presserummel um das Buch. Beim Lesen hatte sie allerdings wenig Empathie empfunden. Die Menschen, die hier einsaßen, waren nicht unschuldig, und genau einem von ihnen gönnte sie jede einzelne Erniedrigung hundertfach. Gut genug für Mathieu Ceva, dachte sie mit Genugtuung.

Ihre Anfrage einer Recherchemöglichkeit hatte sie dann sehr diplomatisch formuliert, damit die Gefängnisleitung kein weiteres Enthüllungsbuch witterte. Das erste hatte zumindest für staatliche Kontrollen gesorgt und zwangsläufig zu dem Beschluss, das Gefängnis komplett zu renovieren. Neben Frankreichs Staatsfeind Nummer Eins, Jacques Mesrine, dem Industriellen Bernard Tapie und dem glücklosen Aktienhändler Jerôme Kerviel zählte der Terrorist Carlos zu den berühmtesten Häftlingen von La Santé. Wegen seiner Pariser Morde von 1975 war er zu lebenslanger Haft verurteilt worden, hatte während seiner Untersuchungshaft in einer Einzelzelle gesessen und mit

Hungerstreik dagegen protestiert. Anfangs war Rebekka ernüchtert, als sie von diesem ehemaligen Insassen erfuhr. Ihre Anfrage, in einem Hochsicherheitstrakt wie diesem simple Recherchen für eine Berliner Tageszeitung machen zu wollen, würde den Gefängnisdirektor wahrscheinlich zum Lachen bringen, wozu er selten genug Gelegenheit hatte. Rebekka hatte dem Antrag auf Recherche ein englischsprachiges Schreiben mit dem Briefkopf des Berliner Verlags beigelegt, dazu den ebenso gefälschten Presseausweis und Personalausweis, die beide ihr Foto und den Namen von Gisa Kallweit trugen. Mit dieser scheinbar fundierten Anfrage für ein Buchprojekt war nach einigen E-Mails und Telefonaten der Zugang zur Gefängnisverwaltung geglückt. Ihre Erleichterung war groß gewesen, als die Zusage kam und Rebekka feststellte, dass selbst hier gefälschte Dokumente und ein Beleg mit dem richtigen Briefkopf mühelos unter dem Radar der Hochsicherheit durchtauchten.

An einer Bushaltestelle an der Gefängnismauer hingen Speisepläne, getrennt nach koscher, halal und mitteleuropäisch. Hier trafen sich die Familienangehörigen der Insassen zur Besuchszeit. An genau dieser Haltestelle hatte sie Charlene zwei Jahre zuvor angesprochen. Um ihre Recherche abzurunden, fehlte ihr noch der direkte Kontakt zu einem Häftling oder dem Verwandten eines Insassen. Und so kam ihr die kleine, neugierige Frau wie gerufen, als sie mit ihrer Rasselbande aus dem verbeulten Peugeot stieg, die weißen Leggings über den prallen Schenkeln glatt strich, ihre pinkfarbene Tunika straffte, jedem Kind mit einer Spuckehand über

Gesicht und Haare fuhr und fröhlich auf die Eingangstür zustampfte, als ginge es zum Volksfest und dort als Erstes zum Bierstand.

Dieses Geschenk des grauen Pariser Himmels hatte Rebekka an jenem Mai-Abend dankend angenommen. Mit ihrem Presseausweis und einem Stadtplan in der Hand war sie auf Charlene zugegangen.

»Können Sie mir helfen?«

Rebekka hatte ihrem sonst perfekten Französisch die schwere Note des deutschen Akzents verliehen.

»Gern«, hatte Charlene erwidert, erfreut über beinahe weltmännisch daherkommende Abwechslung bei ihrem trostlosen Gang.

»Ich bin hier verabredet …«

»Wir auch!«, hatte Charlene losgelacht.

Rebekka hatte geduldig gewartet, bis sich die Frau wieder beruhigt hatte. »Ich recherchiere für eine Reportage.«

»Über Kriminalfälle?«

»Liegt nahe, aber – nein. Über die Zustände in den Gefängnissen europaweit. Deutschland habe ich schon, nun geht es hier weiter. Bestandsaufnahme in Frankreich steht an.«

Die Frau hatte Rebekka verständnislos angeschaut und ihr trotzdem aufmerksam zugehört. »Frankreich wird regelmäßig wegen der Überalterung vieler seiner Haftanstalten angeprangert, die Selbstmordrate ist hier höher als der europäische Durchschnitt …«

Rebekkas Satz lief ins Leere. Doch die kleine gedrungene Frau schien so interessiert, dass Rebekka weitersprach. »Überalterung, Gewalt, Armut, Unwürdigkeit. Allein dafür gibt es neuerdings einen Generalprüfer, eine unabhängige Instanz. Und die ist an einer lückenlosen Dokumentation der Zustände interessiert.«

»Aha.«

Mit einem Mal war Charlenes Interesse verflogen. »Wissen Sie was? Die Zustände da drin interessieren mich nicht die Bohne. Die Zustände hier draußen, von uns, von denen, die weiterleben müssen, während ihre Alten im Knast Tüten kleben. Unser Leben mit dem Stigma gehört mal ordentlich unter die Lupe genommen. Da drin verdient er ein paar Kröten, die braucht er zum Eigenbedarf. Hier draußen aber zählt er noch als Staatsbürger, also hab ich, solange wir nicht geschieden sind oder ich verwitwet bin, keinen Anspruch auf irgendwas und trotzdem vier Kinder großzukriegen.«

Rebekka hatte noch erwidern wollen, dass der Staat nicht auch noch für das Auskommen der Familien Krimineller aufkommen könne und dass sie ja auch einen vernünftigen Mann hätte heiraten können. Aber was wusste sie schon. Allein der Gedanke an das Zusammenleben mit einem Mann und vielleicht auch noch mit Kindern, die ihr dann noch mehr Platz zum Leben nahmen, schnürte ihr den Hals zu.

Sie hatte tief durchgeatmet und war mit der kleinen Familie den Besuchergang hinuntergelaufen.

»Halten Sie mich auf dem Laufenden«, hatte Charlene noch gesagt und ihr einen Zettel mit ihrer Telefonnummer in die Hand gedrückt. »Und kommen Sie uns mal besuchen. Einen Platz am Tisch haben wir ja jetzt frei.«

Der Presseausweis von Gisa Kallweit wurde jedes Mal akribisch mit dem Verlagsschreiben verglichen. Sie hatte das Glück, gleich beim ersten Mal Gefängniswärter Serge Joubert zu begegnen, der für solche Fälle – zeitraubende

Recherchefragen von Kriminalschriftstellern und Journalisten – abgestellt worden war.

Seit ihrem ersten Besuch in La Santé trafen sie sich nach seinem Dienst, wann immer Rebekka in Paris war. Sie gingen essen und Tauben füttern im Jardin du Luxembourg. Sie tranken Rotwein aus der Flasche auf den Stufen vor Sacré Coeur oder stöberten in den Bücherstapeln von Shakespeare and Company am Ufer der Seine. Serge war ein großer blonder Mann und damit alles andere als der typische Franzose. Er sprach den näselnden Dialekt seiner Heimatstadt Marseille und küsste wie einer, der nie etwas anderes getan hatte.

Und er hatte sich sofort in Gisa Kallweit verliebt.

Rebekkas Freiheit trug immer wieder diese eine Chance in sich. Aufwachen neben dem Neuen, dem noch Unbekannten, mit dem sie den vertrauten Moment des Morgens danach teilte. Wenn das Fieber abgeklungen war, das Neue sich auftat wie der erwachende Tag, und sie spürte, dass der Mann neben ihr das genauso sah. Sie hätte ihre Unabhängigkeit nie aufgegeben, gerade deshalb fühlte sich die Illusion einer tiefen Gemeinsamkeit auch so wahrhaft an. Das Zusammensein existierte nur für diesen Moment, den sie schon im nächsten mit brutaler Kraft zerstören würde. Sie genoss seinen erstaunten, verständnislosen Blick, wenn sie sich morgens mit den Worten verabschiedete, es sei schön gewesen, aus dem gemeinsamen Frühstück würde leider nichts, er könne das Zimmer bis elf haben, solle einfach die Tür hinter sich zuziehen, es sei alles geregelt, sie melde sich.

Serge machte keinen Hehl aus seinem Interesse an dieser rätselhaften Frau. Sie konnte gehen und sich erst Monate später wieder bei ihm melden, sein Interesse an ihr blieb bestehen. Zuerst vermutete sie, er suche vielleicht die mütterliche Zuneigung, die ihm in der Kindheit gefehlt hatte. Nichts von dem. Sie erfuhr, dass er schon in seiner Jugend mit Vorliebe Polizist gespielt hatte, und das in einer Stadt wie Marseille. Unter der Obhut seiner Eltern hatte er die Laufbahn eines Justizvollzugsbeamten eingeschlagen.

Als er Gisa Kallweit kennenlernte, war seine zweijährige Ausbildung gerade zu Ende gegangen. Rebekka nahm sie sofort wahr, die unverdorbene Energie des Anfängers, der sich für einen Profi hielt und zum ersten Mal im Leben tatsächlich etwas selbst vollbracht hatte. Es war der Duft der Stärke, der den Gestank der Angst überlagerte und diesen jungen Mann extrem anziehend machte.

Sie nutzte seine naive Zuneigung aus. Er mochte es, wenn er seinen Dreischichtdienst mit einer Champagnernacht im Hotel »Georges V.« beschließen konnte. Bis hierhin verfolgte ihn niemand. Manchmal tat es ihm regelrecht weh, nicht vor den Kollegen mit seiner Eroberung prahlen zu können. Aber wenigstens konnte er vor ihr prahlen.

Seinen Fähigkeiten im Bett mit dieser Frau war er sich sicher. Ihr wunderbar entspannter Gesichtsausdruck, wenn sie an seiner Schulter einschlief, war ihm Bestätigung genug. Mit etwas anderem konnte er viel mehr bei ihr punkten. Mit seinem Wissen um den neben Carlos prominentesten Gefangenen in La Santé. Mit seinem Wissen um Mathieu Ceva.

KAPITEL 18

Mark gab Kim ein Zeichen. »Lassen Sie sie rein.«

Kurz darauf saß ihnen Margarethe Sinn in einem kleinen Besprechungszimmer gegenüber.

»Mich kennen Sie ja schon«, übernahm Mark die förmliche Vorstellung, »an meiner Seite ist Kim Fröbe. Sie absolviert ihre Ausbildung hier beim LKA und ist deshalb mit anwesend. Ich hoffe, das stört Sie nicht.«

»Viel Erfolg, junge Frau. Was treibt Sie zu so einem Beruf?«

Kim schaute sie nur unverwandt an. »Ich will nicht Polizistin werden. Ich bin Schriftstellerin und recherchiere hier für meine Bücher.«

Mark ballte kurz die Faust und räusperte sich. »Fräulein Fröbe, Sie können gehen und mir stattdessen Strobel schicken.«

»Warum? Ich sollte doch …«

»Kim!« Er fuhr herum.

»Lassen Sie sie doch!«, mischte sich nun Frau Sinn ein, was Mark ihr mit einem genervten Blick quittierte. »Mich stört das nicht. Bücher schreiben ist doch auch eine Arbeit.«

Kim setzte zu einem Einwand an.

»Schon gut«, kam Margarethe Sinn ihr zuvor, »nun stellen Sie mir Ihre Fragen, damit wir vorankommen.«

Sie will putzen gehen, dachte Mark. Dann mal los.

»Ist Ihnen etwas aufgefallen, als Sie gestern Mittag das Haus der Kellermanns betraten? Auf dem Weg dahin, vor der Tür, beim Aufschließen, dann im Haus …«

»Ja.«

»Und das wäre?«

»Dass ich nicht aufschließen musste. Aber davon abgesehen gab es nichts Besonderes. Auch niemanden, der aus dem Haus kam oder so, falls Sie das meinen. Post war auch keine im Kasten, es waren ja Feiertage gewesen.«

»Was haben Sie dann getan?«

»Ich ging vorsichtig hinein und habe ›Hallo‹ gerufen.«

»Dann?«

»Habe ich im Wohnzimmer Herrn Kellermann gefunden. Dann habe ich die 110 gewählt.«

»Wann oder …«, Mark räusperte sich, »warum haben Sie sich entschlossen, sich umzuziehen?«

»Wie meinen Sie das?«, fragte Margarethe Sinn, stutzig geworden.

»Sie trugen eine Kittelschürze, als ich kam.«

»Die ziehe ich mir immer schon zu Hause an. Unter meinem dünnen Mantel sieht das doch keiner. Und sollte ich unterwegs einen Herzinfarkt erleiden und so auf dem OP-Tisch landen, ist mir das auch egal.«

Genauso sah sie eben nicht aus, dachte Mark, und fuhr fort. »Wie viele Jahre arbeiten Sie bereits für die Kellermanns?«

»Seit der erste Sohn, Thomas, geboren ist. 17 Jahre sind das jetzt. Sie wollte sofort eine Putze.«

»Sie?«, hakte Mark nach, denn es war ihr Tonfall, der ihn erneut aufhorchen ließ.

»Frau Kellermann, ja.«

»Also waren Sie von Anfang an auch Babysitterin?«

»Kann man so sagen, ja.«

Ihr war das Gespräch sichtlich unangenehm. Das lag in

der Natur dieses Ortes. Auf dem Kommissariat traf man sich nicht zum Kaffeetrinken. Doch Frau Sinn fühlte sich nicht wegen des Todesfalles unwohl.

»Die Jungs«, schaltete sich plötzlich Kim ein, »waren für Sie dann sicherlich bald wie Ihre eigenen Kinder, oder?«

Frau Sinn schaute sie interessiert an, als habe sie Kims Anwesenheit soeben erst bemerkt.

»Ich selbst habe keine Kinder. Und natürlich war diese Arbeit schöner als die eintönige Putzerei. Aber warum fragen Sie mich das? Brauchen Sie Familiengeschichten für Ihr Buch?«

»Nein, ich schreibe Krimis.«

Mark versenkte sein Gesicht in seinen Händen.

»Oh, das ist interessant! Haben Sie denn schon etwas veröffent…«

»Entschuldigung«, unterbrach Mark sie ungeduldig, »können wir das Literarische Quartett auf den Abend verlegen? Ich möchte gern vorankommen.«

Margarethe Sinn verschränkte die Arme. Sie saß da wie eine rosa Torte, dachte Mark, Schicht um Schicht fröhliches Pastell, das in akkurat gelegten blonden Wellen endete.

Er hakte nach. »Kann es sein, dass Sie sich mit den Kindern besser als mit den Eltern verstanden? Sie haben das gestern erwähnt.«

»Ich habe das gestern nicht erwähnt«, sagte Margarethe Sinn, deren ablehnende Körperhaltung nun eindeutig auf Mark gemünzt war, »sondern ich habe es betont, Herr Kommissar.«

»Warum?«, fragte Mark ungerührt.

»Weil ich wahrscheinlich nicht die gewünschte Trauerreaktion auf den Tod von Herrn Kellermann gezeigt habe und nun auch nicht weinend bei seiner Witwe sitze. Bevor Sie daraus Ihre Schlüsse ziehen, weise ich Sie lieber selbst darauf hin.«

»Richtig!« Mark wollte diesen Punkt abhaken. »Immerhin waren Sie die Erste am Tatort, haben einen Schlüssel und sind immer bestens über die Anwesenheit der Kellermanns informiert.« Mark verschränkte nun ebenfalls die Arme vor der Brust.

»In meinen Augen haben die Kellermanns nur deshalb Kinder in die Welt gesetzt, weil sie in die Schablone einer Politikerfamilie passen wollten. Er war ja damals schon Abgeordneter im Bundestag, sie bereits auf dem Weg zur namhaften Journalistin mit ihren Artikeln aus allen möglichen und unmöglichen … Wie heißt das noch mal hinter der Bühne, wo die schrägen Mädels auf die Musiker treffen?«

»Backstage, vermute ich mal«, sagte Mark und hatte dabei Kim im Blick, die das Gespräch aufmerksam verfolgte.

»… aus diesen Backstagen jedenfalls. So hat sie es zur Zeitungschefin gebracht, er zum Staatsminister. Die Kinder sind nur Beiwerk.«

Mark setzte gerade zu einer ihm offenbar sehr wichtigen Frage an, als Kim ihm zuvorkam.

»Sehen das die Kinder genauso?«, fragte sie, »dass sie nur Beiwerk sind, meine ich?«

Margarethe Sinn rückte sich wieder auf dem Stuhl zurecht und schaute verstohlen zu Mark. Er warf Kim einen kurzen verärgerten Blick zu und stand zu Margarethe Sinns Erleichterung ganz plötzlich auf, um zur Tür zu gehen.

»Ich muss rüber zur Dienstbesprechung.« Mark hatte die Klinke schon in der Hand, als er sich noch einmal umdrehte. »Liebe Frau Sinn, macht es Ihnen etwas aus, mit meiner …«, er nickte zögernd in Kims Richtung, »Kollegin weiterzumachen, oder könnten Sie morgen noch einmal kommen?«

»Nein, nein!«, entfuhr es der Frau. »Ich möchte das heute und hier hinter mich bringen und rede gerne mit Ihrer …«, sie lächelte Kim an, »reizenden Kollegin weiter.«

»Okay, ich danke Ihnen und werde mich melden, sollten sich doch noch weitere Fragen ergeben.«

Ihr »Aber natürlich, Herr Kommissar«, hörte Mark Tschirner nicht mehr.

Auf dem Weg runter zu Kotschack, der noch nicht wieder aufgetaucht war, fischte Mark eine Zigarette aus der Innentasche seines Leinensakkos und rauchte sie in wenigen Zügen am Fenster im Männerklo. Zum gefühlt hundertsten Mal wählte er Rebekkas Nummer auf seinem Handy. Die nette Telefonansage der Nichterreichbarkeit seines Gesprächspartners schien mittlerweile einen zynischen Unterton zu haben.

»Was hast du?«

Hühne Kotschack saß an seinem Miniaturschreibtisch und schaute wie gebannt auf den Bildschirm seines Computers.

»Hier!«, sagte er und winkte Mark zu sich, ohne den Blick vom Bildschirm abzuwenden. »Das ist der Typ, mit dem Kellermann zuletzt gechattet hat.«

Mark schaute auf das grob gerasterte Foto eines Kopfes mit Ledermaske. »Als Fahndungsfoto ungeeignet.«

»Ist mir schon klar, doch die Infos zum Profil sprechen Bände. Der ist ja nicht nur hier unterwegs, sondern hat sich auch mit anderen Plattformen verlinkt. So blöd muss man erst mal sein. Sogar sein Facebook-Account ist hier zu finden. Da! Tagsüber Petitionen gegen Tiertransporte unterschreiben und nachts Frischfleisch verhökern!«

Tatsächlich baute sich auf dem Bildschirm ein Facebook-Profil auf, das ein klar sichtbares Porträt und im Hintergrund ein auffälliges Graffiti an einer verputzten Mauer zeigte.

»Der Typ ist Model. Wie der aussieht …«, sagte Mark nicht ohne Anerkennung. Das war eine seiner instinktiven Reaktionen, um sich vor dem, was er zu erwarten hatte, noch für einen Moment zu schützen.

»Auch Models haben Schwänze«, sagte Kotschack.

»Moment mal …«, Mark ging näher an das Bild, Kotschack rückte zur Seite.

»Was? Kennst du den?«

»Den nicht. Aber es kann sich bei dem Foto ja auch um ein Fake handeln. Schau mal auf die anderen Bilder, die er gepostet hat.«

Kotschack klickte durch die Fotoalben, die dort veröffentlicht waren, aber lediglich eine Sammlung von Porträtaufnahmen verschiedener männlicher Models zeigte. Dazu noch ein paar Sonnenuntergänge und Katzenfotos. Das war alles.

»Satz mit x.«

»Sag jetzt nix«, parierte Mark und schüttelte ungläubig den Kopf.

»Keine Angst, Kollege, den haben wir schon mal an der Angel. Und wenn ich Zuckerberg persönlich bitten muss, uns die Daten des Kerlchens rauszurücken.«

»Das brauchen wir nicht«, sagte Mark. »Der Typ mag ein

Fake sein. Das Titelfoto dieser Seite nicht. Er hat sogar angegeben, wann er es mit seinem Handy aufgenommen hat.«

»Das Geschmiere an der Wand? So 'n Graffiti findest du in Berlin an jeder Ecke. Was ist das? Ein Hai?«

»Dieses Bild siehst du eben nicht an jeder Ecke«, entgegnete Mark. »Diesen Hai hat Damien Hirst persönlich dort rangesprüht.«

»Und wo ist das?«

»Im ›Vico House‹«, sagte Mark leise und spürte, dass sein Magen nun endgültig gegen die Leere und diesen Tag rebellierte.

KAPITEL 19

Die Kinder waren schon weg. Charlene musste zur Mittagsschicht, trank hastig ihren Kaffee aus und griff nach ihrem Autoschlüssel. »Bist du heute Abend da?«, fragte sie beim Hinausgehen.

»Nach meinem Besuch in La Santé fliege ich zurück«, log Rebekka guten Gewissens. Sie musste sich konzentrieren, neu einstellen, ihr Aussehen wechseln und dann zuschlagen. In diesem Tumult hier war das nicht möglich.

»Dann zieh die Tür einfach hinter dir zu, ja?«

Der Abschied fiel Charlene diesmal schwerer als sonst. Sie ging auf Rebekka zu und ließ sich widerstandslos in den Arm nehmen. »Manchmal wünschte ich, du würdest hier leben. Ich beneide deine Freunde in Berlin um dich.«

»So viele gibt es da gar nicht.«

»Dann beneide ich halt die wenigen. Wäre gerne eine von ihnen.«

»Aber du bist eine von ihnen.« Rebekka hielt Charlene fest. »Du kannst mir immer mailen, ja? Ich komme, wenn du Hilfe brauchst. Versprochen!«

»Danke.«

Charlene zu sich nach Berlin einzuladen, kam nicht infrage. Sie war weder Gisa Kallweit noch die große Journalistin mit einer stuckverzierten Charlottenburger Altbauwohnung voller Bücherwände, hatte keinen eigenen Freundeskreis und schon gar keine Familie zu bieten.

Charlenes Blick war traurig, und Rebekka fühlte sich schlecht.

»Du bist uns immer willkommen, ma chère.«

»Das weiß ich«, sagte Rebekka und strich Charlene übers Haar.

»Wie gesagt, einfach die Tür zuziehen!«, sagte Charlene und ging hinaus. Die Tür fiel hinter ihr ins Schloss.

Rebekka nahm ihren Kaffee und schaute vom Balkon auf den Parkplatz hinunter, wo ein rostiger Peugeot rasselnd startete.

Rebekka entließ ihre Freundin zurück in eine Welt, aus der sie sie nicht herausholen konnte. Sie konnte nur ein bisschen ins Lenkrad greifen, ohne das Auto in den Straßengraben zu dirigieren.

Fabien, der eindeutig unter Drogen stand, belebt und zugleich getötet von irgendeinem Zeug, mit dem der Alte auf dem Parkplatz ihn angefixt hatte und das er nun selbst weiterverkaufte; ihr Aas von einem Mann im Gefängnis – es gab genügend Gründe für Rebekka hierher zurückzukommen. Zuerst aber musste das Böse aus der Welt.

Vom Balkon konnte sie über die Dächer der Stadt schauen. Der morgendliche Smog legte sich vom Osten aus in Richtung Westen wie eine Wolldecke über die Dächer. Der Tour Montparnasse war kaum noch zu sehen. Sacre Coeur hingegen thronte leuchtend weiß auf dem Montmartre. Rebekka rief sich den Tag in Erinnerung, an dem sie das Haus ausfindig gemacht hatte, in dem Swetlana Taubman von Mathieu Ceva ermordet wurde.

Dezember 1989, ihr Großvater Erich Schomberg hatte seinem Leben ein Ende gesetzt und sie ihn in Köpenick anonym beerdigen lassen, als sie beschloss, nach Paris zu fahren und sich auf die Suche nach Swetlana Taubman zu machen, deren Leben dieser Mann zerstört hatte.

Mit zitternden Knien fragte sie sich bis zur Rue des Trois Frères durch. Hinter einem Typen schlich sie sich ins Haus. Er schleppte Plastiktüten mit Gemüse bis unters Dach, während sie hinter ihm unauffällig die Wohnungstüren in dem engen, mittelalterlich anmutenden Treppenaufgang nach dem Namensschild »Taubman« absuchte.

An einer abgeschabten Holztür im dritten Stock klingelte sie schließlich. Erst wurde der Spion zur Seite geschoben, dann die Kette über dem Schloss.

Sie sah noch heute die alte Dame vor sich. Vor allem aber ihren versteinerten Blick, als sie sich als die Enkelin von Erich Schomberg vorstellte. Nie zuvor hatte sie jemand so angeschaut. Und nie wieder wollte sie so einem Blick begegnen. Es war weder Hass noch Abneigung, keine Überraschung und kein Horror, den Swetlana Taubmans Gesichtsausdruck wiedergab. Es war die pure Angst.

Sie blieb hartnäckig, und Swetlana Taubman gestattete ein Gespräch. Allerdings ließ sie ihre Besucherin nicht in die Wohnung, da sie keinem Fremden traute und jemandem, der aus dem gleichen Fleisch und Blut wie Erich Schomberg war, schon gar nicht.

Swetlana Taubman schlug das »Le Dürer« vor, eine kleine mittelalterliche Kneipe in der abschüssigen kleinen Rue Yvonne-le-Tac. Doch der Name des deutschen Malers diente wohl nur als Lockmittel für Touristen, das Essen war französisch, aber schlecht.

Die Frau wollte das Gespräch ganz offensichtlich kurz halten, und nur allmählich öffneten sich ihre Gesichtszüge und ließen ein leises Interesse an ihrem Gegenüber erkennen.

Misstrauisch und seltsam getrieben begann die Frau zu erzählen. Swetlana Taubmans Erinnerung an den letzten Tag mit ihren Eltern glich einer verwackelten Aufnahme in Schwarz-Weiß. Sie lenkte ein, im Nachhinein so viele Fotos und Dokumentationen über das Massaker gesehen zu haben, dass sie die eigenen Eindrücke gar nicht mehr von denen anderer unterscheiden konnte. Nur dass ihre Mutter sie diesmal fester zu drücken schien, hatte sich in ihre Erinnerung eingekerbt, und dass sie ihr befahl, in den »Erdstall« hineinzukriechen, obwohl sie doch noch den Schlafanzug anhatte. Der Deutsche, Erich Schomberg, hatte ihnen das Wort für die Höhle beigebracht, die der Vater bei Bauarbeiten hinter dem Haus entdeckt und liebevoll sein »Souterrain« genannt hatte. Dort verkroch sie sich mit ein paar Nachbarskindern, und keiner fragte den anderen, wo die Eltern blieben und wann man sie wohl wiedersehen würde.

Swetlana hatte nicht lange in der Höhle ausgeharrt. Es war ein zu schöner Tag, um im Dunklen zu hocken. Sie konnte ihren Verdacht nicht benennen, und das Wort gehörte noch nicht in ihren Wortschatz. Es würde erst Jahre später hinzukommen, als ihr Leben aus gebrochenen Versprechen, enttäuschten Gefühlen, unerfüllten Wünschen und dem Gefühl von Unvollkommenheit bestand. Ihr kindlicher Instinkt sagte ihr, dass der Deutsche, wenn er den Erdstall kannte, früher oder später hierherkommen würde. Also konnte sie auch hinausgehen in die Sonne, dahin, von wo die Musik kam.

Kurz entschlossen kletterte sie vorbei an den fragenden Blicken der Kinder, die es in diesen seltsamen Zeiten nicht wagten, den Worten ihrer Eltern zuwiderzuhandeln, und sitzen blieben. Sie lief die Straße hinunter in Richtung Marktplatz und hatte bereits vergessen, dass sie noch im Schlafanzug war. Und sie wandte nicht den Blick, nicht nach rechts, nicht nach links, obwohl es dort so vieles zu sehen gab, sondern lief schnurstracks geradeaus, bis sie am Ende der Straße ihren Vater sah.

Die Tochter von Jean Taubman und einzige Überlebende der Familie hatte dank einer wohlhabenden Pflegefamilie an der Sorbonne studieren können und war Kunsterzieherin geworden. Schombergs Enkelin versuchte gar nicht erst, den Großvater ins Spiel zu bringen, der sich nur wenige Tage zuvor in seiner Köpenicker Neubauwohnung erhängt hatte. Beide Frauen wussten, weshalb sie an diesem Tisch saßen, und Swetlana Taubman stimmte nur widerwillig zu, als Rebekka ihr das Geld für den Kauf ihrer Wohnung anbot, für die sie monatlich einen viel zu hohen Anteil ihrer Rente als Miete zahlte.

»Dann hat wenigstens mein Sohn noch etwas davon, wenn ich mal nicht mehr bin. Aber glauben Sie nicht, Ihren Großvater damit auch nur einen Millimeter reingewaschen zu haben! Es ist mir egal, was ihr Deutschen heute macht und von euch haltet, aber Ihr Großvater bleibt, was er war: eine Schmeißfliege, ein gewissenloser Mörder!«

Nach diesen Worten war Swetlana Taubman aufgestanden und gegangen.

Rebekka schaute auf die Uhr. Es war so weit. Sie nahm ihre Tasche und schloss behutsam die Wohnungstür hinter sich.

KAPITEL 20

Mark hatte ihn sofort erkannt, Freddy, Rebekkas Vertrauten, den Hüter ihrer zweiten Heimat im »Vico House«. Dass Schwule den Hang zu seltsamen und wahrscheinlich viel aufregenderen Erfahrungen als Heteros hatten, war ihm nicht neu. Aber was hatte Freddy mit Kellermann zu tun?

Seit seinem letzten Fall, bei dem Freddy Rebekkas Leben aufs Spiel gesetzt, nur weil er sich in den falschen Typen verliebt hatte, wusste Mark von Freddys Hang zu Männern, die älter waren als er und arriviert wirkten.

Warum aber trieb sich der, den Mark für integer hielt, weil ein krankhaft misstrauischer Mensch wie Rebekka ihm vertraute, auf einer Pädophilenseite herum und bot sich ihm geradezu als Täter an?

So weit sind wir noch nicht, dachte Mark und ging die Treppen hinauf zurück ins Büro. Die Dienstbesprechung stand an, und auch Alexandra Kellermann müsste bereits auf dem Weg zum Kommissariat sein. Warum nur konnte er Rebekka nicht erreichen? Sie musste gesehen haben, dass er angerufen hatte. Normalerweise vergingen bis zu ihrem Rückruf nur wenige Minuten.

Er musste ins »Vico House«, um mit Freddy zu reden, bevor er den offiziellen Ermittlungsauftrag dafür bekam oder ein anderer es tat. Noch konnte er das Ganze als unglücklichen Zufall aufklären und nicht in die Ermittlungsakten eingehen lassen.

»TSCHIRNER!«, hörte er Gellert im Treppenhaus brüllen. »Deine Dienstbesprechung beginnt grad ohne dich.«

Mark schloss die Tür hinter sich.

»Guten Morgen, Kollegen. Ich sage Ihnen, was wir haben. Der Tote ist …«, er räusperte sich, »war unser Kulturstaatssekretär Frank Kellermann. Er starb durch Erhängen, das heißt, wir gehen davon aus, dass er erhängt wurde. Das Seil ist ein Sportgerät aus der Rhythmischen Sportgymnastik.«

Mark schaute in die Runde und bemerkte hier und da ein abschätziges Lächeln. Kim Fröbe saß ungerührt auf einem der hinteren Plätze gleich neben der Tür und sagte zu Marks Erleichterung nichts.

»Sein Mörder ist entweder mit ihm zusammen ins Haus gekommen oder hat dort auf ihn gewartet, es gibt keine Einbruchsspuren. Kellermann muss gestern Morgen zwischen 2 und 4 Uhr erhängt worden sein. Der Tod trat langsam ein, da Kellermann mit dem Strick um den Hals auf einem Eisblock stand.«

Räuspern und Raunen ging durch die Reihen. Auch Marks Kollegen schienen überrascht, dass die Vielfalt der Tötungsarten immer noch eine neue Variante aufbot.

»Am Freitagmorgen hat die Ehefrau ihren Mann zum letzten Mal gesehen. Sie und die Jungs fuhren über Pfingsten weg. Dienstagmittag, also vier Tage später, wurde Kellermann von der Putzfrau gefunden.«

Mark stutzte bei seinen eigenen Worten. Seine Kollegen, ein Trupp von acht Polizeibeamten verschiedener Abteilungen, unter ihnen Strobel, Gellert und Kotschack, schauten ihn abwartend an. Marks Blick suchte Strobel. Der nickte unauffällig und machte sich auf dem Schreibblock eine Notiz.

Mark ging zum Fenster. Er rechnete mit Alexandra Kellermann und hoffte, sie würde jeden Moment über den Parkplatz gelaufen kommen. Dann wandte er sich wieder seinen Kollegen zu.

»Seine Frau sagte, Kellermann habe angespannt gewirkt, seit er den Job vor einem halben Jahr wieder übernommen hatte. Das politische Pflaster in Berlin war inzwischen rauer geworden. Vielleicht hatte er Angst vor der eigenen Courage.«

»Dann hätte er gerne mal auf ein Praktikum hier vorbeikommen können«, sagte Pfitzner, ein unscheinbarer Beamter mit Schnauzbärtchen und langweiligen Die-da-oben-Statements. »Für die da oben ist Arbeit doch die schönste Art der Fettlebe.«

Marks Blick brachte Pfitzner zum Schweigen. »Die da oben haben gerade mit einem Streit um die alte Eisfabrik an der Köpenicker Straße zu tun, in der Romafamilien leben, deren Asylverfahren und damit Bleibestatus offen sind.«

»Was hatte Kellermann als Kulturstruppi mit Asylverfahren zu tun?«, schaltete sich Nebel ein.

Mark fuhr herum. Er hatte Nebel nicht hereinkommen hören. Als Leiter des Referats Verbrechensbekämpfung in der Brunnenstraße hatte sein früherer Chef hier nichts zu suchen.

»Genau. Als *Kulturstruppi* hatte er genau damit zu tun, brachliegendes Gelände im wahrsten Sinne des Wortes zu kultivieren«, entgegnete Mark trocken. Sich seine Überraschung anmerken zu lassen, wäre vor Nebel das Letzte.

Nebel setzte sich, und Mark fuhr fort. »Und zu guter Letzt wissen wir, dass unser Kulturstaatssekretär offensichtlich Kontakte zu homosexuellen bis …«, Mark zögerte. Die Anwesenheit von Nebel brachte ihn doch aus dem Konzept. Seit der mit Jugendlichen in der Prävention arbeitete, hatte er sich das Schild des Gutmenschen um seinen Stiernacken gehängt und ließ sich nun mangels spektakulärer Fälle mit jedem Schülerapplaus feiern. »… pädophilen Kreisen unterhielt. Und damit kommen wir zur Aufgabenverteilung.«

Wieder schaute Mark aus dem Fenster. Alexandra Kellermann lief über den Parkplatz. Er musste sich beeilen. Wahnsinnig beeilen.

»Okay, Leute. Gellert und Kotschack – ihr verschafft euch noch mal einen Überblick in Kellermanns Senatsbüro in der Brunnenstraße und in der Messefirma ›Fairtrades‹.« An alle gewandt fuhr er fort: »Die beiden Kollegen sind so weit im Stoff, bei denen könnt ihr euch alle nötigen Infos holen. Strobel und ich sprechen jetzt noch mal mit Frau Kellermann. Gellert und Pfitzner jagen die im Haus gefundenen Fingerabdrücke durch den Computer und … Gellert?«

»Ja?«

»Ist es okay, wenn ich dich von deinen Leuten für ein, zwei Tage ausleihe? Kann jetzt jeden Mann gebrauchen.«

»Klaro, worum geht's?«

»Wenn du mit Kotschack durch bist, fährst du mit Pfitzner in die Eisfabrik. Ruhig schon mal nach Anzeichen schauen, ob dort irgendwas geplant ist, vermessen wird, Baucontainer rumstehen oder ähnliches.«

»Geht klar. Spurensicherung in einer Ruine. Das schreib ich mir glatt in den Lebenslauf.«

»Danke«, sagte Mark erleichtert. »Kotschack, du nimmst dir die drei verbleibenden Kollegen für alles, was die Website und der Chat hergeben. Wo ist der Kollege vom LKA2?«

»Rauschgift sitzt hier!«, meldete sich Klaus Hammer, der für seine gemächliche, aber äußerst effektive Arbeitsweise bekannt war.

»Sehr gut. Sie schließen sich Kotschack an. Neben unseren Ermittlungen im Pädophilenmilieu gilt unser zweites Augenmerk Crystal Meth. Das Opfer hatte eine nicht unerhebliche Menge davon im Blut.«

Das allgemeine Raunen bestätigte Marks Vermutung, dass jeder der Anwesenden schon länger mit dem ersten Mordfall in Verbindung mit der sogenannten »Modedroge« gerechnet hatte.

»Sämtliche Ergebnisse auf meinen Tisch oder mir direkt ins Ohr, und das zu jeder Tages- und Nachtzeit. Wir müssen schneller sein als die möglichen Seilschaften hinter Kellermann, denn die schlafen garantiert ebenso wenig. Und an die Presse nach wie vor nur die Info von ›tot aufgefunden‹. Ich danke euch.«

Marks Eile hatte zwei Gründe. Er musste mit Alexandra Kellermann sprechen und ins »Vico House« fahren, um Freddy zu befragen. Und das alles, bevor einer der Kollegen, die er gerade auf die Spuren dieses Falls gesetzt hatte, tatsächlich seiner Arbeit nachging. Dummerweise hatte er das »Vico House« gegenüber Kotschack erwähnt. Der Pfeil war verschossen. Er konnte ihn nicht zurückholen. Allerdings war Kotschack so in seinen Computer und Freddys Profil vertieft gewesen, dass er, so hoffte Mark, die Info überhört hatte.

Mark gab Nebel beim Hinausgehen ein Zeichen, das ihm bedeuten sollte, zu einem späteren Zeitpunkt wiederzukommen, in Wirklichkeit aber hieß, er solle sich verpissen.

Alexandra Kellermann betrat das Büro, und Mark führte sie in das Vernehmungszimmer, wohin Strobel ihm folgte.

»Nun denn, Frau Kellermann, ich will es gar nicht spannend machen«, begrüßte er die Frau, die, wie er feststellte, wieder ihren aus Härte geschnitzten Blick aufgesetzt hatte. »Sie sagten, Sie seien mit den Kindern über Pfingsten weggefahren und hätten Ihren Mann am Freitagmorgen zum letzten Mal gesehen.«

»Ja?«, entgegnete Alexandra Kellermann verwundert.

»Pfingsten heißt, dass am Montag Feiertag und damit keine Schule war.«

»Richtig. Deshalb sind wir ja weggefahren.«

»Sie kamen aber erst am Dienstag zurück. An dem Tag, an dem Ihr Mann gefunden wurde. Und an dem Tag war Schule.«

Alexandra Kellermann senkte den Blick.

Strobel schaltete sich ein. »Wo waren Sie von Ihrer Rückkehr aus den Tropical Islands bis zum Dienstagmorgen? Warum sind Sie nicht am Montagabend nach Hause gekommen, was doch logisch gewesen wäre, wenn am Dienstag die Schule wieder losgeht?«

Alexandra Kellermann seufzte, und es war Erleichterung, die Mark heraushörte. Er gab Strobel ein Zeichen, der stand auf und ging hinaus. Eine Minute später kam er mit einem Kaffee zurück, den er Alexandra Kellermann reichte.

Wie sie so dasaß in ihrer präzisen Art erinnerte sie Mark an seine Mutter, die für Spaß im Leben nicht viel übrig hatte.

»Wir haben noch eine zweite Wohnung. In der Friedrichstraße. Die Jungs und ich haben dort übernachtet.« Alexandra Kellermann nippte an ihrem Kaffee.

Mark und Strobel warteten ab.

»Thomas hat sich nicht so gut mit seinem Vater verstanden.«

»Der Große?«

»Ja.«

»Und weil sich der Sohn nicht mit dem Vater versteht, nehmen Sie sich eine zweite Wohnung?«

»Ich kann mir vorstellen, wie das für Sie aussehen muss.«

»Können Sie nicht.« Die Gleichgültigkeit dieser Frau wirkte auf Mark wie ein Schutzschild. Und er würde herausfinden, wovor sie sich zu schützen versuchte.

»Mein Mann und ich haben uns eine Auszeit verordnet. Ich nutze manchmal die Wohnung in der Stadt. So bekommen wir den nötigen Abstand.«

»Abstand«, ein Wort, das korrekterweise »Abgrund« heißen müsste, fand Mark. Er war genervt von Wohlstandsfloskeln wie diesen für das, was doch nur bedeutete: Einer von uns hat die Schnauze voll und will sich vom anderen trennen, nur fehlt es beiden von uns am nötigen Rückgrat.

»Und gelingt Ihnen das?«, fragte er nun, wohl wissend, dass sie im Präsens gelandet waren.

»Es ist uns gelungen, ja. Und nun war alles umsonst«, war dann auch Alexandra Kellermanns korrigierend pragmatische Antwort.

Innerhalb kürzester Zeit waren zwei Dinge in dieser Familie nicht, was sie zu sein vorgaben: Man leistete sich eine Putzfrau im sauberen Hause Kellermann. Das Geld für eine Kinderfrau hingegen sparten die Vorzeigeeltern ein, indem sie auch die Erziehung durch die Putzfrau erledigen ließen. Die Harmonie, die das Haus ausstrahlte, war Blendwerk. Wahrscheinlich war die Welt um ihn herum nichts als Kulisse, vermutete Mark, und er selbst mit Ehefrau, zwei Kindern und Geliebter das Vorbild für alle.

Mark schaute auf die Uhr. Er musste zum Punkt kommen und sich die Betrachtung dieser Ehe für einen anderen Zeitpunkt aufheben.

»Wir haben einen Laptop in Ihrem Haus gefunden, den vermutlich vorrangig Ihr Mann genutzt hat. Dabei stießen wir auf …«

»Das kann nicht sein!«, unterbrach ihn Alexandra Kellermann beinah panisch.

»Was kann nicht sein?«, fragte Mark lauter, als er es gewollt hatte.

»Dass Sie …« Sie versank in Schweigen, wie durch die bloße Wucht ihrer Gedanken ausgebremst.

»Dass wir auf eine Pädophilenseite gestoßen sind?«

Strobel warf Mark einen Seitenblick zu mit der dringlichen Bitte, sich zu beruhigen.

»Wie bitte?«, fragte die Frau, »was sagen Sie da?«

»Ich denke, es ist an der Zeit, dass Sie uns etwas sagen«, übernahm nun Strobel das Gespräch.

Alexandra Kellermann stand auf. Sie wirkte völlig zerfahren, und Mark lehnte sich zurück, um sie zu beobachten.

»Das kann nicht sein!«, sagte sie nur und dann noch ein gefühltes Dutzend Mal, »das kann nicht sein!«

»Das kann oder das darf nicht sein?«, fragte Strobel. »Was meinen Sie, Frau Kellermann? War in Wirklichkeit der Hang Ihres Mannes nicht nur zu Männern, sondern zu Jungen im Alter Ihrer Söhne der Grund für die getrennten Wohnungen?«

Mit einer Handbewegung bat Strobel sie, sich wieder zu setzen. Sie gehorchte und schien dabei einen tiefen Schmerz zu empfinden, für den sie keine Worte fand.

»Es gibt keinen Laptop meines Mannes im Haus«, sagte sie plötzlich sehr ruhig. »Das ist mein Laptop. Ich bin die Einzige, die ihn nutzt. Meine Jungs haben ihre Handys und einen Computer in unserer Zweitwohnung. Das ist alles.«

»Okay«, sagte Mark und fuhr sich durchs Haar. Es war unklug gewesen, die Website zu erwähnen. Auch dieser Pfeil war verschossen. Er musste zu seiner Ruhe zurückfinden. »Dann sagen Sie uns bitte, was Sie auf einer Website namens ›Gummitwist‹ treiben. Und die Ausrede, es sei nur Recherche gewesen, zählt nicht.«

»Ich kenne die Website nicht.«

Jetzt hielt Mark nichts mehr auf dem Stuhl. »Ach, hören Sie doch auf!« Er ging um sie herum und lehnte sich über Ihre Schulter. »Sie zu befragen, reißt Löcher auf, statt welche zu schließen. Merken Sie das eigentlich nicht selbst?«

»Ich habe meinen Mann verloren, verdammt noch mal!«, brüllte sie. »Merken *Sie* eigentlich noch etwas? Und trotz dieses Umstandes habe ich Ihnen bisher Dinge erzählt, die ich noch nicht einmal mir selbst erzähle! Ich hatte keinen Moment zum Trauern, weil ich dank Ihrer Forschheit meine Eheprobleme neu aufleben lassen durfte. Und nun kommen Sie mir mit Schweinereien, die mein Mann und ich begangen haben sollen, aber das Wichtigste in dieser Angelegenheit bemerken Sie nicht!«

»Und das wäre?«, fragte Mark ungerührt und setzte sich ihr wieder gegenüber.

»Weder ich noch mein Mann wären ja wohl so dumm, auf einem Laptop, der noch nicht mal ein Passwort hat, eine solche Website sichtbar stehen zu lassen. Meinen Sie nicht, dass Benutzer solcher Seiten clever genug sind, ihre Spuren zu verwischen, so wie es jeder minderbemittelte Pornokonsument tut?«

Mark empfand gar nichts mehr, während er sie beobachtete, noch nicht einmal Abscheu. »Sie haben das Recht auf einen Anwalt.«

Alexandra Kellermann nickte unmerklich. Ihre Augen verengten sich zu Schlitzen. »Gut, dass Sie mir das sagen, Hauptkommissar Tschirner. Und der, das verspreche ich Ihnen, wird Sie das Fürchten lehren.« Sie erhob sich und griff nach ihrer Handtasche.

Mark kam ihr an der Tür zuvor. »Bitte halten Sie sich für weitere Befragungen zu unserer Verfügung.«

Sie schaute ihn nur abschätzig an und ging hinaus.

Mark schloss die Tür hinter ihr und wandte sich Strobel zu. »Das Dumme ist, dass sie recht hat. Der Mann war Politiker und in Abgründen unterwegs, in die ich noch gar nicht blicken will. So einer hinterlässt doch keine Spuren?«

Strobel nickte. »Dann hat es ein anderer für ihn getan.«

KAPITEL 21

Zu dieser Tageszeit hatte sie keinen Anfall zu befürchten. Der Zug war halb leer und hielt alle zwei Minuten, die Türen weit geöffnet.

Im Gang gegenüber eine afrikanische Familie mit vier Kindern. Der Vater trug eine hellblaue Djellaba. Die Kleinen standen wie die Orgelpfeifen im Gang, überließen den Eltern und ihren Koffern die vier Plätze und trauten sich nicht vom Patriarchen weg, um sich woanders hinzusetzen. Dazu genügte ein Blick auf die vier Kinder, drei Jungen und ein Mädchen von etwa vier bis acht Jahren, wie sie sich aneinander und am Sitz festhielten und die Fahrt bis zum Flughafen Roissy stehend verbringen würden. Denn der Vater hatte Anweisungen zu geben. Wie sie sich bei Tisch zu benehmen hatten bei Onkel Gilles und Tante Tiphaine. Und dass es dort noch wärmer sei als hier, man aber nicht jeden Tag duschen könne. Dass sie höflich sein und nicht über die Aussprache der Leute lachen sollten. Denn er, der Vater, würde dann genauso Französisch reden wie der Onkel und die Tante. Und dass sie nun zum ersten Mal sein Heimatland Elfenbeinküste sähen. Und dass das auch ihr Heimatland sei. Und nein, dort seien die Küsten nicht aus Elfenbein.

Mit großen Augen und offenen Mündern lauschten sie dem Vater ergeben, während die Mutter verzückt am Chanelanhänger ihres Tati-Koffers herumzupfte.

Rebekka verschränkte die Arme, schloss die Augen. Es folgte die Geschichte von der Antilope und dem Baum, die sich wirklich so zugetragen habe. Der Vater erzählte Geschichten von falschem Stolz, der gebrochen wurde, und der Gerechtigkeit, die immer siegte. Er begann mit einer Aussage und endete mit einer Moral, die wie eine Lebensweisheit klang und von dem Moment an in den Kindern verankert war …

Erschrocken fuhr Rebekka hoch, rannte den Gang entlang und drückte im letzten Moment noch auf den Knopf an der Tür, die sich schon wieder geschlossen hatte. Sie sprang aus dem Zug und drehte sich um: Vier grinsende Gesichter entfernten sich im Zeitlupentempo und würden sogleich korrigierende Worte ernten, dass man über die Tollpatschigkeit anderer nicht lache, obwohl auch der Vater sich ein Feixen nicht hatte verkneifen können, als die aufgetakelte Dame im Beamtinnenlook für einen kurzen Moment ihre Contenance verlor.

In Denfert-Rochereau eilte sie durch die engen Gänge zur Metro und fuhr von da bis Glacière.

Ihre Reisetasche eng an sich gedrückt, lief sie die Treppen hinunter zum Boulevard Auguste Blanqui und bog von dort in die Rue de la Santé ein. In diesem Viertel, das von modernen Plattenbauten dominiert wurde, vermutete niemand den Anblick dieser beinah erhaben wirkenden, um die zwölf Meter hohen Mauer aus Feldsteinen, die jedem flanierenden Gedanken Einhalt gebot: »Bis hierhin und nicht weiter. Reisender, kehr um«, schien das zu rufen, was all die Geschehnisse an diesem Ort verbergen wollte.

Neben einer unscheinbaren Metalltür befand sich ein Glaskasten, in dem zu jeder Tages- und Nachtzeit mindestens zwei Gendarmen saßen. Rebekka drückte den Knopf rechts vom Fenster und wartete, bis sie die Aufmerksamkeit eines der Beamten hatte.

»Madame?«

»Gisa Kallweit. Ich habe einen Termin mit Monsieur Joubert.«

»Ausweis oder Pass bitte.«

Rebekka legte den Personalausweis in das dafür vorgesehene Fach, das der Polizist nach innen zog. Er warf einen kurzen Blick auf ihr Foto und griff zum Hörer.

Nach einem kurzen Telefonat sagte er: »Treten Sie ein, Frau Kallweit!«, und deutete auf die kleine Metalltür zu ihrer Rechten.

Rebekka stand in dem kleinen Vorraum und schaute zu den drei Gendarmen, die sie nun keines Blickes mehr würdigten.

Jeder Gang, der aus diesem Vorraum führte, begann und endete an einem Gitter. An der Wand hing ein vergilbtes Dokument, der »Code de Déontologie du Service Public Pénitentiaire«. Rebekka hatte mittlerweile herausgefunden, was diese Anordnung zur »Ethik des öffentlichen Strafvollzugs« beinhaltete. Und dabei war ihr einmal mehr klar geworden, wie es um die Moral einer Gesellschaft bestellt war, wenn ihre Regeln gerahmt an der Wand hängen mussten.

»Madame Kallweit, Ihr Handy bitte.«

Sie legte ihr Handy in ein Schubfach, das nach innen gezogen wurde. Im Tausch bekam sie eine kleine Papiermarke mit einer Nummer darauf.

»Mit der Marke bekommen Sie Ihr Handy wieder. Monsieur Joubert ist auf dem Weg.«

Sie sah, wie er über den Innenhof gelaufen kam. Blaue Dienstuniform. Er bereitete sich auf seine Rolle vor, eine tiefe Falte auf der Stirn.

Serge Joubert passierte die Sicherheitsschranke zu ihrer Rechten und kam mit ausgestreckter Hand auf sie zu. »Bonjour, Madame Kallweit.«

Rebekka drückte sie zaghaft. »Bonjour. Wie geht es Ihnen?«

Serge schaute sich um. »Den Zuständen entsprechend.« Er lächelte. »Kommen Sie.«

Zurück durch die Sicherheitsschranke führte er sie über den Innenhof, auf dem ein paar Dienstfahrzeuge vor idyllisch anmutenden Büschen von Weinlaub geparkt waren, die an der Mauer herabwuchsen.

»Wie anheimelnd dieser Ort immer wieder auf mich wirkt. Egal, zu welcher Jahreszeit, in diesem Hof möchte man verweilen«, sagte Rebekka.

Serge nickte und zeigte auf eine Stelle neben dem Eingang zum Hauptgebäude. »Und hier stand die Guillotine. Am 28. November 1972 früh um 5 Uhr zum letzten Mal im Einsatz für die Mörder Roger Bontems und Claude Buffet. Kein Platz zum Verweilen. Glauben Sie mir.«

Es war bereits ihr dritter Besuch in La Santé. Und immer hatte Serge sie begleitet. Sie siezten sich, solange sie auf dem Gelände waren. Ein System aus Kameras und Mikrofonen bildete eine der Sicherheitsachsen dieser Haftanstalt. Jedes Zeichen persönlicher Vertrautheit hätte sowohl für Gisa Kallweit als auch für Serge das Ende ihrer Arbeit an diesem Ort bedeutet.

Rechts vom Eingang des Hauptgebäudes mit der Verwaltung und dem Büro für die Aufnahme der Häftlinge befand sich ein großer barock anmutender Besprechungsraum, das ehemalige Arbeitszimmer des Gefängnisdirektors. Über einem Kamin reflektierte ein verzierter Spiegel die Wände mit Intarsien und Bücherregalen voller historischer Werkausgaben zur französischen Rechtssprechung.

»Kaffee?«, fragte Serge und räusperte sich.

Die Freude, Gisa Kallweit wiederzusehen, konnte er nur schwer verbergen. Und ihr ging es genauso, das machte die angenehme Spannung zwischen ihnen aus. Rebekka wusste um seine Gefühle. Er hatte sie ihr mehrfach offenbart. Und sie wusste um ihre, und die waren so wahr wie ihr Name.

»Gern. Konnten Sie in Sachen Mathieu Ceva etwas erreichen?«

Rebekka setzte sich und war bemüht, ihre Aufregung zu verbergen. In ihrer zweiten Haut aus grauem Edelzwirn fühlte sie sich einfach nicht wohl. Ihre Tarnung konnte jeden Moment auffliegen, so fremd war dem Chamäleon das Wesen, in das es sich verwandelt hatte.

Serges Blick trug nicht gerade zu ihrer Beruhigung bei.

»Ceva wird Ihnen über seine Haft, vielleicht sogar von seinen Plänen erzählen. Er hört sich selbst gerne reden, ist der Showman geblieben, der er im früheren Leben in den Bars am Pigalle war. Egal, was er Ihnen erzählen wird, La Santé hat sein Fett bereits abgekriegt. Wir beginnen gerade mit der umfassenden Sanierung des Gefängnisses. Und es wäre mir lieb, Sie könnten das in Ihrer Artikelserie berücksichtigen.«

Er stand auf und ging unvermittelt zur Tür. Dann drehte er sich zu Rebekka um und bedeutete ihr, ihm zu folgen.

»Ich führe Sie durch den leerstehenden Trakt unserer Anstalt und erläutere Ihnen die geplanten Arbeiten. Wir wissen aber auch beide, dass diese Jungs keinen Hotelaufenthalt gebucht haben. Also seien Sie vorsichtig, wie weit Sie sich von Ceva beeinflussen lassen, wenn er Ihnen vom Alltag hier erzählt.«

Rebekka nahm ihren Kaffeebecher und stand auf. »Das heißt, er hat einem Gespräch zugestimmt?«

Sie spürte, wie etwas Röte in ihre Wangen zurückkehrte, und setzte ihre Brille wieder auf.

Während Serge schweigend vor ihr herging, versuchte sie, sich jedes Detail der Gänge, durch die Ceva sehr bald in seine Freiheit kommen würde, einzuprägen.

Erst nach einer gefühlten Ewigkeit antwortete er. Serge Joubert wollte nicht, dass Gisa Kallweit auf Mathieu Ceva traf. Er wollte überhaupt nicht, dass dieser Mann noch irgendeine Plattform bekam, um seine kruden Ansichten und Lehren, die er angeblich aus seinem Aufenthalt im Knast gezogen hatte, unter die Menschen zu bringen. Seit Jacques Mesrine, der hier ebenfalls eingesessen hatte und spektakulär geflohen war, gab es sogar ein Gesetz, das verbot, den Haftaufenthalt wie eine Märtyrertat für die folgenden Generationen zu Papier zu bringen. Ceva umging das Loi Mesrine, indem er jedem dahergelaufenen Journalisten ein Gespräch gestattete und damit die harten Verhöre zu seiner Verhaftung mit eitlen Interviews anlässlich seiner bevorstehenden Freilassung rächte.

»Er hat einem Treffen zugestimmt.«

Serge versuchte, an Rebekkas Gesicht eine Regung abzulesen. Doch diese Frau wirkte so unnahbar wie ein Scharfrichter.

»Wann?«

»Morgen früh, 8 Uhr. Sie haben 45 Minuten.«

Sie atmete tief durch, als müsse sie gedanklich in einem terminüberladenen Kalender blättern.

»Wunderbar. Das passt mir gut. Wie geht es dann mit ihm weiter?«

»Am Freitagmorgen wird er entlassen. Es ist also die tatsächlich letzte Chance, ihn zu sprechen.«

Übermorgen. Das Glück war auf ihrer Seite.

»Wohin geht Cevas Reise?«

Serge schaute sie eindringlich an, als habe Rebekka eine der ungeschriebenen Regeln verletzt. Und das hatte sie wohl. Ihre Frage war ein großer Fauxpas gewesen. Für Fragen dieser Art waren die Nächte da. Ihre gemeinsamen Nächte im Hotel »Georges V«.

»Ich meinte …«, Rebekka gab vor, zu überlegen, »das eher bildlich. Was ist Ihr Eindruck? Wohin geht seine Reise? Zurück ins Milieu?«

»Ich bin kein Gefängnispsychologe. Vielleicht hat der ja noch einen Termin für Sie frei.«

Rebekka hörte den zynischen Unterton heraus. In La Santé war die Stimmung unter den Wärtern seit dem Enthüllungsbuch angespannt. Jede falsche Äußerung konnte einen zum Nestbeschmutzer degradieren, selbst wenn sie mit Häftlingen im Allgemeinen und nicht dieser Anstalt im Speziellen zu tun hatte. Der Keim des Misstrauens war gesät und trieb die seltsamsten Blüten.

Draußen begann der Sommer, hier, innerhalb der 200 Jahre alten Mauern, herrschte nicht enden wollender Herbst. Zellen mit an die Wand geklappten Metallpritschen, im Boden verschraubten Toilettenbecken, Fotos aus Pornomagazinen und Autojournalen an der Wand neben Koranversen und roten Herzen. Auf den Gängen stapelten sich Ordner mit Papieren und offene Pappkisten mit vergilbten Formularen, und Rebekka war versucht, etwas vom Inhalt zu erhaschen. Doch Serge beobachtete nicht nur sie, sondern auch die Kameras, die in ihrer Modernität wie Requisiten an dem porösen Mauerwerk prangten. Am Ende eines jeden Gangs stand eine Telefonzelle, ebenfalls mit Kamera und Mikrofon versehen.

»Der VIP-Trakt«, sagte Serge und wies zu einer Treppe, die auf einen Gang über ihren Köpfen führte. »Auch schon geräumt.«

»Und was muss man tun, um selbst im Gefängnis *very important* zu sein?«, konnte Rebekka sich zu fragen nicht verkneifen.

»Man muss Polizist sein oder Bernard Tapie.«

»Polizist?« Rebekka stutzte über diese ganz offenkundige Bevorzugung der eigenen Spezies. »Ihre eigenen Leute werden da oben besser behandelt als die anderen hier unten?«

»Nein«, entgegnete Serge ungerührt, »sie werden hier unten schlechter behandelt als die anderen hier unten. Zur Vergewaltigung eines Bullen kämen Dutzende. Bei einer normalen Vergewaltigung stehen nur drei oder vier mit dabei.«

Seine Anweisung, nur Positives zu erzählen, schien Serge kurz verdrängt zu haben. Rebekka hakte nach. Sie musste wissen, mit wem Mathieu Ceva hier hauste, welche Eindrücke seine letzten Stunden in Gefangenschaft prägten, auch wenn die Dimension seiner Gefühlswelt ihrer so ähnlich war wie die Nacht dem Tag.

»Wie viele Nationalitäten sitzen hier ein?«

»81«, antwortete Serge, ohne nachzudenken. »Da gibt es natürlich hin und wieder Probleme«, fügte er hinzu, ohne die Frage abzuwarten. »Doch die Leute können sich auch beschäftigen. Sie hocken nicht den ganzen Tag aufeinander.«

Er öffnete die Tür zu einem der sogenannten Fitnessräume. Hier fiel das Tageslicht durch ein etwa 50 Quadratzentimeter großes vergittertes Loch. Die Hälfte des

Lichts wurde von einem verwitterten Fußball weggenommen, der von außen am Gitter klemmte. Der Torschuss einer Häftlingskarriere. Eine Tischtennisplatte und drei Hometrainer standen eng beieinander, und es war nur dann möglich, eines der vier Geräte zu nutzen, wenn man die drei anderen vorher auf den Flur stellte. Schönrederei legt auch nur das Verschwiegene frei. Rebekka registrierte jedes Detail.

»Jetzt zeige ich Ihnen, wo Sie Ceva morgen treffen.«

Sie gingen vorbei an Wartebereichen, in denen Kinderspielzeug auf dem Boden lag, und liefen durch eine weitere Sicherheitsschleuse in einen von außen zugänglichen Bereich, in dem sich Glaszellen auf zwei Gängen aneinanderreihten.

»Hier. Ich habe morgen Frühdienst, werde also während Ihres Gespräches vor dieser Tür stehen.«

Rebekka sah hinter der Scheibe einen Tisch und drei Stühle. Darüber eine Kamera und ein Mikrofon.

War alles, was so gefährlich und in einer separaten unheimlichen Welt und damit in sicherer Entfernung schien, plötzlich greifbar? Sie hatte mit gefälschten Papieren und unter falschem Namen Zugang zu diesem Gefängnis erhalten, diesem Ort, an dem Kriminelle ihre Jahre wahlweise mit Reue oder Rachegefühlen verbrachten, an dem mancher von ihnen noch grausamere Verbrechen geplant und begangen hatte, als jenes, für das er einsaß. Das Böse ist unter uns, wenn es so einfach zu erreichen ist, dachte Rebekka und nickte ihm dankbar zu.

KAPITEL 22

»Wer hat den Nasenbär hier angeschleppt?«

»Das war dann wohl ich«, sagte Gellert verlegen. Er wusste von Marks Abneigung gegen Nebel.

Gellert hatte neben Nebel dem Tatort-Team der Mordkommission angehört, das Mark zu Beginn seiner Ausbildung triezte. Auch Gellert hatte bei diversen »Experimenten«, die Nebel an Mark ausprobierte, dabeigestanden und vor Lachen gegluckst. Nach Marks erfolgreicher Klage allerdings hatte sich Gellert in aller Form bei ihm entschuldigt. Dabei und bei einem gelegentlichen Bier ließen sie es seitdem bewenden.

»Was macht der Leiter des Referats Verbrechensbekämpfung, Kriminalrat Nebel, in meiner Dienstbesprechung?«, hakte Mark nun etwas deutlicher nach.

Gellert wippte wieder wie ein Zirkusdirektor auf seinen Keilabsätzen und lächelte genüsslich. »Unser Sheriff vom Weinbergspark hat das Zauberwort ›Crystal Meth‹ vernommen, als ich ihm von unserem Fall erzählte.«

Das Wohngebiet im Umfeld des Weinbergsparks gehörte zu den kinderreichsten Gebieten der Stadt und war über Jahre verkommen. Erst als sich dort der Drogenhandel zu etablieren drohte, begannen die Kollegen der angrenzenden Polizeiwache mit regelmäßigen Kontrollen. Der Protest gegen den pauschalen Verdacht, jeder fremdländisch aussehende Spaziergänger im Park sei ein Dealer, setzte die Sanierung im Wert von einer Million Euro in Gang.

Nebel fühlte sich seitdem zum Retter des Parks und irgendwie ganz Berlins berufen, hielt an Schulen und Ausbildungsstätten Vorträge gegen Drogenkriminalität und hätte sich selbst gern einen Orden dafür verliehen. Nun musste er sehen, wie er mit dem nächsten Erfolg auftrumpfte.

»Erzähl ihm einfach nicht mehr so viel, okay?« Mark wollte seinen früheren Vorgesetzten aus dem aktuellen Fall schon allein deshalb heraushalten, damit er selbst nicht immer wieder wie Nebels Schüler dastand.

»Geht klar«, schien Gellert einzuwilligen, doch der spöttische Unterton war nicht zu überhören.

Mark brauchte ewig, um in der Torstraße einen Parkplatz zu finden. Seinen Dienstwagen quer vor dem Eingang zu parken, hätte bedeutet, sein Anliegen im »Vico House« gleich für ganz Berlin-Mitte verkünden zu können. Nun lief er einen gefühlten Kilometer und ging durch die schwere Eingangstür ins Foyer, wo ein paar versprengte Nerds chinesisch Tischtennis spielten und das Ganze mit Peter Fox-Gesängen untermalten.

Gewachst, gedopt, poliert, nagelneue Zähne …

»Hallo, Tschirner mein Name«, sagte Mark zu einer jungen Frau am Empfangstresen, »ich möchte gern einen Ihrer Mitarbeiter sprechen.«

Sie schaute ihn an, als habe sie ihn nicht verstanden.

Ich bin euphorisiert und habe teure Pläne …

Mark wurde ungeduldig. »Soll ich's noch mal wiederholen oder aufschreiben?«

»Vielleicht sagen Sie mir erst mal den Namen meines Mitarbeiters. Hier arbeiten nämlich mehr als zwei Leute.«

Das saß, dachte Mark, auf die 2.0-Generation der Schnellmerker war er nicht vorbereitet.

»Frederik Karst.«

Stürze mich auf Berlin, drück auf die Sirene …

»Freddy?«

»Ja, oder eben Freddy. Kann ich ihn sprechen?«

»Er ist seit gestern nicht bei der Arbeit erschienen. Wer sind Sie? Was wollen Sie von ihm?«

»Ich mache mir Sorgen. So wie Sie. Wir waren gestern verabredet. Er geht zudem nicht ans Telefon.«

Ich bin die Abrissbirne für die d-d-d-deutsche Seele …

Sie schien nun auch von den Gesängen der Pingpongspieler genervt und bat Mark mit einer Handbewegung in eine ruhigere Ecke des Foyers.

»Freddy hatte freiwillig Dienst geschoben zu Pfingsten. Seine letzte Schicht endete Montagnacht um zwei.«

»In der Nacht zu gestern also? Zum Dienstag?«

»Ja. Er hat den Feiertag durchgearbeitet und stand auch für gestern Mittag wieder im Plan. Doch er ist nicht aufgetaucht.«

»Haben Sie schon in seinem Appartement nachgeschaut?«

»Natürlich!«, sagte sie entrüstet, als wäre diese dumme Frage eine Beleidigung. »Mit Generalschlüssel.«

Mark hatte damit warten wollen, doch das Gefühl der Gefahr, die hier definitiv im Verzug war, ließ ihn nun die Dienstmarke zücken.

»Und können Sie den General mit dem Schlüssel eventuell ein zweites Mal bitten, die Tür zu öffnen?«

»Ach du Scheiße.« Ängstlich wich die junge Frau zur Seite, als müsse sie ihren eigenen Gedanken Platz machen.

»Ich hab mir so was gedacht. Könnte ihm etwas passiert sein?«

Mark steckte die Marke wieder ein. »Was haben Sie sich gedacht und was könnte ihm denn Ihrer Meinung nach passiert sein?«

»Na ja, er ist doch schwul.«

Mark staunte über so viel Naivität an einem so in der Szene exponierten Ort wie dem »Vico House«.

»Würden alle Schwulen verschwinden, gäb's einen Christopher Street Day weniger, also was meinen Sie?«

»Sie haben mich falsch verstanden: Freddy ist gut unterwegs in der Szene. Sie wissen schon.«

Das sollte Mark wohl, ihre Augen flehten geradezu danach, doch sein Job war es nun mal, sich dumm wie ein Polizist zu stellen.

»Das klingt mir eher nach einem guten Zeichen. Was meinen Sie also, wenn Sie mit ›gut unterwegs‹ nicht wirklich ›gut unterwegs‹ meinen?« Es gab definitiv Menschen, die ihn reizten wie zwei Meter Kabelsalat, und ihre Zahl nahm in erschreckendem Maße zu, wie Mark feststellte.

Das Mädchen ließ sich herab, dem alten Mann die Welt zu erklären, die hinter ihm lag.

»Hier im Haus funktioniert Freddy super, da gab es nie Beschwerden. Er ist pünktlich, freundlich, hat für jeden ein offenes Ohr und drängt sich keinem auf. Bei unseren Promis ist er beliebt, weil er ihnen die Wünsche von den Lippen abliest, bevor sie sie haben, und beim Personal, weil er das ist, was man heute flexibel nennt.«

Sie könnte ihm glatt das Empfehlungsschreiben für die Konkurrenz aufsetzen, wenn Freddy hier irgendwann die Schnauze voll hat von seiner eigenen Freundlichkeit, dachte Mark und fragte trotzdem: »Aber?«

»Aber sobald er das Haus verlässt, ist er ein …«, sie zögerte. Das Bild ihres Kollegen schien ihr in all seinen Unschärfen gerade erst bewusst zu werden. »Dann ist er ein anderer Mensch. Ständig auf der Suche, obwohl er auch ständig was findet, ich kann es nicht beschreiben. Er geht mit alten Männern aus. Und zieht sich die schrägsten Partys rein. Und trotzdem erzählt er mir oft, dass er sich eigentlich nichts sehnlicher wünscht als einen festen Partner.«

»Vielleicht hat ja das eine mit dem anderen zu tun. Einen Sugardaddy für die Zukunft, und bis dahin jede Menge Spaß.«

Sie schwieg einen Moment. Ihr kleiner Kopf wackelt schon vom vielen Denken, dachte Mark und lächelte.

»Ich habe Ihnen schon viel zu viel erzählt.«

»Dann zeigen Sie mir jetzt sein Appartement. Sie müssen nichts mehr erzählen, während ich mich in Ruhe umschaue. Deal?«

»Deal«, sagte die Fee abschätzig. Das moderne Vokabular gestand sie dem alten Mann schlichtweg nicht zu.

Der Hausmeister war ein wackerer Bursche von Mitte 30.

»Sie haben einen Durchsuchungsbefehl?«, fragte er, während er den Schlüssel bereits im Schloss drehte.

Und du hast zu viel Tatort geschaut, wollte Mark entgegnen, besann sich aber. »Nein, ich habe Gefahr im Verzug.«

Wenn sich der Junge so gut auskannte, dann würde er auch diese Vokabel entziffern. Und es klappte. Wortlos ließ der Hausmeister Mark und das Mädchen eintreten, während er selbst etwas unentschlossen in der Tür stehen blieb.

Die drei Umzugskisten fielen Mark als Erstes ins Auge.

»Wollte Herr Karst ausziehen?«

Die junge Frau schaute ihn an. Jetzt, da es ernst zu werden drohte, wurde sie förmlich. »Jasmin Freund. Nur falls Sie später meinen Namen brauchen.«

»Gut, Jasmin Freund. Bleiben Sie hier. Ihr Kollege da draußen kann gehen. Dann schließen Sie bitte die Tür, damit wir nicht noch unerwartet Besuch bekommen.«

Der Hausmeister verzog sich, und die junge Frau schloss die Tür.

»Er wollte ganz bestimmt nicht ausziehen. So ein Appartement ist ein Glücksgriff für jeden von uns. Außerdem war er glücklich mit seinem Job.«

»Außerdem«, Mark schaute sich in dem Zimmer um, in dem es aussah wie auf einem Bild, gemalt von einem Kind; von einem sorglosen, fantasiebegabten Kind, »wären drei Kisten mindestens zehn Kisten zu wenig, um das hier leer zu räumen.«

Kostümpuppen standen herum mit Discoklamotten, Dessous und Masken bekleidet. Dazwischen Bücher auf dem Boden und Stapel von Vinylplatten. Ein Plattenspieler stand auf einer Obstkiste. Fotografien hingen an der Wand, ungerahmt und mit Stecknadeln an die Tapete gesteckt. Ätherische Gesichter androgyner Typen, dazwischen ABBA-Porträts in allen Variationen.

Die Einrichtungsgegenstände des möblierten Appartements schien Freddy konsequent zu meiden. Selbst in der Küche stand das Geschirr nicht im Schrank, sondern draußen auf allen verfügbaren Ablageflächen, dazwischen verpacktes Brot, Konserven und halb volle Nutella-Gläser. Neben dem Kleiderschrank wankte eine Garderobenstange bei jeder Berührung und bog sich bedrohlich unter der Last der vollen Kleiderbügel.

»Seine Klamotten sind alle noch da«, sagte Jasmin, als Mark die Kleidungsstücke durchsah.

»Im Sommer braucht er nicht viel«, sagte Mark.

»Freddy braucht immer viel«, entgegnete sie nachdenklich.

»Sie kennen ihn gut?«

»Nicht näher. Aber so ein Paradiesvogel fällt auf.«

Wohl kaum im »Vico House«, dachte Mark und öffnete die erste Umzugskiste. Schon am Geruch des ihm so vertrauten Parfüms erkannte er die darin liegenden Kleidungsstücke. Er konnte den Karton nicht mehr rechtzeitig schließen, die Fee hatte bereits eine Bluse von Rebekka in der Hand.

»Frauenkleidung? Das ist doch …« Sie war gerade dabei, gierig nach dem nächsten Stück zu greifen, als Mark sie zur Seite schob.

»Bitte lassen Sie das. Warten Sie an der Tür auf mich.«

Sie gehorchte widerwillig. »Ich müsste dann auch wieder runter zur Arbeit.«

»Gehen Sie. Ich gebe Ihnen später Bescheid, wie wir weiter verfahren.«

Mark schaute sich weiter um, stutzte. »Warten Sie, Frau Freund …«

»Ja?«, fragte sie hoffnungsvoll, nun doch in die spannend zu werdende Ermittlung einbezogen zu werden.

»Hatte Frederik Karst keinen Computer?«

»Er hat einen Laptop. Schon weil wir unsere Dienstpläne online abstimmen«, antwortete sie enttäuscht.

»Ich sehe keinen.«

»Richtig«, nun klang sie schnippisch, »und Frederik Karst sehen Sie ja auch nicht.«

Erst als die Tür hinter Jasmin Freund ins Schloss fiel, wandte sich Mark wieder den Kartons zu. Ein Kleidungsstück nach dem anderen kam zum Vorschein, und Marks Enttäuschung wurde mit jedem Karton größer. Rebekka hatte ihre komplette Garderobe hier untergebracht. All das war teure Markenkleidung, und es war alles, was Rebekka an Kleidung besaß. Womit war sie abgereist?

Einmal mehr wurde ihm bewusst, dass diese Frau keinerlei persönlichen Besitz hatte, der ihrem Wesen Kontur gab, Interessen offenbarte und so etwas wie eine Persönlichkeit. Und doch war er so in sie verliebt, es trieb ihn geradezu in den Wahnsinn, nicht zu wissen, wo sie war. Es war wohl eine Mischung aus verletztem Stolz und Sorge um sie. Eigentlich interessierte ihn doch nur, mit wem sie unterwegs war, und nicht, an welchem Ort er sie finden konnte.

Als er auch den dritten Karton gerade wieder verschließen wollte, ertastete er am Boden einen Gegenstand. Er schob die Kleidungsstücke zur Seite und hielt ein grünes Notizbuch in der Hand. Es handelte sich um stichpunktartige Tagebucheintragungen. Kleine, gestochene Schrift mit schwarzer Tinte auf Deutsch in Sütterlinschrift und auf Französisch. Er legte das Buch zur Seite, um es später mitzunehmen. Rebekka würde ihn dafür hassen, doch das Risiko ging er ein. Vorrang hatte nun Freddys Verschwinden, das in einem unguten zeitlichen Zusammenhang mit all den Geschehnissen der letzten Tage stand.

Mark blätterte durch die Papiere auf Freddys Schreibtisch und zog die Schubladen auf, die natürlich leer waren. Ausweis und Handy musste er wohl bei sich haben. Zahllose Converse-Turnschuhe standen nebeneinander, ein Paar glich dem anderen. Seine Wohnung sah offensichtlich immer aus wie auf der Flucht verlassen. Also war davon auszugehen, dass Freddy sich gemütlich auf den Weg zu einer Party gemacht hatte und irgendwo versumpft war. Und genau das war das Problem, denn Mark musste ihn finden und befragen, bevor die Ermittlungsmaschinerie angeworfen wurde. Vielleicht war alles ein dummer Zufall. Und genau das war so wahrscheinlich wie die Möglichkeit, dass Rebekka plötzlich auftauchen würde. Wieder wählte er ihre Nummer:

Ihr Gesprächspartner kann Ihren Anruf zurzeit nicht entgegennehmen. Bitte versuchen Sie es zu einem späteren Zeitpunkt.

Danach wählte er erneut Freddys Nummer. Wieder klingelte es irgendwo ins Leere, was Mark schmerzlich an Rebekka erinnerte. Wo stand der Sendemast, der weltweit all die vergeblichen Anrufe auffing?

KAPITEL 23

Die Typen waren weg. Die Dämmerung im Zimmer wog Tonnen. Die Vorhänge waren zugezogen. Von irgendwoher drang Lachen in einer hohen unerträglichen Frequenz. Regentropfen knallten wie Patronen auf das Fensterbrett.

Allmählich setzten sich Konturen der Möbel und Bilder vom Einheitsgrau seiner Wahrnehmung ab. Seine Haut juckte. Das Jucken hatte ihn geweckt und wurde nun stärker. Er rieb sich an der Bettwäsche. Stellte fest, dass er nackt war. Nacktheit gefiel ihm, bei sich und bei anderen. Bei Frauen und Männern. Jetzt und hier fühlte er sich ihr ausgeliefert. Spürte an seinem Körper, der sich wie eine einzige Wunde anfühlte, nässende Stellen.

Als er neben sich griff, spürte er eine zweite Haut, richtete sich auf und betrachtete die schlaffe feuchte Hülle, zwei Arme, zwei Beine, ein Kopf, schwarzes Leder, schweißig stinkend. Ölig glitt sie ihm aus der Hand auf den Boden.

Er lag mit dem Gesicht auf der Matratze, sein Arm hing vom Bett, seine Hand berührte den Teppichboden. Im Augenwinkel nahm er wahr, wie sich eine Gestalt von der Wand löste und auf ihn zukam. Als wären sie aneinandergekettet, löste sich die nächste, dann die nächste … Eine Mauer aus Gestalten kam auf ihn zu, sie setzten einen Fuß vor den anderen und blieben doch auf der Stelle stehen. Er wollte zurückrollen, nah an die Wand, doch unter dem Bett machte sich nun ein Wesen bemerkbar, das dort auf genau diese Bewegung von ihm gelauert hatte, das die Hand vor seinen blutunterlaufenen Augen hatte baumeln sehen und in gieriger Lust gewartet hatte bis zum letztmöglichen Moment. Es schlug seine Krallen in die weiche Haut, er zog und er schrie, dabei würde er sie alle damit nur noch gieriger machen, denn nun waren es seine Schreie und der Angstschweiß, der auch die letzten Riechhärchen in ihren Nüstern erreicht hatte. Irgendetwas fraß an seiner Haut. Drohte, sie durchlässig wie ein Sieb zu machen. Er riss seine Hand aus den Krallen des Geschöpfes unter dem Bett, das sich spuckend zurückzog.

Er rollte sich wie ein Embryo zusammen, um zusammenzuhalten, was ihm noch blieb und was sie ihm nicht auch noch nehmen sollten. Und um den nächsten Gedanken, der sich ankündigte wie ein herannahender Orkan, nicht denken zu müssen. Denn Frederik Karst hatte keine Ahnung, wie er an diesen Ort gekommen war und wo dieser Ort lag.

KAPITEL 24

»Eine letzte Frage, Monsieur Joubert …«

Sie waren wieder am Haupteingang angekommen und verließen das Gebäude über den idyllischen Innenhof in Richtung Sicherheitsschleuse. Serge blieb stehen. Der Hof war lediglich von Kameras, nicht von Mikrofonen überwacht.

»Gerne.«

»Wie darf ich mir die Wiedereingliederung eines Monsters wie Ceva vorstellen?«

Wieder hob Serge Joubert die Augenbrauen. Doch die Journalistin Gisa Kallweit war auch ihm mittlerweile bekannt für hartnäckige Fragen; Fragen, die an Intensität zunahmen, je öfter sie sie stellen musste.

»Madame Kallweit, wir reden gemeinhin nicht von Monstern. Der Blick des Menschen kreiert das Monster. Diese Leute …«, es fiel ihm offensichtlich trotzdem schwer, von »Menschen« zu sprechen, stellte Rebekka fest, »dürfen zurück ins Leben. Haft ist Strafe genug. Ein Jahr ist wie zehn. Haben sie Familie, dann ist der Reintegrationsprozess einfacher. Unsere Mitarbeiter arbeiten oft stromaufwärts. Die Rückkehr in das freie Leben ist schwierig für jemanden, der viele Jahre im Gefängnis verbracht hat. Diese Leute haben ihre Orientierung verloren.«

»Natürlich«, lenkte sie ein, »Sie haben recht.«

»Derzeit kümmere ich mich um jemanden, der 34 Jahre im Gefängnis verbracht hat, und es ist erforderlich, ihn jeden Tag zu begleiten. Glücklicherweise hat er eine vitale 75-jährige Mutter, die ihm hilft. Unser Rechtssystem stigmatisiert Verurteilte nicht. Über ihre Freilassung wird nicht berichtet. In den Polizeiarchiven ist dies natürlich vermerkt, die Person gilt als ›freigegeben‹ und unterliegt nicht mehr der Kontrolle durch einen Richter. Lediglich bei einer sogenannten ›bedingten Entlassung‹ trägt der ehemalige Häftling ein elektronisches Armband. Und um auf Ceva zu kommen …«

In diesem Moment hatte Rebekka das Gefühl, dass der Vollzugsbeamte Serge Joubert ihr wirkliches Anliegen seit langem durchschaut hatte.

»Er hat bereits mehrere Anträge auf Bewährung gestellt, die vom Gericht abgelehnt wurden. Seine Haft hat der Mann komplett abgesessen. Daran gibt es nichts zu rütteln. Er wird nun weiter überwacht und unterliegt einer strengen Meldepflicht.«

Sein Verschwinden wird also relativ schnell auffallen, dachte Rebekka.

»Aber er hat die Chance auf ein neues Leben wie alle anderen. Außerdem gibt es Sozialleistungen und eine bescheidene Menge von Organisationen, die andere Beihilfen wie Unterkunft und Verpflegung hinzufügen. Auch von dieser Seite bekommt er Unterstützung. Hat sich geradezu akribisch um alles gekümmert.« Der sarkastische Unterton war nicht zu überhören.

»Wohin geht Ceva?«, fragte sie nun geradeheraus, denn sie hatte nichts mehr zu verlieren, ihre Recherche wäre mit dem kommenden Tag, dem Gespräch mit Ceva, beendet.

»Das«, sagte Serge nun mit einem Lächeln und geleitete sie zum Ausgang, »wird er Ihnen morgen selbst erzählen. Wenn er will.«

Gisa Kallweit legte die Papiermarke in ein Schubfach, und wenig später hatte sie ihr Handy zurück. Mit einem Blick auf das Display sah sie eine Nachricht der Rezeption des »Georges V.« Ihr Zimmer war bereit.

»Danke, Monsieur Joubert.«

»Gerne.«

Serge nickte kurz, hob vielsagend die Augenbrauen, drehte sich um und ging durch die Schleuse zurück in den Hof.

Sie saß in der Metro Richtung Champs Elysee, als ihr Handy klingelte.

»Wann?«, fragte Serge.

»20 Uhr?«

»Perfekt.«

»Gisa?«

»Ja.«

»Ist es normal, dass deine Redaktion dir jedes Mal eine Übernachtung im Luxushotel zahlt?«

»Nein. Aber ich bin die Beste.«

»Das lass ich gelten«, sagte Serge lachend und legte auf.

Er begann, Fragen zu stellen, doch das war ihr Part. Und es gefiel Rebekka nicht.

»Bonjour, Madame Kallweit.«

Sie nahm im marmornen Hochglanz der Lobby nicht die violetten Callalilien wahr, die in Kristallkelchen steckten, auch nicht das beflissene Tun der jungen, attraktiven und wie zum Dekor gehörenden Rezeptionistin, die ihr einen bezaubernden Aufenthalt in Paris wünschte und den Spa-Bereich anpries. Sie wollte nur auf ihr Zimmer, Fernseher und Laptop einschalten, sich ein Bad einlassen, die Schuhe und den Anzug von sich werfen und kurz wieder sie selbst sein. Ihr blieben zwei Stunden.

»Merci.«

Auf dem Tisch lagen die bestellten Zeitungen, »Le Monde«, »The Guardian«, »Berliner Zeitung« und »Süddeutsche Zeitung«. Die schweren hellen Vorhänge waren zum Schutz vor der Sonne zugezogen. Im Zimmer war es angenehm kühl. Sie klappte den Laptop auf und loggte sich ein. Google Schlagzeilen. Berlin. Die Meldung stand an erster Stelle. *Kulturstaatssekretär Frank Kellermann tot aufgefunden.*

Sie scrollte durch den Text, der in weiteren Schlagzeilen endete. Sämtliche Medien, von den großen Tageszeitungen bis zum regionalen Onlineradio, hatten die Nachricht aufgegriffen und ihren nichtssagenden Inhalt weiter verbreitet. Rebekka fielen die immer länger werdenden Kommentare auf. Der Verdacht, Kellermann habe als versteckt homosexueller Mann ein Doppelleben geführt, war noch das harmloseste Statement. Es waren bereits die ersten Foren gebildet, in denen das Gerücht, er habe auf Sexpartys Kinder missbraucht, bereits als Tatsache gehandelt wurde.

Angewidert ging sie zurück zur Pressemitteilung und sah an der Rufnummer, dass Marks Dienststelle für den Fall zuständig war. Sie klappte den Laptop zu. Das alles musste warten. Sie musste sich fokussieren, neu einstellen.

Es waren die längsten Tage des Jahres. Doch Rebekka liebte die Dunkelheit, in der sich so wunderbar ausruhen ließ. Wie aus einer zu engen Haut schälte sie sich aus ihrer Kleidung. Sie ließ Wasser in die Wanne. Der Spiegel schmeichelte ihrer Hautfarbe und ließ ihre Blässe verschwinden. Lange schaute sie auf ihr Spiegelbild. Sie war in zwei Tagen gealtert, es schienen Jahre zwischen ihrer Abreise aus Berlin und diesem Moment zu liegen. Sie konnte sich selbst mit einem guten Gefühl in die Augen schauen, so tief die Schatten darunter auch waren. Vom Erbe ihres Großvaters wohnte sie in einem Luxushotel. Für Informationen, die sie benötigte, schlief sie mit einem Gefängniswärter. Und keiner nahm Notiz davon. Auch das war ein Vorteil ihres Lebens als Chamäleon. In einer Welt, in der Menschen ungefragt ihr Urteil über die Meinungen, das Aussehen und die Lebensweise ihrer Mitmenschen von sich gaben, blieb ihr diese Form der Überwachung erspart. In Berlin stritt ein Abgeordneter, der mit Drogenmissbrauch auf sich aufmerksam gemacht hatte, gegen die Aussagen eines der Kinderpornografie verdächtigten Beamten um die Meinungshoheit der Informationsweitergabe. In Paris brauchte es erst ein Enthüllungsbuch, um eine Haftanstalt nach 200 Jahren erstmals renovieren und damit 1.800 Häftlinge in menschenwürdigen Umständen einsitzen zu lassen. Und jede einzelne Begegnung mit dem Ordnungshüter Mark Tschirner war nur mit dessen Betrug an seiner Ehefrau und seinen beiden Kindern möglich. Das Chamäleon lebte unerkannt. Vor allem aber frei von einer moralinsäurehaltigen Welt.

KAPITEL 25

Er legte den Mörser beiseite, mit dem er seit einer halben Stunde stoisch die Kristalle zu Pulver stampfte. Beide starrten auf das erneut klingelnde Handy.

»Schon wieder. Schreib die Nummer auf.«

Elsa tat, wie ihr geheißen, denn das war sie so gewohnt.

»Und jetzt wähl die Nummer.«

Sie tippte auf Rückruf. Er nahm ihr das Telefon aus der Hand und hielt es an sein Ohr. Mit einer kurzen abfälligen Geste drückte er die Taste, die den Anruf beendete.

»Und?«, fragte sie und ahnte schon, dass es die falsche Frage war. Dass sie den Fehler gemacht hatte, überhaupt eine Frage zu stellen. Er mochte es nicht, wenn sie sich äußerte, ihn herausforderte und nötigte, etwas zu sagen. Denn er war es, der redete, entschied und handelte. Sie war es, die folgte. Er war ein Typ, der jede haben könnte. Aber er blieb bei ihr. Denn sie hatte das richtige Gespür für seine Bedürfnisse. Und sein größtes Bedürfnis war, seine Ruhe zu haben. Und wenn er nicht seine Ruhe haben wollte, dann wollte er von ihr hören, dass sie ihn anbetete. Dass es für sie keinen anderen neben ihm gab und geben würde. Dass er gut war im Bett. Und sie sagte ihm das alles mit der Frische einer jungen, naiven, unberührten Frau, zu der sie wurde, sobald er in ihrer Nähe war. Nie würde sie den Tag vergessen, an dem sie ihn zum ersten Mal traf. Sie hatte einen Anruf von ihrer 16-jährigen Schwester bekommen, die ohne Geld und auf Crystal Meth in Bayern festsaß. Das Schicksal ihrer Schwester, die in Fettnäpfe nicht nur tappte, sondern in jedem bereitstehenden versank, war ihr egal. Interessiert war sie nur an dem Typen, den sich die Schwester da an Land gezogen hatte. Aus den grobgeschnittenen Puzzleteilen zu seiner Person hatte sie sich schnell ein Bild zusammengesetzt und ihrer Begierde ein Objekt geschaffen, das sie besitzen wollte.

Sie erkannte ihn sofort als den Mann, auf den sie gewartet hatte. Jay, der eigentlich Jürgen hieß, erfüllte jedes ihrer sorgsam erarbeiteten Klischees: kleiner, gedrungener

Mann mit hoher Fistelstimme und Ziegenbärtchen, breite Unterarme, Sprücheklopfer, eigentlich Landschaftsarchitekt, aber nun doch erfolgreicher im Drogenhandel. Die Vita eines Losers, der sich für einen Gewinner hielt. Ihre Schwester hatte er auf dem Straßenstrich von Landshut aufgelesen, mit »Tina« gefüttert und somit noch leistungsfähiger gemacht. Sie konnte jetzt nachts für ihn anschaffen und tagsüber seine Bude putzen, denn ihr kleiner Barbiekörper ermüdete nicht mehr.

Ihrer kleinen Schwester den Freund, Dealer, Beschützer und Zuhälter zu nehmen, war die kleinste Übung gewesen. Jay war des Mädchens längst überdrüssig und witterte nun in der großen Schwester die nächste Beute. Dieses Fressen würde ihn für eine ganze Weile sättigen, frohlockte sein Blick bereits beim Packen seiner Sachen, die kleine Schwester wurde als notwendiges Übel mit nach Berlin genommen.

Nun selbst dem nächsten Sniff entgegenfiebernd, beobachtete sie Jays fahrige Handgriffe. Wie er den Mörser wild und unkontrolliert auf die weißen Kristalle hämmerte, dass es nur so spritzte und knirschte.

»Und?«, fragte sie trotzdem noch einmal. Er konnte sie nicht noch härter schlagen, als er es schon so oft getan hatte. Ihr Schmerzempfinden war das einer Pflanze: unerforscht und nicht erkennbar.

»Und was?«, entgegnete er genervt. Das »Jenniffer«-Tattoo auf seinem Unterarm bewegte sich schlangenmäßig.

»Und wer war dran?«

»Ein Tschirner, der glaubte, diese Schwuchtel namens Freddy in der Leitung zu haben«, sagte er widerwillig.

»Und nun halt die Klappe. Du hast zu arbeiten. Das wird dir helfen.«

»Das« waren die kleinen eisigen Krümel, die wie Glassplitter auf einem Haufen lagen, den er nun mit seiner EC-Karte in Linien zerteilte. Er reichte ihr einen abgeschnittenen Strohhalm. Sie hielt sich ein Nasenloch zu und zog die erste Linie ein. Augenblicklich wurde das grobe Kristallpulver zu einer scharfen Flüssigkeit, die quälend langsam ihren Rachen in Brand setzte. Sie hielt ihn immer besser aus, diesen vorübergehenden Schmerz. War er vorbei, wurde sie mit einer Euphorie belohnt, die sie zu neuen Horizonten führte. Sie war schon immer ein Crack gewesen in allem, was man mit einem Computer veranstalten konnte. Doch seit ihrer Freundschaft mit »Tina« waren ihre Fähigkeiten auf diesem Gebiet geradezu brillant und einzigartig. Und sie bewahrten sie davor, für Jay anschaffen zu gehen. Er brauchte ihr Krüppelhirn, wie er zu sagen pflegte, weil er eines Tages das ganz große Ding drehen wollte. Sein eigener Verstand brauchte dafür einen Steigbügelhalter, und diese Position nahm sie nur zu gern ein.

Die zweite Linie zog er sich ein, sprang auf und hämmerte wie wild gegen die Wand.

Lusche, dachte sie gelassen und vergaß dabei nicht, ihren Opferblick beizubehalten.

»Ich geh dann an die Arbeit«, sagte sie schüchtern, doch er hörte sie schon nicht mehr. Den Daumen und kleinen Finger der rechten Hand in die Luft haltend, lief er wie hypnotisiert durch das Zimmer, ließ sich auf den Stuhl vor seinem Laptop fallen und hieb auf die Tasten.

Sie zog sich eine zweite Linie ein. Die Fäuste unter dem Schmerz geballt, ging sie in die Küche, klemmte sich eine

Wasserflasche unter den Arm und verschwand in ihrem kleinen Verschlag. Das Zimmer war nur vier Quadratmeter groß und hatte gerade Platz für einen Schreibtisch und einen Computer. Mehr brauchte sie nicht. Hier würde sie die nächsten 14 Stunden verbringen, bis sie zur Arbeit musste. Nur die Tatsache, dass der Kommissar offenbar auf eigene Faust nach Frederik Karst suchte, hatte ihr den Tag etwas verdorben.

KAPITEL 26

»Sie gehen zuerst rein und zuletzt wieder raus. Der Häftling wird dann in den Raum geführt. Sie haben 45 Minuten. Bitte nehmen Sie hier Platz.«

In allen drei Warteräumen saßen Leute, fast nur Frauen, manche mit Babys, und einige Kinder, die auf dem Boden mit abgegriffenen Büchern, Puppen und Autos spielten. Was für eine Kindheit, dachte Rebekka, wenn sie hier ihren Anfang nahm; wenn es ein gewöhnlicher Ausflug war, den Vater im Gefängnis zu besuchen. Rebekka spürte den Argwohn in den Blicken. Zu Ballerinas trug sie Jeans und ein weißes Rollkragenshirt unter schwarzem Sakko. Und doch war sie hier als Fremdkörper auszumachen. Weil man in seinem Verhängnis doch gerne unter sich war.

Von Mittwoch bis Samstag war von 8:30 Uhr bis 17 Uhr Besuchszeit. Jedes Treffen war für 45 Minuten angesetzt. Es war Donnerstag. Charlene und ihre Kinder saßen sonntags hier. Trotzdem schaute Rebekka unauffällig in die Runde und ging scheinbar gelangweilt einen Gang entlang, von dem aus sie alle drei Wartebereiche sehen konnte.

»Bitte nehmen Sie hier Platz!«, sagte Serge Joubert nun mit Nachdruck. »Hier ist Ihre Wartemarke, die Nummer wird aufgerufen. Dann gehen Sie in die Kabine, die Ihnen genannt wird.«

Es vergingen fünf Minuten. Punkt 8:30 Uhr kam ein älterer Vollzugsbeamter, den Rebekka vorher noch nicht gesehen hatte, und bat sie, mitzukommen.

Rebekka folgte ihm den Gang entlang. Vor einer Glaskabine blieb er stehen und bedeutete ihr, hineinzugehen. Auf dem Gang zur anderen Seite der Kabine stand Serge Joubert in Habachtstellung. Für einen Häftling, der am nächsten Tag in die Freiheit entlassen werden sollte, empfand sie die hohen Sicherheitsvorkehrungen als irritierend.

Als Erstes fiel ihr sein Duft auf. »Kouros«. Der Duft rief Augenblicke ihres Lebens wieder wach. Nur dass diese nichts mit Ceva zu tun hatten und nun an ihn geknüpft waren, womöglich für immer. Die Hände am Kopf, das Kinn aufgestützt schaute er sie gelangweilt an.

»Bonjour, Monsieur Ceva.«

»Bonjour, Madame.«

Er trug eine schwarze Leinenhose und ein schwarzes tailliertes Hemd. Seine gepflegten Hände fielen Rebekka auf und die Augen, die Langeweile vorgaukelten, sie jedoch präzise scannten. Er war von einer Attraktivität, die einer Frau unvergessliche Stunden suggerierte, und die Spuren, die das Leben in seinem Gesicht hinterlassen hatte, immer wieder durchbrach. Jetzt saß er ihr gegenüber; der Mensch, der ihr bisher ein Zeitungsphantom war und die Projektionsfläche ihres Gewissens. Swetlana Taubman war durch seine Hand gestorben, und damit war Rebekka die Möglichkeit genommen, mit dem Blutgeld von Tulle wenigstens etwas gut zu machen. Die Straßenecken, Treppenhäuser und Wohnungen seiner Mordopfer waren längst wieder Teil der Stadt geworden und bereits von der nächsten Generation Menschen bewohnt, die sich der vergangenen Geschehnisse nicht einmal mehr bewusst waren.

Sie hatte sich verschiedene Einstiegsszenarien zurechtgelegt. Keines davon würde funktionieren. Also begann sie das Gespräch im freien Flug, bei dem weder der Häftling noch einer der Wärter die Richtung erkennen durfte.

»Ich danke Ihnen, dass Sie sich die Zeit genommen haben. Zumal Ihre Zeit hier demnächst abläuft. Wie geht es Ihnen?«

Er lehnte sich zurück und verschränkte die Arme. Rebekkas glattes Aussehen, ein Spiegelbild langweiliger Professionalität, enttäuschte ihn ganz offensichtlich. Auch bei größter Anstrengung fand er bei dieser Frau mit den hochgesteckten Haaren, der randlosen Brille und den blassen zusammengekniffenen Lippen keinen Reiz für einen Flirt. Damit war seine Neugier verebbt, und er wäre gern zurück in seine Zelle gegangen, um sich mit wirklich wichtigen Dingen zu befassen.

»Gut geht es mir. Was sind Ihre Fragen?«

»Mich interessiert, wie Sie hier vorbereitet werden auf Ihr Leben da draußen. Die Welt hat sich verändert. Sie sich selber auch. Doch vielleicht geschahen diese beiden Entwicklungen so unabhängig voneinander, dass keine Verbindung mehr besteht.«

»Jean-Michel Basquiats letzter Tagebucheintrag war, er wolle sich ein Saxofon kaufen. Kurz danach starb er mit 28. Dass er sich ein Saxofon kaufen wollte, das er noch nicht einmal spielen konnte, ist so bekannt wie seine 3.000 Werke.«

»Bei Ihnen waren es 21 Werke, für die Sie in Erinnerung bleiben werden.«

Ein kurzes Aufflackern durchzuckte sein Gesicht. »Aber mein letzter Tagebucheintrag steht noch aus.«

»Schreiben Sie?«

»Nicht so gut wie Sie. Ihre Zeitung hat 52.000 Fans bei Facebook.«

»52.665, um präzise zu sein.«

»Und Ihrem Blog folgen um die 4.000 Leser.«

»Sie sind gut informiert.«

»Ich werde entlassen und darf das Internet nutzen. Womit Ihre Frage nach den Haftbedingungen – den meinen jedenfalls – gleich mit beantwortet ist. Die Haft stumpft nur den ab, der auch vorher keine Leuchte war. Und um auf Ihre Frage nach dem Leben da draußen zu kommen: Zwischen draußen und drinnen keinen Unterschied zu machen, ist die Kunst. Ich habe für ein paar Jahre weniger komfortabel gelebt als zuvor. Und was ich an den – wie Sie es nennen – Entwicklungen draußen nicht mitbekommen habe, konnte ich durch meine persönliche Entwicklung drinnen wettmachen.«

Er hatte sich nicht nur vorbereitet, sondern den Vortrag auswendig gelernt, weil ihm völlig egal war, wer ihn befragte, solange er nur nicht aus der öffentlichen Wahrnehmung verschwand. Rebekka legte Block und Stift beiseite.

»Richtig so«, sagte Ceva und behielt jede ihrer Bewegungen im Auge. »Notizen geben das beste Interview nur als blutlose Datei wieder. Sie hingegen haben einen guten Stil, der selbst in der Google-Übersetzung noch erkennbar ist. Den haben Sie sich bestimmt nicht aus Ihren Aufzeichnungen erarbeitet.«

Gisa Kallweits Artikel waren Edelsteine im Mainstream der Gerichtsreportagen. Die letzte Serie hatte den Fall eines missbrauchten Jungen in Saarbrücken behandelt, dessen Schicksal im Umfeld degenerierter sozialer Verhältnisse völlig ungeklärt war.

»Allerdings geht Ihre Subjektivität manchmal mit Ihnen durch. Das ist aber schon mein einziger Kritikpunkt.«

Sein Gesichtsausdruck war unverändert. Gelangweiltes Scannen. Eine undurchdringliche Wand aus Selbstschutz.

»Vielen Dank. Die Reportage, für die ich Ihnen jetzt hier gegenübersitze …«

»Behandelt die Zustände in den Gefängnissen europaweit. Ich weiß.«

»Damit habe ich meine Anfrage begründet, ja, und mich umso mehr über Ihre Zusage zu dem Gespräch gefreut. Eines der Gebrechen von uns Journalisten ist allerdings, aus jeder scheinbar zufälligen Fügung eine Story zu entwickeln.«

Ceva lächelte mit dem Mund, ohne seine Augen zu bemühen. »Und ich bin Ihre Story?«

Sie versuchte, durch die tiefen Furchen seines Gesichts auf den Grund seiner Seele zu blicken. Wenn dieser Mann das Zeitliche segnet, dachte Rebekka, dann bleibt ein schwarzer Fleck auf dem Boden zurück. Schließlich musste sie seinem Blick ausweichen, bevor er sich mit ihrem zu etwas Unheilvollem vereinte. Rebekka bedauerte, was ihr anfangs als Segen erschien: Das Mikro an der Wand, das als Knopf im Ohr der beiden Wärter endete, verlangte von ihr einiges an Erfindungsgabe. Sie rückte ihre Brille zurecht, und Ceva fiel wieder in seinen Langeweile-Modus.

»Sie wollen da draußen nicht auf Ihre Taten reduziert werden. Dennoch werden Sie auf Schritt und Tritt daran erinnert werden. Hier in Paris zum Beispiel.«

»Ich bleibe nicht hier.«

Jetzt musste sie es versuchen. »Oder in Ihrer Heimatstadt, in Tulle.«

»Von dort war ich längst weg. Ich habe in Tulle kein Verbrechen begangen. Der Ort ist sauber und für mich voll von schönen Erinnerungen. Kindheit. Jugend. Erste Liebe. Sie verstehen?«

»Ich kenne Tulle«, log sie und rief alles an Bildern und Fakten über die Stadt ab, sodass sie das Gefühl hatte, sie könne das Gemisch aus Waldluft und Brackwasser der Corréze riechen. »Die Kathedrale und die steilen Gassen … wunderschön!«

»Was Sie wunderschön nennen, ist von Entgleisungen der 60er-Jahre geprägt. Furchtbar. Jenseits Ihrer idyllischen Gässchen zeigt sich, warum dort niemand leben will. Aber genau das wiederum reizt mich.«

Rebekka horchte auf. Er hatte es gesagt. Er schien die Brisanz der Informationen nicht wahrzunehmen, die er Gisa Kallweit gab, oder es war ihm schlichtweg egal, zumal sie für die Reportage keine Rolle spielten.

Vorsichtig hakte sie nach. »Versteckte Gassen wie auf dem Montmartre.«

Jetzt hingegen bekam sein Gesichtsausdruck etwas Wissendes. »Genau.«

»War es Zufall, dass eines Ihrer Opfer aus Tulle stammte?«, fragte Rebekka unbeeindruckt.

Er zögerte, wägte seine Worte ab. »Sie war Halbrussin. Jüdin. Wir kannten uns vom Plaudern. Sie war belesen. Eine kultivierte Frau. Und irgendwie an mir interessiert. Sie wissen ja, ältere Damen und junge Männer. Da geht was. Und wenn es nur die Mutter-Sohn-Sehnsucht von beiden Seiten ist.« Die Falte auf seiner Stirn vertiefte sich, und er lehnte sich provokant nach vorn. »Und irgendwie hatte ich bei ihr mehr Geld vermutet als die dürftigen 300 Francs, die ich schließlich mitgenommen habe.«

Diese Worte versetzten Rebekka einen Stich, der sie beinahe ihre Contenance verlieren ließ. Sie schenkte sich Wasser ein, in aller Ruhe, und trank den Becher in einem Zug leer. »Schließlich mitgenommen« hatte er umgerechnet 50 Euro, während Swetlana Taubman gefesselt am Boden lag und langsam am Abflussreiniger in ihrer Kehle erstickte.

Cevas Stimme wurde leise, während der gelangweilte Gesichtsausdruck einem bösartigen wich. Die beiden Wärter bekamen davon nichts mit. Lediglich Cevas Worte hatten bewirkt, dass Serge noch konzentrierter über seinen Ohrstöpsel zuhörte.

»Aber ich wollte hier nicht noch mal meine Geschichte durchgehen. Das habe ich schon durch so ziemlich alle Instanzen getan.«

Profiler arbeiteten mit der Erkenntnis, dass sich die Persönlichkeit des Unbekannten durch die Entscheidungen, die er traf, offenbarte. Cevas Handlungen waren von Berechnung geprägt, und so war es wohl sein ganzes Leben. Seine Opfer waren auf völlig unterschiedliche Weise getötet worden. Der Raubmord an Swetlana Taubman war der grausamste. Hier muss die Enttäuschung über die bescheidene Ausbeute grenzenlos gewesen sein.

»Ich danke Ihnen, Monsieur Ceva.«

»Viel Glück, Madame Kallweit.«

Rebekka war beruhigt. Nun konnte sie ihre Reise antreten. Für dieses Wesen war sie so interessant wie ein Schluck Wasser. Als sie sich verabschiedeten, hatte er sie bereits wieder vergessen. Also würde er sie auch nicht wiedererkennen.

KAPITEL 27

Mark war auf dem Weg zu seinem Wagen, als sein Handy klingelte. Freddy. Er atmete tief auf, bevor er ranging.

»Hör mal, Freddy, Mark hier. Mark Tschirner«, am anderen Ende hörte er nur ein Atmen, schließlich klickte es in der Leitung, aufgelegt.

Dilettantisch hatte er sofort seinen Namen genannt. Mark schlug vor Wut mit der flachen Hand auf das Autodach. Aber zumindest wusste er nun, dass Freddy etwas passiert war.

Jetzt war es sein Diensthandy, das klingelte. Kim Fröbe.

»Entschuldigen Sie die Störung.«

»Sie stören nicht.«

»Ich wollte Ihnen noch von meinem Gespräch mit der Putzfrau berichten.«

»Sie haben längst Feierabend«, und ich auch, dachte Mark.

»Ich dachte ja auch, dass ich Sie nach der Dienstbesprechung noch erwische, aber Sie waren weg.«

»War ich nicht. Ich habe Frau Kellermann verhört.«

»Ja, und danach hatten Sie es eilig. Aber wir können auch bis morgen warten.«

»Haben Sie jetzt Zeit oder zaubern Sie schon wieder Fantasiemorde in den langweiligen Polizeialltag?«

»Wie meinen Sie das?«

Mark verdrehte die Augen. Sie hatte den Humor eines Pferdes.

»Ob Sie gerade an ihrem nächsten Buch schreiben, wollte ich wissen.«

»Ja. Wie jeden Abend.«

»Womit sich die Frage erübrigt hat, ob Sie jetzt Zeit haben?«, fragte Mark.

»Nein«, antwortete Kim.

Und sie hatte die Leichtigkeit eines Nilpferdes. Sicher würden ihm noch mehr zoologische Vergleiche einfallen, je länger er über sie nachdachte, befürchtete Mark.

»In einer halben Stunde im ›Hackendahl‹? Ich lade Sie zu einer Bulette mit Kartoffelsalat ein.«

»Ich bin Vegetarierin.«

Ziege, dachte Mark und gab auf. »Gut, wir sehen uns vielleicht besser morgen.«

»Wo ist der Laden? Ich kenne ihn nicht.«

»Friedrichstraße. Sie fahren am besten mit der U-Bahn bis Oranienburger Tor.«

»Ich komme mit dem Fahrrad. Bis gleich.«

Sie hatte aufgelegt. Mark starrte sein Telefon an, als könne es jeden Moment explodieren.

Im »Hackendahl« setzte er sich in die hintere Ecke. Von hier hatte er den Raum gut im Blick. Es war Rebekkas Stammlokal, und natürlich hoffte er, sie würde plötzlich hereinschneien. Die Kellnerin begrüßte ihn wie einen Stammgast. Beinah hätte er sie nach Rebekka gefragt, bedankte sich aber nur kurz für sein Bier und machte dem hübschen weißblonden Mädchen klar, dass das Gespräch hier beendet war. Er wollte in dem Notizbuch lesen, das er in Rebekkas Umzugskisten gefunden hatte. Er hatte keine Ahnung, wo Kim Fröbe wohnte und wie lange es dauern würde, bis sie hier war.

Er quälte sich durch die altdeutsche Schrift, und je weiter er blätterte, umso rätselhafter wurde ihm Rebekka. Der Name Erich Schomberg ließ auf Verwandtschaft schließen. Die Eintragungen aus den 1940er-Jahren sprachen dafür, dass der Mann ihr Großvater war. Und seine Notizen zeigten eine Verbindung nach Frankreich, hielten eine »Maßnahme« in Tulle fest, die zur damaligen Zeit und von Deutschen verübt auf ein Massaker schließen ließ. Soviel wusste auch Mark. Nebenher hatte Erich Schomberg Medikamente notiert, akribisch in ihrer Zuteilungsmenge und den Einnahmezeiten. Pervitin war vermerkt, und dass er um 8 Uhr morgens, 12 Uhr mittags und 16 Uhr am Nachmittag je eine Pille einnahm. Die Tagebuchaufzeichnungen endeten im September 1945 mit der Notiz über eine Konteneröffnung im damaligen Ostsektor Berlins. Mark blätterte immer wieder von vorn in dem Buch herum und steckte es schließlich ein, als Kim Fröbe das »Hackendahl« betrat. Sie schaute sich um, bevor sie Mark entdeckte, und er befürchtete schon, dass ihr Kneipen so fremd waren wie seine Witze. Sie setzte sich und kam sofort zur Sache.

»Die Putzfrau ist überzeugt, dass die Kellermanns eine Scheinehe führten.«

Die Kellnerin kam. Kim bestellte ein großes Mineralwasser.

Mark erholte sich allmählich von der rätselhaften Lektüre. »Welchen Schein wollten sie Ihrer Ansicht nach wahren?«

»Das ist aber eine seltsame Frage«, entgegnete Kim.

Und du bist ein seltsames Wesen, dachte Mark. Ein Wesen, das sich dümmer stellt, als es tatsächlich ist.

»Frank Kellermann war schwul und brauchte eine Heterofamilie, um Karriere machen zu können.«

»Unser Regierender Bürgermeister ist schwul und hätte es bis zum Kanzler gebracht, wenn er Kandidat gewesen wäre«, sagte Mark.

Die Kellnerin brachte ein Halbliterglas Wasser. Kim setzte an und trank es zur Hälfte leer.

»Und wie viele Schwule mit einer Karriere in der Politik gibt es sonst noch?«, fragte sie.

Außer Guido Westerwelle fiel Mark auch keiner mehr ein, doch das war für ihn kein Argument.

»Die Mehrzahl der Menschen weltweit lebt heterosexuell. Eine Gesellschaft ist also noch lange nicht homophob, weil ihre Politiker fast ausschließlich Heteros sind. Wir sind einfach mehrheitsbestimmt. Und auch das …«, Mark musste nun doch lachen, »ist gut so!«

Kims Miene blieb erwartungsgemäß ernst. Sein Diensthandy klingelte. Julia. Es war ungewöhnlich, dass sie ihn anrief. Er war ein Ehemann, der immer irgendwann mit einer plausiblen Erklärung nach Hause kam. Und diese Erklärung hieß meistens Arbeit.

»Entschuldige, dass ich anrufe. Wann kommst du?«

»Ich sitze noch auf ein Feierabendbier mit meiner Kollegin.«

»Du hast eine Kollegin?«

»Unsere Praktikantin, ja. Kim Fröbe.« Er schaute zu Kim, die ihm aufmerksam und kein bisschen diskret lauschte. »Du hast ihre Bücher gelesen.«

Das kurze Schweigen am anderen Ende irritierte ihn. Seine Frau war alles, aber nicht zickig.

»Du gehst mit ihr zum Biertrinken?«

»Wir arbeiten, Julia. Was gibt es?«

»Nichts. Ich wollte nur wissen, wann in etwa du da bist.«

Das war absolut nicht ihre Art. Mark war beunruhigt. »Ist alles in Ordnung? Ist was mit den Mädels?«

»Nein, alles gut.« Sie klang wieder fröhlich wie immer. »Manchmal wäre es trotzdem schön zu wissen, wann ich mit dir rechnen kann.«

»Hast ja recht. Ich melde mich, wenn ich auf dem Heimweg bin, ja?«

»Kuss.«

»Kuss«, sagte Mark und legte auf.

Kim wartete offensichtlich auf eine Erklärung. Doch Mark antwortete nur ungern auf nicht gestellte Fragen.

»Nun erzählen Sie mir von Ihren Erkenntnissen aus Ihrem Gespräch mit der Putzfrau.«

Sie dachte kurz nach. »Sie trauert nicht um Kellermann und auch nicht mit der Frau. Nur die Kinder tun ihr leid, als wären es ihre eigenen. Ich hatte den Eindruck, als mache sie sich große Sorgen um die Jungs, weil sie jetzt nur noch ihre Mutter haben. Und die scheint sich weniger um die beiden gekümmert zu haben als der Vater.«

Mark hörte interessiert zu. Ihn überkam das Gefühl, Kim erzählte hier einen Teil ihrer eigenen Geschichte. Er ermunterte sie, ihr jeden Eindruck aus dem Gespräch wiederzugeben.

»Was meinen Sie damit? Immerhin war sie mit den Jungs weggefahren. Und wie wir jetzt wissen, hatte sie eine getrennte Wohnung, in der sie mit ihren Söhnen wohnte, wenn zu Hause mal der Haussegen schief hing.«

»Ich weiß. Das hat mir Strobel erzählt. Aber das alles hat ja nichts mit Liebe zu tun. Jedenfalls haben mir die Bedenken der Putzfrau selbst auch zu denken gegeben. Ich habe noch mal umfassender im Internet recherchiert …«

»Und auf meinem Schreibtisch sieht es nun aus wie bei der Stasi-Behörde?«

»Ich habe Ihnen alles ausgedruckt hingelegt, falls Sie das meinen.«

»Natürlich.« Mark räusperte sich. »Was haben Sie gefunden?«

»Als er Kulturstaatssekretär wurde, lief seine neu gegründete Messefirma ›Fairtrades‹ weiter. Immerhin hatte er gerade erst eine Modemesse nach Berlin geholt.«

»Nicht irgendeine«, warf Mark ein, »sondern die größte der Welt.«

»Das ist egal. Wichtig ist nur, dass er die Firma weiterführen wollte. Und deshalb hat er sie seiner Frau überschrieben. Sie hat nun neben ihrem Musikmagazin auch eine Messefirma zu leiten.«

»Dann soll sie eine Musikmesse draus machen«, versuchte Mark zu scherzen.

»Interessieren Sie die Zusammenhänge eigentlich?«

»Natürlich, warum fragen Sie?«

»Weil Sie nicht so wirken mit Ihren komischen Witzen.«

»Witze müssen komisch sein, sonst lacht keiner«, sagte Mark und sehnte sich zum ersten Mal nach Strobel.

Kim bestellte sich ein zweites Glas Wasser und für Mark ein zweites Bier, als er demonstrativ den letzten Schluck trank. Es war sein Feierabend. Ihn nervte ihre in jeder Hinsicht nüchterne Art zusehends. Im selben Moment war er dankbar für diese brauchbare Ergänzung zu seiner Ermittlungsarbeit.

Sein Diensthandy klingelte. Strobel war dran.

»Spreeufer Hainstraße«, hörte Mark nur und gab der Kellnerin ein Zeichen, das Bier wieder mitzunehmen. »Gellert ist vor Ort. Ich selbst bin gerade an einer anderen Sache, erzähl ich dir morgen.«

»Was haben wir?«

Strobel zögerte. Mark legte einen Geldschein auf den Tisch und stand auf.

»Es wird hart.«

»Bin unterwegs.«

KAPITEL 28

Khaled Mulatu hörte bei geschlossenen Augen Musik, als jemand an die Fensterscheibe neben seinem Kopf klopfte. Er schreckte hoch und sah sie vor sich, die Dame, der er auf einer Fahrt vom Flughafen in die Stadt seine Karte gegeben hatte. Sie sah anders aus, farbloser irgendwie, ganz Ton in Ton, und auch ihr Gesicht war blasser, zugleich auch natürlicher, jünger. Aber sie war es. Es geschahen noch Zeichen und Wunder, wie es in der Bibel stand, die er neuerdings bei sich trug. Heute würde er endlich einmal Geld verdienen. Er sollte ihr für den ganzen Tag als Fahrer zur Verfügung stehen.

»Wohin soll es gehen?«

»Nach Tulle.«

»Pardon?«

»Sie haben richtig gehört. Zum Marktplatz von Tulle, bitte.«

Ausgerechnet in der Heimat seines Opfers darf der Mörder sein neues Leben beginnen. Das Schicksal ist ein verbitterter, zynischer, von Warzen übersäter alter Penner, dachte Rebekka, als sie einstieg.

Khaled Mulatu kramte umständlich einen Autoatlas hervor.

»Madame, das sind mehr als 400 Kilometer.«

»Schafft Ihr Auto keine 400 mehr?«

Sie machte es sich auf dem Rücksitz bequem und behielt die gegenüberliegende Straßenseite im Blick.

»Natürlich!«

»Ausgezeichnet. Und ich zahle Ihnen das Geld für 800 Kilometer. Dann kommen Sie auch gut wieder zurück.«

Sie reichte ihm einen Geldschein. »Vorkasse.«

Khaled Mulatu hatte verstanden. Erleichtert steckte er den Schein in seine Brusttasche. »Geht in Ordnung.«

Ein schwarzer Volkswagen-Van fuhr aus der Gefängnisauffahrt auf die Rue de la Santé.

»Folgen Sie nun dem schwarzen Transporter. Wenn wir auf der Autobahn sind, können Sie ihn aus den Augen lassen und Ihr eigenes Tempo fahren.«

Khaled Mulatu ließ einen kleinen Peugeot dazwischen und reihte sich dahinter ein.

Die Frau hinter ihm auf dem Sitz sagte gar nichts. Bei seinen verstohlenen Blicken in den Rückspiegel konnte Khaled sehen, wie konzentriert sie aus dem Fenster schaute. Es kam ihm vor, als präge sie sich die Landschaft, den Weg, jedes Autobahnzeichen ein, um zu Fuß wieder zurückzufinden. Hänsel und Gretel, er las das Märchen seinen Kindern vor, das glaubte ihm keiner. Hänsel und Gretel legten Brotkrumen aus, um den Weg zurückzufinden. Ein Plan, der am Ende wegen der hungrigen Waldvögel nicht aufging.

Khaled Mulatu betrachtete sie weiter im Rückspiegel. Sie scannte die Gegend und noch etwas anderes mit ihrem Blick. Er wusste rein gar nichts über die Fremde. Doch daran, dass ihr Plan aufgehen würde, hatte er keinen Zweifel.

Während der Fahrt verlor die Frau noch mehr an Farbe. Es war nicht so, dass sie blass wurde oder plötzlich krank aussah. Ihr Gesicht, die Haare, Haut an Armen und Schultern schienen sich dem Ton ihrer Kleidung und der Autositze anzupassen.

Rebekka war es sehr recht, dass der Fahrer sich darauf beschränkte, sie durch den Rückspiegel zu beobachten. Die ganze Zeit hindurch, gute viereinhalb Stunden lang war sie äußerst konzentriert.

Khaled Mulatu fuhr von der Autobahn ab und kam über ein paar Windungen der Straße schließlich auf dem Platz an der Kathedrale an. Er parkte am Straßenrand. Sie blieb noch einen Moment sitzen.

»Merci«, sagte sie zu dem Fahrer, als erwachte sie aus einer Meditation. »Und eine gute Rückfahrt.«

Bei dem Satz kam sich Rebekka irgendwie schäbig vor. Das einzig Gute an der Fahrt war das Geld, das er damit hinter dem Rücken seines Chefs verdient hatte. Ansonsten stand ihm jetzt noch einmal die gleiche öde Autobahnfahrt bevor. Sein Blick jedenfalls sprach Bände, und sie überlegte kurz, ob sie ihn auf einen Kaffee und ein Essen einladen sollte.

»Was haben Sie jetzt vor? Kennen Sie Tulle?«

Das waren keine Floskeln, sondern Mulatu schien aus echter Neugier zu fragen. Und genau deshalb sagte Rebekka: »Nochmals Danke! Und passen Sie gut auf sich auf!«

Sie griff nach ihrer Reisetasche und stieg aus. Durchs Fenster reichte sie ihm noch die Hand mit dem Rest des vereinbarten Betrages. Sie drehte sich um, als Khaled Mulatu kopfschüttelnd den Motor startete und ihr noch einen Moment hinterher schaute.

Während sie davonging, verschmolz sie geradezu mit der Kulisse aus den orangefarbenen Sandsteinfassaden dieser Stadt.

Er musste unbedingt seinen Marabout befragen, ob es so etwas gab.

Ob es den Chamäleonmenschen tatsächlich gab.

KAPITEL 29

Schon an der Plane erkannte Mark, dass es sich um ein Kind handelte. Ein Passant hatte die Polizei gerufen, als er den Körper auf dem Wasser schwimmen sah.

Das Gelände war weiträumig abgesperrt. Mark zückte seinen Ausweis und lief den von den Kollegen der Spurensicherung freigegebenen Pfad entlang. Er beugte sich über die Plane und hob sie an.

Seit 18 Jahren versah Mark Tschirner seinen Dienst bei der Berliner Kriminalpolizei. Er hatte die anfänglich üblichen Quälereien und Machtspiele mit Nebel und Konsorten mühsam ertragen und war eines Tages selbstbewusst und innerlich stark daraus hervorgegangen. Ihm waren Verbrechen begegnet, die ihresgleichen suchten und, so hoffte er jedes Mal aufs Neue, nie finden würden. Doch der Perversion des Menschen waren keine Grenzen gesetzt. Es gab nichts, was sich nicht ausprobieren und schließlich vollenden ließ.

Der Mensch wurde pervers geboren und arbeitete sich nur durch die eine oder andere Kindheitsvariante zu dem Wesen hoch, das einem in der U-Bahn gegenübersaß oder in die Nachbarwohnung einzog. Das war Marks Überzeugung, und er behielt sie für sich. Jedes Individuum war für ihn erst einmal ein Graubereich aus Möglichkeiten. Und die Menschen, die diesen Jungen, der nun vor ihm lag, zuletzt in ihren Händen gehabt hatten, mussten aus einer finsteren erbärmlichen Höhle gekrochen sein.

Mark schob die Plane wieder über den kleinen nackten Körper. Gellert stand neben ihm. Wortlos gab Mark ihm das Zeichen, die Leiche abtransportieren zu lassen.

»Ich gehe davon aus, dass die Obduktion bereits angeordnet ist?«, fragte Mark.

»Ja. Karlsberg war hier und hat ihn begutachtet. Die richterliche Anordnung liegt vor. Er wird jetzt nach Dahlem gebracht«, sagte Gellert.

Mark ging zurück zu seinem Auto und schaute sich um. Der Junge war am Uferweg nahe der Hainstraße aus dem Wasser geholt worden. Das musste also nicht seine Wohngegend sein.

Als Gellert in seinen Wagen stieg, rief Mark ihm nach. »Ich komme mit! Fahr du vor.«

Gellert nickte. Es gab die ungeschriebene Regel, die besagte, dass manche Fälle nicht warten durften. Und dieser gehörte dazu, da waren sie sich einig, so unterschiedlich die beiden Männer sonst auch waren.

Im Erdgeschoss der alten Villa wartete Karlsberg bereits.

»Ich habe schon alles vorbereitet, konnte Goran erreichen, der eine Sonderschicht einlegt. Hauptkommissar Tschirner, Sie sind meine staatsanwaltliche Vertretung«, jetzt schaute Karlsberg mit müdem Blick auf Mark, »und wir können beginnen.«

»Problem, wenn ich dabeibleibe?« Gellert als Spurensicherer hatte bei einer Autopsie nichts zu suchen.

»Bleiben Sie, Gellert«, sagte Karlsberg in seiner Art, die nicht einmal den Ansatz einer inneren Regung erahnen ließ. »Von euch fällt sowieso einer um, da kann Ersatz nicht schaden.«

Der Junge lag auf dem Metalltisch. Gellert hielt sich im Hintergrund. Mark und Karlsbergs junger Kollege Goran standen am Kopfende, als Karlsberg mit der äußeren Leichenschau begann. Er hielt ein Diktiergerät in der Hand und sprach mit ebenso monotoner Stimme hinein, wie er seine legendären Vorträge vor den Humboldtstudenten hielt oder erzählte, was er zu Mittag gegessen hatte. Mark schätzte ihn, weil er tatsächlich eine Koryphäe war und nicht einfach nur ein gemachter Mann in seinem Job. Auf welche Art dieser Mann das Elend verarbeitete, das ihm täglich begegnete, wollte Mark sich allerdings nicht vorstellen.

»Männlicher Leichnam. Kind. Nackt im Wasser treibend aufgefunden. Körpermaße 1,17 Meter. Kopf im Bereich der Hypostase mit rötlichen Totenflecken. Treibspuren als Abschleifzeichen an den Handrücken und Fußspitzen. Abschleifzeichen am Schädel eventuell durch Schlingerbewegungen im Wasser an der Kaimauer.«

Karlsberg schaute Mark an. Er wusste, dass dieser Ermittler nicht mitschrieb, sondern die wichtigsten Informationen direkt in seinem Gedächtnis abspeicherte. Er griff eine Hand des Jungen. »Waschfrauenhand. Er lag etwa sechs Stunden im Wasser.« Wieder schaute er zu Mark. »Ich empfehle, Fingerabdrücke zu nehmen.«

»In welcher Kartei, bitte, sollen die sich finden?«, fragte Mark überrascht.

»Es mag grenzwertig klingen, aber diese Jungs sehen alle gleich aus. Ich hab das Gefühl, letzte Woche seinen Zwillingsbruder hier auf dem Tisch gehabt zu haben. Der war allerdings buchstäblich unter die Räder geraten. Ich musste nur obduzieren, weil der Verdacht auf einen vorangegangenen Missbrauch bestand, vor dem der Junge geflohen und auf der Köpenicker Straße direkt in ein Auto gelaufen war.«

»Hat sich der Missbrauch bestätigt?«

»Leider ja.«

Mark schüttelte ungläubig den Kopf. »Eins nach dem anderen, Karlsberg. Was meinst du mit ›diesen Jungs‹, die alle gleich aussehen?«

Gellert kam näher. Goran verschränkte die Arme vor der Brust und blickte verunsichert zu seinem Chef.

»Ebenfalls eines nach dem anderen!«, sagte Karlsberg bestimmt und schaltete sein Diktiergerät wieder ein. Gellert setzte sich, und Goran löste sich aus seiner Starre, um seinem Chef weiter wissbegierig bei der Arbeit zuzuschauen. Mark hielt den Mund und fügte sich, denn hier galten Karlsbergs Regeln.

»Akute Verletzung im Analbereich. Oberflächenverletzung der Haut um den After. Schädigung des Darmtraktes zu vermuten. Ältere Verletzungen sichtbar. Hämatome an Schultern und oberem Rücken. Fesselmerkmale an den Handgelenken, Drosselmarke horizontal und zirkulär um den Hals auf Kehlkopfhöhe verlaufend, überall gleich tief zirka fünf Millimeter einschneidend. Fingernagelsaum mit Waschhaut. Ich entnehme Spurenmaterial unter den Fingernägeln.« Mit einem winzigen Spachtel schabte er den Schmutz heraus, der tatsächlich noch hinter den Nägeln steckte. »Ich gehe über zur inneren Besichtigung.«

Gellert verabschiedete sich. Karlsberg schaltete genervt sein Diktiergerät aus.

»Das ist schon okay«, beschwichtigte Mark und sagte, zu seinem Kollegen gewandt, »wir sprechen uns morgen.«

»Danke.« Gellert nickte erleichtert in die Runde und ging.

Goran setzte eine elektrische Säge in Gang. Mark hob die Hand, als Karlsberg gerade sein Diktiergerät wieder einschalten wollte. »Darf ich nach draußen gehen und eine rauchen?«

»Ich bitte darum«, schnarrte Karlsberg, ohne aufzublicken.

Draußen lehnte Mark sich an seinen Wagen. Wurde das Bild von dem Zettel am Zeh des Jungen nicht mehr los: »Beschlagnahmt durch den Polizeipräsidenten«. In der Finsternis ragten zwei Baukräne in den Himmel. Die roten Warnlampen malten zwei Feuerstreifen wie von Silvesterböllern in den Himmel. Wie wirkte dieser Moloch hier unten von ganz da oben?, fragte sich Mark. Wie ein ganzjährig blinkender friedlicher Weihnachtsmarkt.

Goran schaute aus der Tür. »Wir sind fertig.«

Mark nickte und folgte ihm.

»Ertrunken ist er nicht«, sagte Karlsberg, während er Handschuhe und Schürze auszog. »Das wäre der angenehmere Tod für den kleinen Kerl gewesen.«

Solche Worte benutzte Karlsberg sonst nicht, bemerkte Mark. Das Schicksal des Kindes schien ihm nahezugehen.

»Er ist entweder an inneren Blutungen oder Ersticken durch Erdrosseln gestorben. Möglicherweise an der Kombination aus beidem.«

Mark schluckte.

»Willst du von mir hören, wie die inneren Verletzungen des Jungen zustandekamen oder lieber morgen in meinem Bericht lesen?«

»Morgen im Bericht. Das wird schlimm genug«, sagte Mark, und es klang wie eine Frage.

»Was ich dir leider versprechen kann«, sagte Karlsberg.

Mark schloss die Augen. Es zog ihn nach Hause zu der Duftmischung aus Weichspüler und gekochtem Gemüse. Zu Julias zweifelndem Blick, wenn er antwortete, es sei alles okay. Zum synchronen Quasseln seiner Töchter, die alle Geschehnisse des Tages in einen einzigen nicht enden wollenden Satz packten. Dorthin wollte Mark, und nirgendwohin sonst.

»Todeszeitpunkt?«, fragte er mit geschlossenen Augen, doch das Bild des mittlerweile mit einem blütenweißen Tuch bedeckten Körpers wollte nicht verschwinden.

Karlsberg räusperte sich. »Nun ja, wie gesagt, als er gefunden wurde, trieb er seit etwa sechs Stunden im Wasser.«

Mark rechnete zurück. »Dann ist er gegen drei Uhr nachmittags gestorben.«

»Nein«, warf Karlsberg ein, »da wurde er in die Spree verbracht. Wie lange er zu diesem Zeitpunkt schon tot war, lässt sich aufgrund der Einwirkung des Wassers nicht mehr bestimmen. Allerdings gab es noch keine Verwesungsspuren, daher gehe ich davon aus, dass er heute Vormittag getötet wurde.«

Mark stellte sich vor, wie der Junge noch in seinem Bett geschlafen hatte, er sah ein Plüschtier und einen Schlafanzug, sah, wie er aufstand und ein Frühstück aus Cornflakes bekam, keinen Moment lang ahnend, dass sein Tod kurz bevorstand, weil er vom Tod noch gar keinen Begriff hatte, weil der Tod für ihn ein fliegendes Fabelwesen aus den Vampirfilmen war, die jetzt schon tagsüber und im Kinderfernsehen liefen.

Die Wahrheit jedoch war eine andere. Das war selbst einem starren Klotz wie Karlsberg anzusehen.

»Sein Magen war leer. Die Zeit abgezogen, die er im Wasser trieb, hatte das Kind seit mindestens 15 Stunden nichts gegessen.«

»Wie alt schätzt du den Jungen? Sieben oder acht?«

»Eher sechs oder sieben.«

»Gut. Strobel geht gerade die Meldungen durch. Wäre er fündig geworden, hätte er mich bereits angerufen. Den Jungen scheint also noch keiner zu vermissen.«

»Ich habe neben der Abnahme seiner Fingerabdrücke noch eine weitere Zusatzuntersuchung angeordnet und dem Jungen Blut entnommen. Goran bringt es gerade in die Toxikologie. Aber von dort werden wir vor morgen nichts hören.«

»Fingerabdrücke und Toxikologie wie bei einem kriminellen Junkie …« Mark schaute ihn forschend an. Karlsberg hielt seinem Blick abwartend stand. »Was sollte die Anspielung zu den Jungs vorhin?«

Karlsberg räusperte sich. Er kannte Mark noch nicht gut genug, um zu wissen, wie viel Klartext man mit ihm reden konnte.

»Die Jungs sind Roma. Ich kann mich auch täuschen. Muss in die Unterlagen schauen. Aber der andere Junge von vor einer Woche und dieser hier glichen sich wirklich wie ein Ei dem anderen.«

»Habt ihr die Eltern des anderen Jungen gefunden?«

»Nein. Sonst hätte ich dir längst sagen können, ob er einen Zwillingsbruder hatte. Das Haus, aus dem der andere Junge gerannt kam, war eine Ruine in Mitte, in der zurzeit Roma-Familien leben.«

»Ich kenne da nur eine Ruine, die infrage kommt.«

»Die Eisfabrik an der Köpenicker Straße.«

Mark schüttelte ungläubig den Kopf. »Aber dann muss er doch zu einer dieser Familien gehört haben!«

Er vermutete, dass auch diese Ermittlung von Fremdenhass beeinflusst gewesen war, mittlerweile so verbreitet und verwurzelt, dass er unsichtbar und geradezu normal geworden war für die Gesellschaft und auch für viele seiner Kollegen, die sich mit objektiven Ermittlungen im Milieu der Einwanderer und Flüchtlinge schwertaten und somit zahllose Fälle unaufgeklärt zu den Akten legten.

»Das ist es ja«, Karlsberg zog eine Zigarettenschachtel aus seiner Hemdtasche und bedeutete Mark, wieder mit nach draußen zu kommen. »Angeblich gehörte der Junge zu keiner der Familien im Haus. Die Kinder, die draußen spielten und den Unfall mit ansehen mussten, erkannten ihn ebenso wenig. Und die sind nun wirklich die einzige Spezies neben uns Säufern, die sich, wie wir wissen, nicht verbiegen lässt und die Wahrheit auch ungefragt zum Besten gibt.«

»Das erklärt noch nicht, warum du bei unserem Jungen hier Fingerabdrücke nehmen und das Blut untersuchen lassen willst.«

»Um von drei möglichen Verbindungen zwischen den beiden Kindern vielleicht am Ende wenigstens eine brauchbare bestätigt zu haben.«

»Die erste Vermutung ist, dass sie Geschwister waren«, schlussfolgerte Mark, »die zweite ...?« Er schaute Karlsberg fragend an. Der trat umständlich seine Zigarette aus.

»Die zweite, dass auch der Junge von heute zu einer Bande Straßendiebe gehörte.«

»Kollegen! Ihr nehmt die Fingerabdrücke der Kinder? Das ist unzulässig ...«

»Außer«, unterbrach ihn Karlsberg entschieden, »wenn sie hohe kriminelle Energie zeigen und wiederholt rechtswidrige Taten begehen. Und du weißt doch, was täglich los ist am Alex. So oft, wie sie dann mit den geklauten Handys gefasst werden, können wir hinter den Namen mittlerweile Strichlisten führen.«

Der Alexanderplatz war der Tatort Nummer Eins der Berliner Polizeistatistik. Hier gab es die meisten Körperverletzungen und Diebstähle. Der Platz in Mitte gehörte seit vielen Jahren zu den gefährlichsten Orten der Stadt gleichauf mit dem Breitscheidplatz und Bahnhof Zoo. Versuche, die dortige Kriminalität mit einer mobilen Wache zu bekämpfen, scheiterten regelmäßig. Nach

Marks Meinung gehörte eine feste Polizeiwache an den Alex, die 24 Stunden besetzt war, und basta.

»Und die dritte mögliche Verbindung zwischen den Jungs ist welche?«, fragte Mark.

Karlsberg zögerte. Offensichtlich hatte auch er mit dem heutigen Tag die Grenze des Erträglichen erreicht, wenn nicht sogar überschritten.

»Crystal Meth. Im Blut des überfahrenen Jungen fanden wir Crystal Meth.«

KAPITEL 30

Sie kam dem Ort immer näher, an dem ihr Großvater Erich Schomberg brutal in die Geschichte eingegriffen hatte. In die Geschichte der Menschen dort, in die Geschichte von Swetlana Taubman und in ihre eigene Geschichte. Mathieu Ceva war für sie zur Verkörperung dieser Grausamkeit geworden, auf der seit Jahrzehnten ein Schweigen lastete, das keine Aufarbeitung zuließ. In dem giftgrünen Notizbuch, das der Großvater ihr neben dem Geld hinterlassen hatte, war dessen Verbrechen von der Planung bis zur Ausführung minutiös aufgelistet. Das Buch lag nun inmitten ihrer Edelklamotten auf dem Boden eines Umzugskartons im »Vico House«. Sie hatte sich zuvor noch jedes Detail eingeprägt. Hatte dieser Mensch seine Taten in Kalendernotizen gefasst, um sie vor sich selbst zu legitimieren? Sie schloss die Augen und sah die Bilder vor sich, die sie begleiteten, seit sie das Buch zum ersten Mal zur Hand genommen hatte. Wenig hatte ihr die Mutter erzählt. Aus ihrer Schilderung schuf sich Rebekka eine lebendige Szene.

Frankreich – Tulle, Montag, 15. Mai 1944

Am Anfang kam er noch in Zivil und spielte sich auf als guter Freund. Kein Wunder, sein Vater war Franzose gewesen. Der französischen Sprache war Erich seit seiner Kindheit mächtig. Über den schweren deutschen Akzent des »Eric Schombersche« sagte hier keiner etwas. Das wäre doch unhöflich bei einem, der so eloquent war wie dieser Herr. Man hielt ihn für einen Franzosen und fragte nicht weiter, zumal er liebenswert war und mit einer verbindlichen Ausstrahlung gesegnet.

Jean Taubman war der angesehenste Tüllfabrikant der Stadt. Aus Garnen verschiedener Feinheit wurde in seiner Weberei Tüll gefertigt und kam glatt und einfach oder gestreift, gemustert, in Seide broschiert oder auch auf weißem oder schwarzem Grund mit bunten Blumen bestickt in den Verkauf. Die halbdurchsichtigen Gewebe exportierte Jean Taubman in Form von Gardinen und Unterwäsche in die ganze Welt. Auf einer seiner gern gesehenen Verkaufsveranstaltungen hatte Erich Schomberg ihn angesprochen. Ob er nicht an Exporten nach Deutschland interessiert wäre, nach dem Krieg natürlich. Der ginge ja nicht mehr lang. Und danach müsse es doch weitergehen.

Jean Taubman war kein naiver Mann. Mit dem Unternehmen war er groß geworden und hatte es dann von seinem Vater übernommen. Mit Anfang 30 lebte er für die Arbeit, wünschte sich aber auch eine Familie. Seine Tochter Swetlana war ihm mit ihren nussbraunen Augen, hohen Wangenknochen und dichtem schwarzem Haar wie aus dem Gesicht geschnitten. Nach ihrer Geburt erlitt Maria Taubman zwei Fehlgeburten, und dann gaben die Taubmans den Wunsch nach weiteren Kindern auf.

Swetlana wurde verwöhnt. Schon als kleines Mädchen reiste sie mit ihrem Vater durch Frankreich. Sie war seine kleine Ankleidepuppe. Er hüllte sie in Spitzenkleider, Tüllschals und kleine Hütchen, was seinen Charme in den Showrooms voller potenzieller Käuferinnen natürlich um ein wichtiges Maß erhöhte.

An diesem Maiabend brachte Jean Erich Schomberg mit zum Essen. Er stellte ihn seiner Frau als Geschäftspartner vor, der seine Standorte nach wie vor in Deutschland unterhalte und mit dem Krieg nichts zu tun habe. Aber es kam kein rechtes Gespräch zustande.

Die Stadt war von den Deutschen besetzt. Maria Taubman ließ sich nichts anmerken. Der Mann war höflich und lobte ihr Essen, gebutterte Kartoffeln und grüne Bohnen mit einer Sauce aus Fleischimitat. Er hatte Cognac mitgebracht, für Jean die Krönung des Abends. Mit Zigaretten und Cognacschwenkern in der Hand saßen die beiden Männer nach dem Essen auf dem kleinen Balkon, der auf den Marktplatz zeigte. Es war Mai, der Sommer lag bereits in der Luft. Maria wusste, dass sie bei den Gesprächen, die jetzt folgten, nicht dabei sein sollte. Jean machte Geschäfte. Und seine Geschäfte ermöglichten der kleinen Familie nicht nur ein besseres Überleben als den anderen, sondern auch eine Aussicht auf die Zeit nach dem Krieg. Und von dieser Zeit sprachen nicht nur die Taubmans.

»Ich mag ihn nicht«, sagte Maria zu ihrem Mann, als Erich Schomberg gegangen war. »Als Nächstes wird er bei uns wohnen!«

Ihr Mann lächelte nur und nahm Maria in den Arm. »Ma poupette, so schön, wie er es in seinem Hotelzimmer hat, können wir unser Haus gar nicht einrichten. Glaub mir, er fühlt sich nur deshalb so wohl bei uns, weil er der typische einsame Geschäftsreisende ist.«

»Ich möchte nicht, dass du dich zu sehr mit ihm einlässt. Er ist mir nicht geheuer! Und er ist ein Boche!«

Die Beharrlichkeit seiner Frau gab Jean zwar zu denken, doch dieses Mal musste er der Beharrlichere sein, was bei den beiden selten der Fall war. Und er musste die Karten sofort auf den Tisch legen. Die ganze Wahrheit.

»Maria, Kleines …«, wenn Jean so zu reden begann, bedeutete das nichts Erfreuliches.

Maria legte die Stirn in Falten und löste sich aus seiner Umarmung. »Was habt ihr ausgehandelt?«

Jean seufzte tief. Maria hatte ihren Mann trotz der außergewöhnlich schweren Zeiten noch nie so ratlos gesehen, ratlos im Umgang mit ihr. Doch sie gab nicht nach und blieb mit verschränkten Armen vor ihm stehen.

»Was?«

»Ich habe ihm ein Dokument gegeben.«

»Was für ein Dokument?« Maria wurde aschfahl. »Warte! War Olivier deswegen heute Morgen hier?«

Olivier war der Notar der Familie und ein langjähriger Freund. Zweimal waren Jean, Erich Schomberg und er in der Brasserie am Markt gewesen. Maria hatte es mit

Missbilligung beobachtet, sich dann aber nichts weiter dabei gedacht.

»Ja. Wir müssen weiter denken, Maria. Der Krieg wird irgendwann vorbei sein. Aber jetzt ist unsere Stadt von den Deutschen besetzt. Sie sind nicht einzuschätzen. Was heute beschlossen ist, hat morgen keine Gültigkeit mehr.«

Maria traute ihren Ohren nicht und fürchtete jedes weitere Wort. Flehend griff sie ihrem Mann an das Revers seiner Anzugjacke. »Aber Schomberg ist Deutscher! Bist du des Wahnsinns? Was hast du getan?«

Jetzt wurde auch Jean laut. »Sein Vater ist Franzose!«

»Und? Was bedeutet das? Schau dir diese Verräter in Paris an! Nicht nur deren Väter sind Franzosen, sondern auch deren Mütter!«

Maria hatte ihren Mann zum ersten Mal angeschrien. Er hielt ihr den Mund zu. »Unser Mädchen schläft!«, zischte er sie an und ließ sie los. Seine Schultern hingen, er setzte sich hin, schenkte sich einen Cognac ein und zündete sich eine Zigarette an.

Maria tat ihr Ausbruch augenblicklich leid. Tränen standen in ihren Augen. Sie setzte sich zu ihrem Mann, legte ihre Hand in seine. Ganz ruhig fragte sie ihn: »Jean, was hast du getan?«

Er schaute auf. Diese Verlorenheit in seinem Blick brachte Maria zum Weinen, sie ließ den Tränen ihren Lauf.

»Ich habe ihm die Vollmacht für mein Unternehmen gegeben und ihm das Versprechen abgenommen, davon für unsere Tochter zu sorgen. Falls wir beide hier nicht lebend rauskommen.«

KAPITEL 31

Die Pressemitteilung zu Kellermanns Tod war am Vorabend rausgegangen und lag neben einem Stapel Google-Berichten ausgedruckt auf Marks Schreibtisch.

Es war 7 Uhr morgens. Er hatte nicht geschlafen. Julia war wach gewesen, als er weit nach Mitternacht nach Hause kam. Sie hatte seinen Blick gesehen und verstanden. Mit einem Sechserpack Bier hatte er sich vor den Fernseher gesetzt und bis zum Morgen ausgetauschte Ehefrauen, übrig gebliebene Junggesellen und keifende Familien bei ihrem Tun beobachtet und doch nichts von dem wahrgenommen, was er nüchtern »mediales Komplettversagen« nannte.

Er hatte geduscht, Julia und die Mädchen geküsst und war zur Arbeit gegangen.

Mark las die Mitteilung zum mittlerweile zehnten Mal und ließ sie erstmals auf sich wirken. Der Kulturstaatssekretär sei am Dienstag tot aufgefunden worden. Fremdverschulden sei nicht ausgeschlossen. Es würde in alle Richtungen ermittelt.

Man hatte keine Rufnummer für eventuelle Beobachtungen angegeben. Eine Belohnung für Hinweise, die zum Täter führten, war ebenso wenig ausgesetzt. Dieser Ball wurde flach gehalten, dabei benötigten sie so viele Informationen wie möglich, um endlich einem klaren Ermittlungsstrang folgen zu können.

»Guten Morgen, Chef. Wie geht's dir?«

»Du bist früh dran, Strobel. Wieder beim Patiencelegen verloren?«

»Das auch. Vor allem aber wollte ich in Ruhe den Kellermann-Fall durchgehen und dich abfangen und fragen, ob der Fund von gestern Abend ein weiterer Fall für uns ist.«

»Der Fund war ein Kind.«

»Ich weiß, Mark. Ein Junge.«

»Vermutlich ein Roma. Deshalb …«, Mark rieb sich die Augen. Er hatte seit 24 Stunden nicht geschlafen und wurde plötzlich von Müdigkeit überwältigt, »… hast du wahrscheinlich auch nichts zu ihm gefunden, oder?«

»Niemand hat ihn vermisst gemeldet. Ich bleibe natürlich dran.«

Strobel zog sich einen Stuhl an Marks Schreibtisch. Die beiden Männer saßen sich für einen Moment schweigend gegenüber. Im Flur blubberte die Kaffeemaschine.

»Wie kann man ein Kind einfach so aufgeben? Es nicht vermissen, wenn es vom Spielen nicht wieder nach Hause kommt?« Mark war kein ängstlicher Mensch. Doch die Möglichkeit, die beiden toten Jungen, Freddys Verschwinden und der Mord an Kellermann könnten zusammenhängen, beunruhigte ihn zunehmend.

»Vielleicht wird der Junge tatsächlich nicht vermisst, weil er ohne Eltern hierhergekommen ist und sich am Rande einer Großfamilie mit durchgeschlagen hat«, sagte Strobel, und es klang wie eine Hoffnung. »Während du gestern nach dem Verhör von Alexandra Kellermann von hier verschwunden bist«, er schaute Mark prüfend von der Seite an, doch der nutzte diesen Moment, sich erneut ausgiebig die Augen zu reiben, »haben Kim und ich uns mal mit Kellermanns Firma befasst.«

»Ich weiß. Hab Kim gestern Abend noch getroffen.«

»Ach!«, platzte es aus Strobel. »Hat dein Tag doch mehr Stunden als meiner, oder wann machst du das alles?«

»Ja, irgendwer hat mir eine Sondergenehmigung auf 36 Stunden pro Tag erteilt«, sagte Mark lakonisch und nickte Strobel aufmunternd zu. »Also, schieß los, was habt ihr herausbekommen? Diesen Stapel hier durchzugehen«, er zeigte auf die Google-Berichte, »werde ich wohl erst im nächsten Leben schaffen.«

»Okay. Wie du sicher weißt, führt Alexandra Kellermann die Geschäfte für ›Fairtrades‹, seit ihr Mann wieder an seinem Kulturschreibtisch sitzt ... äh ... saß. Sie scheint ehrgeizig genug, sich in das umkämpfte Messegeschäft Berlins einbringen zu wollen, zumal ihr Mann ja mit seinem Coup der größten Modemesse eine komfortable Vorlage geliefert hat. Das Level zu halten und sich – zumindest öffentlich – nicht zu sehr von seinen Verbindungen vereinnahmen zu lassen, ist ihr oberstes Gebot. Und nun kommt die Krux.«

»Und erst mal ein Kaffee?«

Strobel verstand und sprang auf. Mit zwei Kaffeebechern in der Hand kehrte er an Marks Schreibtisch zurück.

»So vergammelt manche Grundstücke in Berlin auch aussehen mögen, so umkämpft sind sie dennoch. Der Liegenschaftsfonds ist offensichtlich einer, in den sich gut investieren lässt. Dort lassen sich Sporen verdienen, die einem Politiker Halt geben. Und dort tummeln sich Leute wie Herr und Frau Kellermann, jeder natürlich in seinem eigenen Interesse.«

»Vergammelte Grundstücke ... In der DDR brachten stabile Mieten die Häuser zum Einsturz. Was ist es heute?«

»Ungeklärte Besitzverhältnisse. Nimm zum Beispiel die Eisfabrik.«

»Ich weiß«, sagte Mark. »Einer von Kellermanns Jobs war es, sich um diese offene Wunde zu kümmern. Gellert und Pfitzner müssten inzwischen dort gewesen sein. Ich erwarte ihren Bericht.«

»Richtig. Die Fabrikruine ist von Romafamilien besetzt. Keiner weiß, wohin sie gebracht werden sollen. Und daran wird sich so schnell nichts ändern. Das Problem bei dem Ganzen ist eine Zusage, die Alexandra Kellermann einem nicht näher bekannten, aber offensichtlich zahlungskräftigen Veranstalter für ein Filmprojekt gemacht hat. In dieser Ruine soll im Hochsommer nächsten Jahres durch eine öffentlichkeitswirksame Aktion auf die Stadt Berlin aufmerksam gemacht werden. Hollywood ist mit an Bord. Ein amerikanischer Filmstar, der sich die Rettung der Welt auf die Fahne geschrieben hat.«

Mark spürte, wie er immer wacher wurde.

»Das Ganze ist nicht ohne Brisanz: Geplant ist eine Mischung aus Messe, Festival, Protestaktion und Doku. Mit den Flüchtlingen am Oranienplatz hat sich die Stadt nicht mit Ruhm bekleckert, als ein ganzes Dorf aus Rumänien in die Harzer Straße zog, wurde es bedrohlich heiß in Neukölln. Dem mittlerweile entlassenen Sozialstaatssekretär wurde nachgewiesen, dass der Bau von Flüchtlingscontainern von seiner eigenen Firma abgewickelt wurde und ihm privat zu beträchtlichen Einnahmen verhalf.«

Mark stellte den Kaffee aus der Hand. »Was hat das alles mit unserem Fall zu tun?«

»Kellermann und seine Frau agierten hinter verschlossenen Türen. Sie haben neben der Musikzeitschrift, für die

Frau Kellermann arbeitet, auch eine Investorengruppe rund um die sogenannte ›Mediaspree‹ buchstäblich im Boot. Diese sehen in dem Projekt eine große Chance für den Osten Berlins, Kritiker den Ausverkauf seiner wertvollsten Flächen. Ein Riesenprojekt. Mit einem Schönheitsfehler.«

»Der erste Schönheitsfehler für mich ist«, wandte Mark ein, »dass die beiden praktisch keine Ehe mehr führten. Die hatten statt getrennter Schlafzimmer getrennte Wohnungen!«

»Vergiss nicht, dass viele Paare, selbst wenn sie längst getrennt leben, noch über Geschäfte miteinander verbunden sind. Manche Ehe funktioniert eben nur als Firma. Und bei den Kellermanns bestand ja zumindest noch Grund zur Hoffnung, wenn wir Frau Kellermann glauben dürfen.«

»Mag sein. Was also ist der Schönheitsfehler?«

»Die Eisfabrik ist die älteste noch erhaltene in Deutschland und um die 120 Jahre alt. Mit dem hier produzierten Eis wurden die Kühlräume von Kneipen und Gasthöfen, Kliniken und Fabriken gefüllt.«

Strobel war in seinem Element. Und auch in Marks Kopf ordneten sich die Gedanken wieder in ihren gewohnten effektiven Bahnen. »Es wurde also kein Speiseeis produziert, sondern das, womit Kellermanns Füße gekühlt wurden«, sagte Mark.

»Richtig. Eisblöcke. Das sogenannte Stangeneis.«

»Was du nicht sagst.«

»Es kommt noch dicker. Das dort geplante Riesending haben die Kellermanns auf ein nur scheinbar festes Fundament gesetzt: den Denkmalschutz, unter dem die Eisfabrik steht.«

»Und nun?«

»Und nun kommt der Schönheitsfehler: Vor Kurzem wurde der Abriss der Eisfabrik trotz Denkmalschutz beschlossen. Das Denkmal war zu lange ungeschützt. Da ist wohl nichts mehr zu retten.«

Mark lehnte sich zurück und wippte mit dem Stuhl. »Woher zum Teufel weißt du das alles? Wer hat das Trüffelschwein in dir geweckt, das all diese Infos neben den frei zugänglichen gefunden hat?«

»Niemand. Ich hab gleich das Trüffelschwein gefragt. Und das heißt Kim Fröbe.«

KAPITEL 32

Seine Erinnerungen kamen allmählich zurück. Noch waren es ungebetene Gäste und damit schlimmer als Einsamkeit. Konnte er ihnen vertrauen? Er hatte keine Wahl.

Er hatte den Laptop und sein Handy genommen, war ins »Oberholz« gefahren, hatte sich Bier bestellt und seine Mails gecheckt. Dort saß er am liebsten und chattete, am Rosenthaler Platz, alle einschlägigen Adressen nah genug, er selbst im Windschatten der hyperaktiven Erlebnisgier von Berlin-Mitte. So viel wusste er noch. Er konzentrierte sich, forschte weiter in seinen Gedanken, als wären es nicht seine eigenen. Die Kraft verließ ihn wieder.

Jedes Körperteil schmerzte, er wickelte sich in das fleckige Laken und suchte den Boden nach seinen Klamotten ab. Sie lagen verstreut auf dem Sofa gegenüber, kein Laptop, kein Handy.

Ein weiterer wacher Moment. Freddy hielt ihn fest, schloss die Augen, lauschte in seinem Inneren. Frank hieß der Typ im zivilen Leben, für dessen Party er sich schließlich entschieden hatte. Was oder wer hatte ihn dort hingezogen? Sosehr er sich mühte, er kam nicht weiter. Es war, als starrte er in einen tiefen Brunnen. Am Ende sah er nur sein eigenes Spiegelbild, während das von jenem Frank verblasste. Er war wie so oft auf die Party eines Unbekannten gegangen, das war der Kick. Irgendetwas war dann furchtbar schiefgelaufen. Anders als sonst. Daran zu denken, fühlte sich an wie Schleifpapier auf der Haut und an seinen Gehirnwindungen, aber er sah keine Bilder.

Das Zimmer war dunkel. Am Rand der dicken Vorhänge fiel ein schmaler Streifen Licht ins Innere. Es war Tag. Der wievielte Tag? Freddy wälzte sich zur Wand. Wer hatte ihm all diese Zeit gestohlen? Und warum? Okay. Sammeln. Aufstehen. Anziehen. Rausgehen.

Er richtete sich auf, trat auf die schwarze Lederhülle, schrie auf vor Schreck. Schlich zur Tür, drückte die Klinke, die Tür war nicht verschlossen. Er schaute in einen Flur mit rotem Teppich und Tapete wie aus den 70ern. Es war derselbe Flur. Hier war er entlang- und die Treppe hinuntergerannt, um dem Notarzt die Tür zu öffnen. Gleich würde er frei sein. Der Rest würde sich klären. Scheiß auf Handy und Laptop, das hier war sein Leben, das er noch hatte, und das war ihm plötzlich eine ganze Menge wert.

In der Ecke sah er die Leuchtziffern eines Radioweckers. 18:57. Vor 19 Stunden war dieser Wecker aus- und wieder angegangen, sonst würden die Ziffern nicht blinken. Es hatte also entweder einen Stromausfall gegeben oder das Gerät war erst angestellt worden, als man ihn hierher brachte. Resigniert zog Freddy die Vorhänge zur Seite. Die Sonne blendete ihn, Kopfschmerz zuckte wie ein Blitz durch seinen Schädel. Die Ziffern am Radiowecker wechselten auf 19:00, als ohrenbetäubender Lärm losbrach.

Der Schnee glänzt weiß auf den Bergen heut' Nacht, keine Spuren sind zu seh'n. Ein einsames Königreich, und ich bin die Königin. Der Wind, er heult so wie der Sturm ganz tief in mir. Mich zu kontrollier'n, ich hab' es versucht …

Freddy hieb mit der Faust auf das Radio. Das CD-Fach öffnete sich von der Wucht des Schlages. Dieses Scheißlied, da war es wieder. Sie lag auf CD gepresst vor ihm, die »Eiskönigin«, und plötzlich waren alle Bilder wieder da, nur dass Freddy sie jetzt nicht mehr sehen wollte.

Panisch suchte er seine Kleidung zusammen, zog sich eilig an und ging zur Tür. Der Flur war leer, die Luft war rein. Er bemühte sich, nicht zu rennen. Lief aber doch immer schneller und nahm die Treppe am Ende des Flures mit großen Sprüngen, wie früher, als er ein Kind war, zwei auf einmal, drei auf einmal, vier auf einmal und auf der Nase landen; fing sich gerade so, stützte sich auf einer Kommode ab, die hier wie millionenfach auf der Welt in einem kleinen Foyer stand, ohne dass sie zu etwas nutze war, und so langsam bekam er eine Ahnung, wo er war in dieser Menschenleere, und dass auch dieser Ort einen

Namen hatte, weil man doch auch den Unorten einen Namen gab.

Durch die Scheibe sah er das vertraute U-Bahn-Logo. Nur noch durch die Tür. Hier drin war alles tot, und draußen war Sommer. Und gerade, als er glaubte, als Einziger das rettende Ufer erreicht zu haben, als seine Fingerkuppen bereits die polierten Messinggriffe der Tür berührten, spürte er den Schlag in den Nacken und dann nichts mehr.

KAPITEL 33

Er wollte malen wie Boudin, »der Vater des Impressionismus«, den außer der Kunstkritik auch niemand kannte. Trevor Geddes machte sich nichts vor: Er konnte malen, was und wie er wollte, er würde es immer nur für sich tun. Doch allein die Freiheit, es tun zu können, machte sein Leben zum Fest. Die Kollegen bei »Buzzer« in London traf er morgens auf Skype zur Redaktionskonferenz. Die Themen der Woche waren schnell durchgehechelt und die Artikel und Kolumnen verteilt. Zwischen seinen Schreibarbeiten schuf Trevor Geddes Landschaften, die nur in seinem Kopf existierten und dann auf Leinwand verewigt waren als Orte, in denen Menschen lebten, die es auch nur in seiner Vorstellung gab. Seine Frau hatte in England wieder geheiratet, seine Tochter sah ihm ähnlich und gehörte nun einem anderen Vater. Es störte ihn nicht mehr. Er hatte sich seine eigene Welt hier in diesem Cottage mitten in Frankreich geschaffen, mitten in einer Landschaft, die von Boudin, dem unbekannten Maler, geschaffen schien und Raum und Zeit als beengende Parameter seines Lebens außer Kraft setzte. Und nun plante er noch Größeres.

Trevor Geddes hatte sie im Internet über eine Kunstgalerie kennengelernt. Sie waren sich nie persönlich begegnet. Als die Hobbymalerin Caroline Schneider ihm jedoch auf die Minute genau die Miete samt Kaution in gewünschter Höhe überwies, war ihm das auch nicht mehr wichtig gewesen. Beruhigt konnte er sich nun auf seine Weltreise begeben, wissend, dass jene Frau Schneider sein Haus und die Post wie ihre eigenen Augäpfel hüten würde.

Das Haus war im typischen Stil der Region aus Natursteinen gebaut, mit groben Steinblöcken, dicken Holzbalken und einem schiefergedeckten Satteldach. Am Telefon hatte Trevor Geddes von diesem idealen Ausgangspunkt für Naturmaler und ihre Erkundungen des Hochtals und der Vulkanlandschaften geschwärmt. In dem hügeligen waldreichen Gebiet mit vielen Seen ließe es sich wunderbar malen, wandern, Rad fahren und schwimmen. Liebevoll zeichnete er am Telefon ein Bild vor Rebekkas Augen von der reichen mittelalterlichen Kultur und Geschichte in Gestalt zahlloser Burgen und Wachtürme. Doch die Gegend und das, was man hier unternehmen konnte, waren das Letzte, was Rebekka interessierte.

Ein kleines buntes Atelier von lediglich zehn Quadratmetern sprach von der Leidenschaft des Trevor Geddes. In diesem engen Raum so weiträumige Landschaften zu zaubern, war wohl die Herausforderung, der er sich freiwillig stellte.

Die Einrichtung des Hauses schien direkt aus »Good Homes« übernommen und spiegelte die Erfüllung aller Klischees wieder, für die man heute die Stadt in Richtung Land verließ: roh belassene Holzbalken an Wänden und Decke, bordeauxrote Polster auf Sesseln, Bett und Sofa, flauschiger Teppichboden, Vorhänge und Kissenbezüge aus großblumigen Stoffen, getrocknete Blumen und Kieselsteine aller Farben in Glasgefäßen auf jede Nische zwischen den Balken verteilt, Bücher, deren Mischung einer Bibliothek aus zurückgelassenem Lesestoff ganzer Generationen von Urlaubern glich, und als sie an der Musikanlage gedankenverloren auf »Power« drückte, erklang Suzanne Vegas »My name is Luka«. Hier stimmte alles, dachte Rebekka, das Haus schien für sie gemacht. Hier würde sie es aushalten für die Zeit, die sie brauchte.

Ein lautes Rasseln schreckte sie auf. Sie ging nach draußen in den kleinen Vorgarten und lief hinters Haus, um dem Geräusch nachzugehen. Aus einem kleinen Wäldchen drangen nun noch lautere Geräusche zu ihr, dazu das Gebrüll von mindestens vier Männern.

Vorsichtig stieg sie über den flachen Holzzaun, der eher Grundstücksbegrenzung als Schutz war, und ging durch das tiefe Gras ein Stück in den Wald hinein. Es roch nach Sommer und feuchtem Moos. Und als der Krach für einen Moment innehielt wie ein schreiendes Kind, um Luft für einen neuen Ausbruch zu holen, vernahm sie das Summen von Tausenden Insekten.

Auf einer Lichtung sah sie Männer in blauen Einteilern an einem Lkw hantieren, vor dessen schräg gestellter Ladefläche sich ein weißer Haufen Kieselsteine türmte.

Wunderbar, dachte Rebekka und ging zurück ins Haus.

Das Haus hinter dem Waldstreifen lag nicht weit von der Kathedrale, dem Marktplatz und den Gassen, in denen sie Ceva wie einen streunenden Hund vermutete. Sie legte sich Gedanken und Sachen zurecht für ihren ersten Spaziergang in die Stadt.

Dann klappte sie ihren Laptop auf und las die aktuellen Nachrichten aus Berlin.

»Kulturstaatssekretär Frank Kellermann tot aufgefunden …«, stand da noch immer, dass Fremdverschulden nicht ausgeschlossen sei und nun in alle Richtungen ermittelt würde.

Erneut googelte sie seinen Namen. Mittlerweile hatte sich die Trefferquote um 100.000 erhöht.

Kellermann war noch nicht lange wieder im Amt. Sie konnte sich gut an die Affäre erinnern, die ihn einst den Stuhl gekostet hatte, auf dem er nun seit Kurzem wieder gesessen hatte. Eine seiner letzten Aktionen war die umstrittene Umsiedlung von Berlins größter Fotogalerie aus einem historischen Postgebäude in einen reizlosen Nachkriegsbau gewesen, aber deshalb war er sicher nicht ermordet worden.

Im Suchfenster erschienen neben seinem Namen nun schon automatisch die Begriffe

»schwul«, »pädophil« und zu Rebekkas Erstaunen auch »Eisfabrik«.

Sie klickte auf den Link, der sie zu der alten Eisfabrik an der Köpenicker Straße führte. Auf dem Bildschirm öffnete sich ein Artikel der »Mediaspree«, jenem Konglomerat aus Interessenten, Investoren und Förderern der lukrativen Spreeufer in Mitte, Kreuzberg und Friedrichshain. Aber abgesehen davon, dass er als Kulturstaatssekretär hier lediglich einmal namentlich genannt wurde, war diese Verbindung dürftig. Das hieß, schlussfolgerte sie, dass sein Name bereits mehrfach in Verbindung mit der Eisfabrik gesucht worden war, und die Suchmaschine – einer effektiven Sekretärin gleich – nun eins und eins zusammenzählte, um dem Nutzer die Dinge zu erleichtern. Am liebsten wäre sie sofort nach Berlin abgereist und hätte sich neben Mark in den Fall eingeklinkt. Allein die Möglichkeit, sich die Entwicklung vor Ort anschauen zu können, verursachte ihr, der Heimatlosen, starkes Heimweh. Die Google-Plattform war ihr so vertraut, dass sie stutzig wurde, in welch heftiger Viralität der einst so beliebte Kulturstaatssekretär Frank Kellermann innerhalb kürzester Zeit nach seinem Tod zur Persona non grata geworden war. Sie konnte es spüren: Das war gesteuert. Irgendjemandem lag daran, die Ermittlungen zu Kellermanns Tod zu beeinflussen. Diese Suchmaschine war ein Planet, der sich nicht so einfach aus seiner Erdumlaufbahn bringen ließ. An Kellermanns Namen und Ruf machte sich im Hintergrund ein Profi zu schaffen. Um zurück in Berlin diesem Verdacht nachgehen zu können, musste sie diese Sache hier schnell beenden.

Einen Plan für den Mord an Ceva hatte sie längst. Er war in dem Moment entstanden, als Trevor Geddes sich für die Bauarbeiten entschuldigte, die hinter dem Haus stattfanden und jede Menge Krach verursachten. Sie musste alles sehr schnell erledigen. Die Arbeiter wären höchstens noch vier bis fünf Tage da.

Rebekka duschte und starrte dabei auf den altmodischen Duschkopf, der das Wasser wie ein warmer Regen auf ihrer Haut verteilte. Sie spürte Marks Hände, die auf ihrer Hüfte lagen und von da langsam nach oben glitten, über ihre Schulterblätter an den Nacken, sich sanft um ihren Hals legten und ihren Kopf nach hinten bogen für einen langen, zarten, weichen Kuss, der immer leidenschaftlicher wurde und in leichten Bissen endete, mit denen er ihr Gesicht, das Kinn, die Augen und die Stelle am Nacken liebkoste, die ihre verletzlichste war, da, wo das Lindenblatt gelegen hatte, dem einzigen Zugang zu ihrem tiefsten Inneren, in das sie niemanden vorließ, nur den Ritter, der sie liebte, verteidigte, beschützte und immer wieder eroberte, und so küsste er sie mit einer nicht enden wollenden Geduld, weil er sich sicher sein konnte, ans Ziel zu kommen, jetzt, da sie eng aneinandergeschmiegt dastanden, sich fest in den Armen haltend, dass nicht einmal mehr ein Tropfen zwischen ihre Körper passte, sie sich aneinander rieben und warm und immer wärmer wurden, bis die Hitze Rebekka wehrlos machte, sie sich hingab und aufgab … und mit den flachen Händen an der Wand nur noch weinen konnte.

Er fehlte ihr. Er war der erste Mann in ihrem Leben, der ihr Partner, Geliebter und bester Freund zugleich war. Und doch konnte sie ihm ihr eigentliches Wesen nicht offenbaren. Auch er blieb draußen in dieser anderen Welt. In seiner eigenen Welt war das Chamäleon einsam und würde es für immer bleiben.

Der heutige Tag hatte eine schillernde Farbe. Beim Chamäleon das Zeichen von Angst. Rebekka zog ein rosafarbenes T-Shirt aus Bioseide über eine beige Leinenhose, besprühte sich mit japanischem Körperspray, nahm den Korb von der Kommode neben der Eingangstür und ging hinaus. Ihre Flipflops hielt sie in der Hand. Den Weg durch den Wald wollte sie barfuß gehen.

Im Vorbeigehen nahm sie die Männer wahr, die glücklicherweise mit ihrem Feierabendbier und den entsprechenden Gesprächen beschäftigt waren. Der Waldweg war weich von Moos und Nadeln, sodass Rebekka lautlos an der kleinen Baustelle vorbeigehen konnte. Es roch nach Bärlauch und feuchtem Gras. Rebekka atmete tief und schloss kurz die Augen. Wieder so ein schönes kleines Stück Freiheit, von dem sie niemandem etwas abgeben musste.

An seinem Ende mündete der Weg in einen Platz, an dessen Ende sie bereits die Kathedrale sah. Ringsum kleine Supermärkte, Zeitungsläden und Straßencafés. An flachen Häusern mit hellem Putz auf Naturstein blätterte die Farbe von den weißen Fensterläden.

Es war Freitag, der ganze Tag ein Vorgeschmack auf den Sommer.

Rebekka liebte die Freitagabende, obwohl sie selbst noch nie in dem starren Gerüst eines Montag-bis-Freitag-neun-bis-fünf-Uhr-Jobs gesteckt hatte. Eine völlig andere Stimmung umgab die Menschen und bestimmte ihr Verhalten, ihren Gesichtsausdruck und die Art, zu reden, sich zu bewegen. Alte Frauen, junge Mädchen und ihre Zukünftigen auf dem Weg in den Abend, in die Zerstreuung des Wochenendes. Ein wortloses Miteinander aus geteilter gespannter Erwartung. Egal, ob hier in der französischen Provinz oder der Imbisskneipe am S-Bahn-Ausgang Tempelhof, unter deren Holzverschlag die Gäste wie Klinikpatienten am Tisch saßen. Für sie war der Freitag immer ein besonderer Tag. Und der heutige ein ganz besonderer. Sie spürte, wie ihre Angst langsam verflog.

In einem Straßencafé unweit der Kathedrale mit Blick auf die hier mündenden Gassen bestellte sie sich einen Croque Madame, obwohl sie weder Hunger noch Appetit auf überbackenen Toast verspürte. Essen gehörte zu Caroline Schneider wie das Malen und eine naive Offenheit allem und jedem gegenüber. Also musste sie sich Essen bestellen. Und ein Salat war keine Option für eine Frau aus Bayern.

Geschützt von einem Sonnenschirm hatte sie sowohl das Innere des Cafés als auch die vorbeiflanierenden Menschen im Blick. Die Einkäufe ihres Wochenendes standen in einer Plastiktüte auf dem Stuhl neben ihr. Hier gab es keine Touristen, und auch sie war nun eine Einheimische. Auf dem Platz herrschte Getümmel. So wie damals.

Frankreich – Tulle, Freitag, 9. Juni 1944

Am Nachmittag bestimmten schwerbewaffnete SS-Männer in Tarnanzügen das Straßenbild des zentralen Platzes von Tulle. Sie riegelten den Markt und die angrenzenden Straßen ab. Hunderte der Einwohner des Städtchens wurden festgehalten und Zeugen des Geschehens. Sie sahen, wie die Männer fachmännisch Stricke zu Schlingen knüpften und sie an Laternenpfählen, Balkongittern, Bäumen und Telefonmasten befestigten. Unterhalb der Stricke stellten die Männer Hocker und Stühle auf, die sie aus den umliegenden Häusern holten. Väter wurden Zeuge, wie man ihre gefesselten Söhne zum Galgen führte. Auf ein Zeichen wurden jeweils zehn Männer und Jungen aus der nahe gelegenen Munitionsfabrik mit vorgehaltener Waffe aufgefordert, auf die bereitstehenden Stühle zu steigen. Sobald die Schlingen um den Hals der Delinquenten gelegt waren, traten die Männer die Stühle zur Seite. Während die Opfer in den Tod stürzten, sorgte eine SS-Truppe vor der Tivoli-Bar für Jahrmarktstimmung. Aus einem Grammophon kreischten Schlagermelodien. Ab und an schallte das Lachen der deutschen Dolmetscherin von der Munitionsfabrik über den Platz. 99 Franzosen starben an jenem Nachmittag an den Galgen der Zweiten SS-Panzerdivision »Das Reich«. Der Jüngste unter ihnen war der 17-jährige Lehrling Viellefond, der älteste der 45-jährige Textilhändler Taubman. Die Mörder ließen sich nach getaner Arbeit zur Erinnerung mit den erhängten Opfern fotografieren. Maria Taubman fand man am selben Tag erhängt in einem Wald bei Tulle. Danach, ob sie ermordet worden war oder Selbstmord begangen hatte, fragte niemand.

Belgisches Kirschbier schlürfend, schloss sie die Augen und sog die Magie des Moments in sich ein: Hier wurde sie von niemandem vermutet. Der Einzige, der sie in dieser Stadt wusste, war ein Taxifahrer namens Khaled Mulatu. Der Einzige, wegen dem Rebekka hier war, würde bald auftauchen.

Zuerst nahm sie den Duft wahr. »Kouros«. Und da war er. Ceva. Gerade mal ein paar Meter von ihr entfernt. Dem Gegner so nah wie möglich zu sein, war die Taktik der Sieger. Zumal Ceva nicht wusste, dass sie sein Gegner war. Sie würde nun untergehen in seinem Umfeld. Rebekka versuchte instinktiv, eins zu werden mit dem Stuhl, dem Tisch, ihren Einkäufen und dem Kirschbier in ihrer Hand.

Ceva hatte gerade eine bunte Truppe junger kichernder Mädchen entdeckt, die sich zu ihrer freitäglichen Kneipentour trafen. Eine Zigarette im rechten Mundwinkel begrüßte er ein paar Freunde, die ihn offenbar bereits erwarteten. An einem Abend wie diesem, wenn der Sommer noch schönste Verheißung war, blieb niemand zu Hause.

Sie hatte die erste Mail auf das im Taxi zurückgelassene Buch bekommen: »Frauen sind die Chamäleons der Liebe. Wir Männer sind für sie nur die Farbe, der sie sich jeweils anpassen.« Einmal mehr war sie froh, in ihrer Farblosigkeit nicht in Cevas Beuteschema zu passen. Rebekka schob den leer gegessenen Teller zur Seite und gab dem Kellner ein Zeichen.

»L´addition?«, fragte dieser mit hochgezogenen Augenbrauen.

Nein, sie wollte nicht zahlen. Sie bestellte nach. Sie lehnte sich zurück und lächelte. Denn es ging ihr gerade so richtig gut.

KAPITEL 34

Gellert schaute sich verstohlen um. Wollte sichergehen, dass Pfitzner nicht in der Nähe war.

»Mit Pfitzner unterwegs zu sein, ist in etwa so aufregend, wie allein ein Glas Orangensaft zu trinken.«

»Du solltest mit ihm kein Verhältnis beginnen, sondern dir die Eisfabrik genauer anschauen«, sagte Mark. »Kaffee?«

Gellert schüttelte den Kopf. »Unhaltbare Zustände dort. Hätten wir uns als Bullen geoutet, lägen wir jetzt auf dem Balkangrill.«

Mark verdrehte die Augen.

»Aber ist doch wahr!«, sagte Gellert mit Nachdruck. »Zigeunerfamilien – oder eben Roma, wie es korrekt heißen muss –, wohin das Auge blickt. Sie hausen in Verschlägen und sitzen am offenen Feuer. Keine Fensterscheiben, an manchen Stellen regnet es durchs Dach. Ich dachte zuerst, ich bin in dem Film ›Das Zigeunerlager zieht in den Himmel‹ gelandet.«

Da passt du mit deinen Zirkusklamotten auch hin, dachte Mark und ermunterte Gellert mit einem Blick, doch bitte weiter zu berichten.

»Die haben dort einen Häuptling, der das Zepter in der Hand hat und für ein paar Euro Führungen durch die Ruine anbietet. Rudko ist sein Name. Und da fällt mir ein, dass ich fünf Öcken von euch kriege. Hat mir leider keine Quittung ausgestellt.«

Pfitzner war unbemerkt reingekommen und stand nun zufrieden grinsend neben Gellert. Mark musste Gellert zugestehen, dass von seinem Kollegen wirklich nicht viel zu bemerken war, wenn der nicht gerade laut gähnte oder einen fahren ließ.

»Nehmen Sie Platz, Pfitzner«, Mark zeigte auf einen leeren Stuhl am Schreibtisch. Pfitzner wurde von jedem gesiezt. Ihn umgab die Aura von etwas, das man – wenn überhaupt – nur mit Gummihandschuhen anfassen wollte. Im Windschatten der Missachtung durch seine Kollegen hatte Pfitzner allerdings einen präzisen Ermittlerinstinkt entwickelt. Und so war er aus der Abteilung schlichtweg nicht mehr wegzudenken.

»Haben Sie ihm von Rudkos Bemerkung erzählt?«, fragte Pfitzner.

Gellert räusperte sich. »Welchen Teil seiner eloquenten Ausführungen meinen Sie? Den, wo er zum ersten Mal rudimentär ins Deutsche überging?«

»Genau den«, sagte Pfitzner und wandte sich nun an Mark, als wäre ihm jede weitere Kommunikation mit Gellert zu kindisch. »Eine … er sagte: ›sehr hübsche Frau wie Prinzessin‹ käme öfter dort vorbei. Sie brächte Getränke, Essen, Babynahrung.«

»Ach, das meinen Sie!«, schaltete sich nun Gellert wieder ein, »klaro hängen dort alle naselang Leute rum. Manche wollen ein ganz besonders abgefahrenes Video für ihre Hottentotten-Musik oder irgendein sogenanntes Kunstprojekt dort drehen. Und denken, die abgewrackte Ruine gibt ihrem Gehirnmüll auch noch eine Daseinsberechtigung. Und Essen vorbeibringen kommt am Ende billiger, als Miete für einen Drehort zu zahlen. So sieht das nämlich aus.«

Mark bekam das ungute Gefühl, Gellerts Hilfe nicht weiter in Anspruch nehmen zu können. Der Mann war so objektiv wie ein hungriger Wolf beim Anblick eines Schafes.

»Hat dir jener Rudko etwas von einem Unfall erzählt, der sich dort kürzlich ereignet hat?«

»Nö, was ist denn passiert?«

»Nicht so wichtig. Was ist Ihr Vorschlag?«, fragte Mark nun mit Blick auf Pfitzner.

»Noch mal mit einem Foto von Frau Kellermann dort hinzugehen. Dann müssten wir uns allerdings als Polizisten zu erkennen geben.«

»Was erhofft ihr euch davon?« Gellert klang empört, als wäre das alles reine Zeitverschwendung. »Wir haben diesen toten Jungen aus der Spree. Wir haben den Mord an Kellermann zu klären, er ist betroffen, nicht seine Frau. Und der einzige Zusammenhang, dem ihr nachjagt, ist das Wort ›Eis‹ in ›Eisblock‹ und ›Eisfabrik‹.«

»Eis«, raunte es von hinten, und Kotschack kam dazu. »Das war dann jetzt wohl mein Stichwort.«

»Schieß los!«, sagte Mark.

Gellert erhob sich schwerfällig.

»Gellert, du bleibst«, forderte er ihn auf. »Ich brauche dich noch«, fügte er etwas halbherzig hinzu.

Hühne Kotschack baute sich vor dem Fenster auf und warf einen großen Schatten in den Raum. »Ich habe hier den Obduktionsbericht des Jungen aus der Spree. Auch wenn ihr das Gefühl habt, wir ermitteln gerade etwas über Kreuz, kann ich euch nur ermuntern, genau damit weiterzumachen. Denn nur so finden wir Schnittpunkte. Einer ist definitiv ›Ice‹. Crystal Meth. Auch unser Spreejunge hatte noch Spuren davon im Blut.«

»Wie ist es ihm verabreicht worden? Ein Kind zieht

sich doch nicht freiwillig Salzkörner durch die Nase?«, fragte Mark.

Kotschack räusperte sich. Seine Stimme wurde etwas leiser. »Rektal. Mit einem sogenannten ›Bootie-Bump‹. Sehr beliebte Variante auf Homo-Partys. Das Crystal wird mit Natriumchlorid gemischt in eine Spritze ohne Nadel gefüllt. Der Schuss wird dann über den Schließmuskel gespritzt. In den Schleimhäuten des Jungen, oder dem, was davon übrig war, konnten noch Spuren nachgewiesen werden.«

Gellert stand auf und ging hinaus. Mark hielt ihn nicht zurück. Mit Informationen dieser Art musste jeder für sich umgehen. Dafür gab es keine Vorschrift. Sie alle befanden sich hier im Bereich der ganz persönlichen Schmerzgrenze. Und in diesem Bereich gestand Mark seinen Mitarbeitern alle Freiheiten zu, auch wenn es bedeutete, zeitweise auf die Hilfe des einen oder anderen Kollegen verzichten zu müssen.

»Soll ich weitermachen?«, fragte Kotschack. »Wir müssen uns endlich mit der Droge befassen. Hier laufen die Stränge zusammen. Crystal führt so ziemlich alles ad absurdum, was wir bisher über Drogen zu wissen glaubten.«

»Bitte«, sagte Mark, und Pfitzner nickte. »Klär mich auf. Hier scheint ein Geist aus der Flasche gekrochen zu sein. Wenn du, der sich sonst mit Sexualdelikten herumschlägt, pausenlos mit dem Zeug konfrontiert wirst, spricht das Bände, oder?«

»Richtig«, pflichtete Kotschack ihm bei. »Die Stadt wird, wie wir den jüngsten Untersuchungsausschüssen entnehmen können, nicht nur von Junkies regiert. Die Stadt wird auch von Junkies bewohnt. Wir alle sind dabei unsere besten Kunden. Hinzu kommt, dass sich beispielsweise Heroin-Dealer immer schön fernhalten von dem Stoff, den sie verhökern. Viele Crystal-Dealer hingegen sind selbst auf dem Trip.«

»Wieso schlägt das Zeug so häufig bei Ihnen im Sexdezernat auf? Wird es als das neue Viagra gehandelt, oder woher kommt der Zusammenhang?«, fragte Pfitzner.

Mark ertappte sich bei dem Gedanken, dass auch Pfitzner wahrscheinlich zu den Menschen gehörte, die gelegentlich Sex hatten.

»Guter Punkt. Selbst mir kommt es manchmal so vor, als könnten alle nur noch auf Droge poppen. Als hätte jede natürliche Anziehung für die Menschen ihren Reiz verloren.«

»Vorsicht!«, wandte Mark ein, »wir reden hier immer noch von Randgruppen, die sich das Zeug einpfeifen, um ihrer Perversität freien Lauf zu lassen.«

»Ich erkläre es dir noch mal«, sagte Kotschack eindringlich. »Fehleinschätzungen wie diese haben die Gefahr der Droge so lange verkannt. Für dich sind die Leute, die sie nehmen, vielleicht Junkies. Aber tatsächlich sind es Menschen: Rechtsanwälte, Krankenpfleger, Restaurantleiter, Diplomaten, Sterneköche, alleinerziehende Mütter oder auch der beste Freund. Keiner hat diese Droge mehr im Griff. Im Gegenteil. Die Droge hat unsere Leistungsgesellschaft im Griff.«

Mark stand auf. Beim Zuhören konnte er sitzen. Zum Denken musste er laufen.

»Das erklärt noch nicht, warum du es kürzlich noch als ›Schmiermittel‹ jener kleinen ›Schwuchteltruppe‹ auf Kellermanns Computer bezeichnet hast.«

»Jajajajaa!«, sagte Kotschack genervt, stieß sich vom Fensterbrett ab und baute sich breitbeinig vor Mark auf. »Jedes zweite Sexualdelikt, das ich seit einem Jahr auf den Tisch bekomme, steht im Zusammenhang mit Crystal Meth. Für Satanismus beispielsweise waren früher Stellen wie der Sektenbeauftragte im Senat zuständig. Heute landen Typen, die in Crystal das Sakrament des Satans entdeckt haben, bei mir im Verhör! Sich auf ihrem Trip mit HIV infizieren zu lassen, macht sie glücklich, öffnet die Infektion doch für Satan die Tür. Es gibt die sogenannten AIDS-Sucher, die mit Typen vögeln wollen, die bereits mit dem vollen Krankheitsbild von AIDS gesegnet sind. Crystal immer mit am Start. Spritzen werden aufgezogen, mit dem eigenen Blut versetzt und dann getauscht. Mit diesem Blutslam werden die Dämonen im Körper gefüttert. Funktioniert auch mit Syphilis, Tripper und Hepatitis C. Sich einen runterzuholen, nennen sie einen Gottesdienst für Satan. Aber damit machen sie sich natürlich lange noch nicht strafbar, nein!«

Mark klopfte Kotschack beruhigend auf die Schulter, doch Kotschack war in Fahrt.

»Bei mir sitzen sie, wenn sie ein Kind totgef…«

»Kotschack!«, brüllte Mark. »Es reicht! Du bekommst deine Supervision auf Staatskosten. Dort kannst du deinen Frust ablassen, aber nicht hier!«

»Gut, gut«, Kotschack fuhr sich über die Stirn. »Ich will nur sagen, dass Kellermanns Tod als Crystal-Fantasie inszeniert worden ist. Das langsam schmelzende Eis. Der lange dauernde Todeskampf. Und irgendjemand muss sich daran geweidet haben.«

Mark stand grübelnd am Fenster, blickte hinaus, ohne etwas zu sehen, und vergaß für einen Moment seine Kollegen. Was machte ihn tatsächlich so sicher, dass es einen Zusammenhang zwischen Kellermann und dem Jungen gab? Zum Ersten der Zeitpunkt. Am Dienstag Kellermann. Am Mittwoch der Junge. Kellermann und die Eisfabrik. Der Junge und die Roma-Familien. Crystal Meth. Vor allem aber die Annahme, die sich viel zu oft als wahr erwies, dass Dreck nämlich gleich viel dreckiger wurde, wenn Macht, Prominenz oder – wie im Fall Kellermanns – Politik im Spiel waren. Wer sich wie Kellermann alles kaufen konnte, wollte das, was nicht im Laden auslag. Mark hörte Pfitzner über »die da oben« granteln und sich nun selbst schon so reden, doch im Kern der Sache hatte dieses Gerede seine Berechtigung. Kellermann als normaler Angestellter mit Ehefrau, Kindern und pädophiler Neigung wäre entweder bis heute nicht aufgeflogen oder in einer Scheidung geendet. Aber hier standen die Dinge anders: Kellermann war durch seinen Tod nicht nur enttarnt, er stand nun auch selbst im Verdacht, Täter gewesen zu sein, auch wenn er nicht mehr belangt werden konnte. Und genau hier lag die Krux.

»Dieser Stoff gibt mir die Fähigkeit, an den Reglern zu drehen, die sonst anderen vorbehalten sind«, schlussfolgerte Mark. »Ich wachse von meinem kleinen bodennahen Dasein ins Unendliche. Ich kann Mechanismen, die sich bisher gegen mich richteten, einfach umkehren. Aus Zug wird Schub. Und dieser Schub, er geht plötzlich von mir aus. Hier geht es nur um eines, hier geht es um Macht.«

Die Website, der Chat, der Eisblock, der Todeszeitpunkt, der Spreejunge – alles schienen Requisiten zu sein für ein sorgsam durchgeführtes Verbrechen, das größer war als der Mord an Kellermann.

»Wir suchen keinen selbstbewussten Macher«, sagte Mark. »Wir suchen einen kleinen, feigen Versager.«

KAPITEL 35

Als der Kellner ihr das zweite Kirschbier brachte, drehte Rebekka ihren Stuhl so, dass sie die Szenerie nun besser im Auge hatte.

Die kichernde Mädchenclique war weitergezogen. Mathieu Ceva unterhielt die Menge mit Witzen, sonnte sich im Gelächter seiner Kumpels und hielt dabei den Blick auf eine junge Frau gerichtet, die im Café bediente. Er schien ganz in seinem Element. Seine Gestalt hatte etwas, das Rebekka unter anderen Umständen als edel bezeichnet hätte. Er stand aufrecht wie ein Tänzer, den Rücken gerade, Schultern und Kopf in einer Linie, selbst dann, wenn er sich umschaute, den Platz und die Kellnerin mit einem wildernden Blick taxierte und wieder an seiner Zigarette zog.

Sie nahm ihn jetzt anders wahr, seine Größe, den muskulösen Körper. Im Gefängnis war sie zu sehr auf das fixiert gewesen, was er ihr erzählen würde. Seine körperliche Überlegenheit hatte sie ausgeblendet. Zu einer direkten Auseinandersetzung mit ihm durfte es nicht kommen, Rebekka wäre dem knastgestählten Ungeheuer gnadenlos unterlegen.

Nun hatte sie sein Revier betreten und befand sich im Auge des Orkans. Mikado. Eine falsche Bewegung, und sie hatte verloren.

»Sie kennen den Mann?«

Erschrocken fuhr Rebekka herum. »Wie bitte?«

Der Kellner schaute sie belustigt an. »Sicher haben auch Sie schon von unserer neuen Dorfprominenz gehört.« Er sagte es voller Geringschätzung und dann wie bei einem Themawechsel: »Neu hier?«

»Ja.« Rebekka versuchte, zu lächeln. »Im Urlaub. Ganz entspannt.«

Als habe er nur auf ein Stichwort gewartet, setzte er sich zu ihr an den Tisch, das Tablett unter den Arm geklemmt.

»Der Typ da drüben wurde gerade erst aus dem Knast entlassen. Und nun darf er hier auf Kosten der Steuerzahler sein Leben genießen.« Er schüttelte den Kopf. »Entschuldigen Sie, aber der ist dermaßen Stadtgespräch …«

Den Menschen war es egal, wem sie ihren Klatsch erzählten. Ein weiteres unverhofftes Geschenk dieses Tages.

»Das klingt beängstigend. Wofür war er denn im Gefängnis?«

Der Kellner hatte plötzlich Schweißperlen auf der Stirn. »Ich möchte Ihnen keine Angst machen. Wirklich nicht. Ich kenne den Jungen. Er kommt aus einem ordentlichen Elternhaus. Ist dann in Paris auf die schiefe Bahn geraten, ich meine, wer tut das nicht?«

Rebekka hob die Schultern. »Och, Susan Sontag. James Baldwin. Karl Lagerfeld. Und mir fallen sicher noch ein paar andere ein.«

Er lächelte. »Na, wenigstens haben Sie Humor. Den brauchen Sie auch. Der Mann saß für eine Mordserie ein.«

Rebekka riss die Augen auf. »Das ist ja furchtbar! Und Sie kennen ihn von früher?«

Der Kellner kokettierte nun ganz offensichtlich mit dem gefährlichen Umgang, dem er sich so heldenhaft aussetzte. »Ja, er saß oft hier bei mir. Auch wenn das nun schon fast 20 Jahre her ist. Er kam heute hier an und direkt in mein Café, um mich zu begrüßen, stellen Sie sich das mal vor!«

Sie stellte es sich vor. Und der Gedanke gefiel ihr.

Sie lächelte. »Also werde ich keine Angst haben, wenn ich ihm hier begegne. Im Übrigen bin ich der Meinung, dass jeder eine zweite Chance verdient hat.«

»Ach, eigentlich sehe ich das ja genauso.« Er war wieder der fröhliche Mann von eben, zurückgekehrt von einem unfreiwilligen Ausflug in eine Gegend, die er nie hatte besuchen wollen. »Woher kommen Sie?«

»Aus München.«

Ein Leuchten glättete seine Stirn. »Ahhh … Bier! Oktoberfest! Sauerkraut?«

»Weinkraut!«, korrigierte Rebekka charmant.

»Adolphe«, sagte der Kellner und reichte ihr die Hand.

»Caroline.«

»Oh! Sehr schön … Caro! Sie sehen aus wie eine Malerin.«

»Sie haben recht, ich bin Malerin. Was bringt Sie darauf?«

»Sie wirken verschwiegen. Und zugleich interessiert. Wie es Picasso einst so verblüffend formulierte: Ich habe nicht alles gesagt, aber ich habe alles gemalt. Wie lange bleiben Sie?«

»Bis ich alles gemalt habe.«

»Alles oder jeden?«

Rebekka lächelte ihr schönstes Lächeln. »Würden Sie sich denn von mir porträtieren lassen?«

Er rückte seine Krawatte und die Kellnerschürze zurecht und deutete eine Verbeugung an. »Jederzeit. Das könnte Ihr größtes Meisterwerk werden. Klassische Gesichtszüge, volles Haar, Körper eines Olympioniken, Feinmotorik eines Uhrmachers und Beweglichkeit einer Gazelle …«

Dieser kleine dicke Mann mit Haarkranz brachte Rebekka tatsächlich zum Lachen. Erst jetzt bemerkte sie, wie sehr sie dieses Gefühl von Unbeschwertheit vermisst hatte. »Sie sind nett.«

Er errötete. »Dann lassen Sie mich mal ganz schnell ablenken, bevor Sie mir einen Heiratsantrag machen: Wieso arbeiten Sie überhaupt? Ich dachte, Sie seien im Urlaub?«

»Stimmt«, entgegnete Rebekka »und zum Malen ist mein Kopf nur im Urlaub frei. Daher muss ich jetzt auch gehen.«

»Aber ich sehe Sie wieder?«

»Natürlich«, sagte Rebekka freundlich, »das ist doch jetzt mein Stammcafé.«

»So muss das sein!«

Adolphe nahm den Schein aus Rebekkas Hand, zählte Kleingeld auf den Tisch und verabschiedete sie mit einem militärischen Tippen an die Stirn.

Er war knapp 60 Jahre alt, schätzte Rebekka, und sie fand es erstaunlich, dass es Eltern in Tulle gegeben hatte, die ihrem Sohn kurz nach dem Krieg den Namen Adolf gaben.

KAPITEL 36

Die Idee kam ihm spontan. »Lass uns den hinterbliebenen Kollegen des Kulturstaatssekretärs einen Besuch abstatten.« Mark drückte Strobel den Autoschlüssel in die Hand. »Fahr du heute lieber.«

Eine halbe Stunde später parkten sie in der Brunnenstraße in Mitte.

»Wir befinden uns in Nebels Dunstkreis. Was für ein schönes, poetisches Bild!«, sagte Mark, als er ausstieg. »Würde mich nicht wundern, wenn der schon beim Kaffee in der Senatskanzlei säße, dieser Wichtigtuer.« Vor der Polizeiwache Brunnenstraße hob er die Hand zum Gruß.

»Haben wir eigentlich einen Termin?«, gab Strobel zu bedenken.

»Wir brauchen keinen Termin. Wir wollen uns nur ein Bild über Kellermanns letzte Aktivitäten verschaffen. Die kann uns die Sekretärin zeigen.«

Im lichtdurchfluteten Eingangsbereich kam ihnen ein junger Mann entgegen.

»Nix mit Sekretärin«, raunte Strobel ihm zu.

»Guten Tag, die Herren, kann ich Ihnen behilflich sein?«

Gestutzter Kinnbart, traurige blaue Augen hinter einer Hornbrille, gelfixiertes Kurzhaar, der ganze Typ war Beherrschung, Ordnung und Sauberkeit, dachte Mark und zog seinen Ausweis.

»Das hoffen wir sehr. Kriminalhauptkommissar Tschirner und Kriminalhauptmeister Strobel.«

»Ach«, sagte der junge Mann, und für die Sequenz einer Sekunde schien der traurige Ausdruck in seinem Gesicht einer erfrischenden Neugier zu weichen. Doch er hatte sich und seine Entgleisung sofort wieder im Griff.

»Wir würden uns gerne im Büro von Frank Kellermann umschauen und mit einem seiner unmittelbaren Kollegen sprechen. Hatte er eine Assistentin, eine Sekretärin, die wir befragen können?«

»Das bin ich. In Personalunion. Martin Gierke.« Er reichte ihnen nacheinander die Hand. »Aber Ihre drei Kollegen waren doch gestern erst da?«

»Wieso drei?«, fragte Mark irritiert.

»Kommen Sie mit.«

Martin Gierke führte sie einen Gang entlang bis zu Kellermanns Büro.

Hier herrschte Ordnung. Genau genommen sah es hier so aus wie bei Kellermann zu Hause, nur dass die Möbel nicht Vintage, sondern von IKEA waren. Dafür allerdings gut imitiert, musste Mark anerkennend einräumen.

»Nehmen Sie Platz.«

Sie setzten sich an einen runden Glastisch. Auf dem Schreibtisch neben dem Computer standen die obligatorischen Familienfotos, drei an der Zahl, daneben eine leere Ablage aus Plexiglas und ein gläserner Briefbeschwerer, der lediglich die Schreibtischplatte beschwerte.

»Möchten Sie einen Kaffee?«

»Nein«, sagte Strobel in überraschend bestimmtem Ton. »Wir möchten gern wissen, wer neben den Herren Gellert und Kotschack der dritte Kollege war.«

»Moment«, sagte Martin Gierke leicht verstört und holte ein ledergebundenes Notizbuch aus Kellermanns

Schreibtisch. Herr Gierke schien keine Zeit verloren und die Arbeitswelt seines Chefs vorerst übernommen zu haben, mutmaßte Mark und beobachtete jede seiner Bewegungen.

»Hier steht's. Kriminalrat Nebel. Ich kenne ihn gut, er hat ja sein Büro quasi nebenan. Aber so lächerlich das klingen mag, sein Name ist so einfach, dass ich ihn mir nie merken kann.«

Mark kochte innerlich, also folgte Strobel der unausgesprochenen Regel zwischen ihnen, das Gespräch fortzuführen. Die Festplatte von Kellermanns Computer und Bewirtungsbelege, Ordner mit Korrespondenz und Dienstreiseabrechnungen waren noch am Tattag konfisziert worden. Gellert und Kotschack waren gleich nach der ersten Dienstbesprechung hierhergekommen. Nur Nebels Anwesenheit bei diesem Termin hatte keiner der beiden erwähnt.

»Sie kennen ihn gut? Hatten Frank Kellermann und der Kriminalrat öfter miteinander zu tun?«

Martin Gierke lehnte am Schreibtisch, die Arme verschränkt, und stellte die logischste aller Fragen: »Das müssten Sie doch am besten wissen, Sie sind doch Kollegen?«

»Waren«, warf Mark mit Nachdruck ein. »Wir waren Kollegen. Das LKA allein hat Dienststellen an fünf verschiedenen Adressen. Wir hocken nicht alle aufeinander.«

Strobel räusperte sich. »Natürlich ist auch Kriminalrat Nebel mit in die Ermittlungen eingebunden«, zu Strobels Beruhigung wippte Mark nur mit dem Stuhl, »zumindest indirekt. Aber ich wüsste jetzt gern von Ihnen, was die Gesprächsthemen von Kellermann und Nebel waren, wenn sie sich hier trafen.«

»Sie trafen sich nicht immer hier. Oft hat mein Chef den Kriminalrat mitgenommen zu Terminen vor Ort. Vor allem dann, wenn es um Veranstaltungen für Jugendliche ging. Da mussten Lokalitäten besichtigt und begutachtet, die Seriosität der Trägervereine geprüft werden. Jugendarbeit stand für den Staatssekretär immer ganz oben auf der Agenda.« Martin Gierke nahm seine Brille ab und blinzelte traurig. Er kämpfte ganz offensichtlich mit den Tränen. Nach seinen Erfahrungen mit der Witwe und der Putzfrau ließ die Reaktion des jungen Mannes Mark Tschirner wieder etwas mehr an Menschlichkeit glauben. »Ich meine, er hatte ja selbst zwei Söhne.«

»Und unseren Kollegen hat er sich mit ins Boot geholt, weil er für Prävention und damit ebenfalls für …«, Strobel dachte kurz nach, »Jugendarbeit im weitesten Sinne zuständig ist?«

Martin Gierke schnäuzte sich die Nase. Er setzte seine Brille wieder auf und zog sich einen Stuhl heran. »Entschuldigen Sie«, sagte er, als er sich setzte, »aber das war alles ein bisschen viel in der letzten Zeit. Und nein, mein Chef hat sich den Kollegen Nebel nicht ins Boot geholt. Kriminalrat Nebel bot dem Staatssekretär gleich am ersten Tag seine Beratung an. Sie hatten die gleichen Interessen und Ideale – so kam es mir zumindest vor – was die Entwicklung in dieser Stadt betraf. Sie hätten noch viel reißen können …« Ja, viele junge Schafe, dachte Mark.

Strobel wollte gerade ansetzen, als Mark ihm zuvorkam.

»Können Sie sich vorstellen, wer so nah an Frank Kellermann dran war, dass er neben dessen Arbeitsalltag auch den privaten kannte?«

Mark wusste, dass er sich auf dem dünnen Eis der Verdächtigung eines Kollegen gegenüber Dritten befand.

Martin Gierke schüttelte den Kopf, dachte nach, schüttelte wieder den Kopf. »Nein, beim besten Willen. Das mag aber daran liegen, dass ich ihn selbst ja nur im Arbeitsalltag erlebte. Es war nicht so, dass man sich privat besuchte. Seine Frau kam hin und wieder vorbei, auch mal die Jungs. Aber alles in allem behielt er sein Privatleben doch eher für sich.«

»Und Kriminalrat Nebel? War der ein privater Freund?«, fragte Mark.

Strobel zog Luft durch die Zähne, dass es klang wie eine Fliegerbombe, die in der Ferne fiel.

»Das kann ich nicht beurteilen«, sagte Martin Gierke, nun vorsichtig geworden. »Das müssen Sie ihn selbst fragen.«

»Kein Problem«, sagte Mark. »Letzte Frage: Haben Sie mitbekommen, was Ihr Chef hinsichtlich der Eisfabrik in der Köpenicker Straße unternommen hat? Wie wir wissen, sollte es unter seiner Regie zum großen Kulturareal erschlossen werden, wird aber momentan noch von Flüchtlingen bewohnt.«

»Nicht von Flüchtlingen«, sagte Martin Gierke. »Roma sind keine Flüchtlinge. Sie sind Nomaden.«

»Die Definition mal beiseitegelassen, aber wie kam Ihr Chef denn dort voran?«

»Gar nicht. Solange der Bleibestatus dieser Menschen nicht geklärt ist, passiert erst mal gar nichts.«

Er war also nicht in die Pläne Kellermanns und seiner Frau eingeweiht und wusste ebenso wenig vom beschlossenen Abriss der Ruine. Und wenn er es wusste, dann beherrschte er sich vorbildlich. Kellermann musste auf zwei verschiedenen Hochzeiten getanzt haben. Mark versuchte, sich die Fäden, die sich immer wieder kreuzten, gedanklich vorzustellen.

Einerseits waren da diese Brocken an Geld und Prestige, die durch den Verkauf des Geländes auf Kellermanns Haben-Seite im Senat gelandet wären. Die Erschließung eines solchen Ortes mitten im heiß umkämpften »Mediaspree« hätte neben vielen Arbeitsplätzen auch für Ruhe an jener Front gesorgt, an der seit Jahren wilde Kriege ausgetragen wurden, die Investoren und Besucher verschreckten.

Andererseits machten »Fairtrades« und das Ehepaar Kellermann hinter den Kulissen offizieller Kulturpolitik einen auf Erhalt des Ganzen, planten ein medienwirksames Kunstspektakel und hatten sich zu weit aus dem Fenster gelehnt: Der geplante Abriss durchkreuzte das Vorhaben, für das sie offenbar schon einen Investor gefunden und von ihm eventuell auch keine unerhebliche Menge an Schmiergeld bekommen hatten.

Wer hatte Interesse gehabt, Kellermann so spektakulär aus dem Weg zu räumen und zusätzlich seinen Nachruhm komplett zu ruinieren? Wem war damit geholfen?

»Oder was meinst du, Kollege?«

Mark hörte Strobels Stimme wie aus weiter Ferne. »Äh, wozu?«

»Zu der Idee, uns wieder bei Herrn Gierke zu melden, wenn noch weitere Fragen auftauchen sollten?« Strobel lächelte, wie so oft, verständnisvoll.

»Genau, Herr Gierke, halten Sie sich bitte zu unserer Verfügung.«

Martin Gierke lächelte zum ersten Mal. »Gern. Mir ist sehr daran gelegen, dass Sie den finden, der meinem Chef so etwas angetan hat.«

Die Kollegen hatten sich wohl etwas in den Details verloren, dachte Mark verärgert. Bei solchem Personal nützte auch eine sorgsam verfasste Pressemitteilung nichts.

Mark lief so schnell, dass Strobel ihm kaum folgen konnte.

»Lass ihn! Wir klären das ein andermal!«

»Nichts wird ein andermal geklärt!«, sagte Mark und steuerte den Eingang zur Polizeidirektion 3 in der Brunnenstraße an. Er hob den Ausweis und lief an den Kollegen im Vorraum vorbei, welche gerade die Personalien zweier Mädchen aufnahmen, die sich schluchzend aneinander festhielten.

»Mark, nun warte doch mal!«, rief Strobel hinter ihm.

An der Treppe hielt Mark an. »Was?«

»Genau!«, sagte Strobel. »Was willst du hier? Was willst du ihn fragen?«

»Fragen will ich ihn gar nichts. Ich will ihm was sagen. Und zwar, dass er sich aus meinen Ermittlungen raushalten, dass er sich VERPISSEN SOLL!«

Strobel hielt ihn am Ärmel fest. »Das musst du ihm jetzt nicht mehr sagen, das hat er jetzt nämlich gehört.«

»Ach, lass mich!«

Strobels ewig verständnisvolle Art für alles und jeden hatte Mark schon einige Male vor einer Dummheit gerettet, doch die Dummheit, die er jetzt vorhatte, war Mark ein Bedürfnis.

Er klopfte lautstark an Nebels Tür und trat im selben Moment ein.

Es gab Momente, in denen Überraschung, Bestätigung und Enttäuschung zu einem einzigen Gefühl geronnen. Ein solcher Moment passierte ihm gerade. Und ganz offensichtlich nicht nur ihm, sondern auch Alexandra Kellermann, die erschrocken vom Stuhl aufstand.

KAPITEL 37

Er war noch im Vollrausch seiner Tat. Dabei war er nur Ausführender gewesen. Sie hatte sich eine Marionette geschaffen. Er tanzte so, wie sie die Fäden bewegte, und er realisierte es nicht einmal. Hätte sie ihm nicht ein Opfer geschenkt, wer weiß, vielleicht hätte er sie stattdessen in einem schwachen Moment erwischt. Wenn das Ice wieder nachließ, das die Turbine in ihrem Inneren antrieb, dann hatte auch sie verletzliche Stellen, dann wurde sie unachtsam und fahrig. Dann wurde die Eiskönigin wieder zu Elsa, Prinzessin des Königreichs Arendelle, die Kräfte besaß, mit denen sie in der Lage war, Eis, Frost und Schnee zu erzeugen. Mit ihrer Magie hatte sie damals ihre kleine Schwester getroffen und ihr Leben zu einem grausamen Abenteuer gemacht. Die Eltern, das Königspaar, ersuchten als Ärzte getarnte Trolle um Hilfe, die ihr die Erinnerungen an ihre magischen Kräfte nehmen sollten. Sie müsse lernen, ihre Kräfte zu kontrollieren. Um sie zu beschützen, schlossen die Eltern sie im Palast ein. Sie musste die meiste Zeit in ihrem Zimmer verbringen, damit von ihren Kräften keine Gefahr für andere Menschen ausging. Damals begann sie, ihre Schwester zu hassen. Sie brach aus und entfesselte den ewigen Winter über dem Königreich. Auf der Flucht zauberte sie sich einen riesigen Kristallpalast herbei, bereitete sich glücklich auf ein einsames Leben vor und schloss mit der Vergangenheit ab. Nicht einmal der Gnom an ihrer Seite drang in ihre Einsamkeit vor. Sie hatte ihn in seine eigene Welt verdammt, in der er sich austoben konnte. Sie saß in ihrem Verschlag und schaute sich immer wieder das Video an. Im Schnelldurchlauf machte es besonders große Freude. Die Gestalt zuckte wie eine Trickfigur, stand, fuchtelte, hing schließlich, fuchtelte noch immer, bis alles in einem Standbild stockte. Das war ihr Werk. Der 1. Akt. Und es würde nicht ihr letzter sein.

Ihr nächstes Objekt war bereits vorbereitet. Sie hatten den Typen wieder eingefangen, als er auf die Straße laufen wollte. Niemand hatte daran gedacht, seine Tür abzuschließen. Jay wollte mit ihr streiten, schlug ihr ins Gesicht, sie sei schuld, sie kriege nichts auf die Reihe. Sie ertrug den Schmerz mit einer Hingabe, die sie innerlich lachen und den Gnom äußerlich gut dastehen ließ.

Sie mussten noch ein paar Stunden abwarten. Die Wogen ringsum sollten sich glätten. Dann erst würde sie den zweiten Akt inszenieren. Sein Tod würde etwas einfacher ausgestattet, das Setting bescheidener als beim ersten Akt werden.

Sie stand vom Schreibtisch auf und schaute aus dem Fenster über die Dächer hinüber zur Charité. Der Schriftzug leuchtete immer stärker, je dunkler es wurde. Sie nahm das lila Band. Spannte es zwischen ihren Händen. Bewegte sich langsam nach links, dann nach rechts, Arme und Beine durchgestreckt, den Rücken gerade, minutenlang fuhr sie damit fort, atmete tief und saugte dieses wohltuende Gefühl völliger Zufriedenheit in sich auf.

Auch er würde hängen, bald schon. Mit einer so großen Schuld ließ sich nicht mehr leben. Da war das Video von Akt 1 auf seinem Laptop. Und dann der Film aus jener kleinen Kamera, die auf der Party letzte Nacht niemand bemerkt hatte. War der Mord an einem Politiker noch ein gesellschaftsfähiges Verbrechen, war es der an einem kleinen Jungen garantiert nicht. Frederik Karst muss seinem Leben ein Ende setzen. Und das war der 2. Akt eines Stückes, das zu Ende war, wenn sie es sagte.

KAPITEL 38

»Frau Kellermann! Ich hoffe, Sie haben sich nicht in der Dienststelle geirrt?«

»Kollege Tschirner!«, zischte Nebel.

»Ah, Küstennebel, Sie auch hier. Irgendwie habe ich das Gefühl, ich störe gerade.«

»Und irgendwie habe ich das Gefühl, Sie benehmen sich mir gegenüber reichlich kindisch.«

Dem musste Strobel sogar innerlich zustimmen. Mark benahm sich wie eine eifersüchtige Tussi.

»Jetzt sagen Sie nur noch ›Ich kann das alles erklären, und es ist nicht, wonach es aussieht‹.«

»Genauso ist es. Setzen Sie sich. Bitte, Frau Kellermann, nehmen Sie wieder Platz. Ich entschuldige mich für das Benehmen meines Kollegen.«

Aber Alexandra Kellermann stand bereits in der Tür. »Ich lasse die Herren allein. Sie haben sich bestimmt eine Menge zu erzählen.« Ihr Ton hatte etwas Bestimmendes. Den Überraschungsmoment machte sie nun wieder mit jener Härte wett, die ihr Gesicht wie schockgefrostet aussehen ließ.

Nebel eilte zu ihr, kam aber nur noch dazu, die Tür hinter ihr zu schließen. Wutentbrannt stapfte er zurück an seinen peinlich aufgeräumten Schreibtisch.

»Und jetzt raus mit der Sprache«, platzte er los, »warum müssen Sie mich … ja, warum müssen Sie unseren ganzen Berufsstand hier so blamieren? Das war die Frau des Kulturstaatssekretärs!«

»Seine Witwe, um präzise zu sein«, sagte Mark ungerührt, »und mit Blamagen kennen Sie sich besser aus als ich.«

»Also gut, Tschirner. Den Triumph lasse ich Ihnen jetzt einfach. Sie scheinen das Gefühl nötiger zu haben als ich. Was stört Sie daran, dass Frau Kellermann und ich uns kennen?«

»Daran prinzipiell gar nichts. Mich stört, dass Sie an meiner Ermittlung teilnehmen. Dass Sie sich in einen Fall reinhängen, der Sie so viel angeht wie mich Ihr nächster Termin beim Urologen. Und vielleicht können Sie ja ein

Geheimnis für sich behalten: Frau Kellermann gehört für mich immer noch zum Kreis der Verdächtigen.«

Nebel erhob sich bedrohlich langsam. Er nahm eine Schnapsflasche und drei Gläser aus dem Schrank und setzte sich genauso bedrohlich langsam wieder hin.

»Nun verrate ich Ihnen auch mal ein Geheimnis.« Umständlich schraubte er die Flasche »Küstennebel« auf. Die Aufschrift »Unserer Wanderdüne zum 60.« klebte noch auf dem Etikett. »Die beiden Söhne der Kellermanns, Georg und Thomas, gehen an das John-Lennon-Gymnasium, ganz hier in der Nähe. Ich bin oft an der Schule, halte Vorträge, treffe Eltern.«

Er goss die drei Gläser voll und gab jedem eins.

»Und so habe ich die Kellermanns kennengelernt.«

Der Alkohol ging Mark sofort ins Blut und versetzte ihn in beinahe versöhnliche Stimmung. »Gab es Probleme mit den Jungs? Die Putzfrau deutete an, die Eltern würden sich nicht genug um die beiden kümmern«, wandte er ein.

»Ach, Humbug!«, polterte Nebel. »Sobald Leute ordentlich Karriere machen, vor allem ein Powerpaar wie die Kellermanns, hat ein jeder sie auf dem Kieker. Und als Erstes kommt die Moralkeule mit den Kindern. Das zieht immer und verstellt den Blick.«

»Die Mutter wiederum sprach davon, dass Thomas und sein Vater nicht sonderlich gut miteinander auskamen«, sagte Mark mit Nachdruck.

»Wo gibt es das nicht?«, konterte Nebel.

»Außerdem stand es um die Ehe der Kellermanns nicht gut. Die Mutter wohnte zeitweise mit den Jungs in der Friedrichstraße, während der Vater die Villa für sich hatte. Alles immer noch ganz normal, Kollege Nebel?«

Nebel druckste herum. »Ehm … Ja, ich weiß. In der letzten Zeit habe ich Frau Kellermann öfter alleine getroffen.« Er ließ die Bemerkung für einen Moment im Raum stehen. Doch Mark ging gar nicht auf den frivolen Unterton ein.

»Und weiter?«

»Gleich beim Kennenlernen erzählte mir Kellermann von einem Projekt, das er hier im Kiez mit jugendlichen Aussteigern aus der Szene plante. Exdealer, Exjunkies, sogar Exnazis wollte er mit ins Boot nehmen.«

»Auf seine Arche Noah. Ein wirklicher Gutmensch also.«

»Na ja, besser als wir drei allemal«, sagte Nebel lakonisch und schenkte nach. Die Dämmerung setzte ein, es musste mittlerweile gegen 21 Uhr sein. Für Frau Kellermann hatte Nebel also Überstunden gemacht, schlussfolgerte Mark.

»Genau an diesem Punkt war Kellermann bereits damals gewesen, als dieser unappetitliche kleine Skandal ihn den Job kostete«, fuhr Nebel fort. »Natürlich stellte sich im Nachhinein alles als inszeniert und erlogen heraus, aber seine Position als Kulturlenker der Stadt war er erst mal los. Schon damals wurden Stimmen laut, er mische sich mit seiner Rigorosität in die Ressorts anderer ein, die dort gern selbst ihren Lorbeer ernten wollten. Drogenproblematik. Flüchtlingsproblematik. Rechtsextremismus.«

»Erinnert mich irgendwie an den Grund, warum wir hier sind. Was verheimlichen Sie uns? Warum treffen Sie sich heimlich mit der Frau des Mordopfers?«, fragte Mark ungeduldig.

Er wollte plötzlich raus hier, seine Gedanken ordnen und irgendwo, zur Not an einem Kneipentisch, ausbreiten, um ein einziges Mal den Überblick über alle Möglichkeiten in diesem vertrackten Fall zu bekommen.

»Frau Kellermann fürchtet um ihr Leben und um das ihrer Söhne.« Nebel sagte es wie ein Geständnis.

»Diese Sorge kann sie aber gut verbergen«, frotzelte Mark.

Strobel winkte ab, als Nebel ihm nachschenken wollte. »Hat sie Ihnen von einem Projekt erzählt, das über die gemeinsame Messefirma laufen sollte? Eine Art Happening. Größer als seine Kiez-Ideen hier, öffentlichkeitswirksam?«

»Nein«, sagte Nebel erstaunt, und für beide klang es nach der Wahrheit.

»Konnte sie benennen, was das für Leute sind, die ihr Angst machen?«, hakte Strobel nach.

»Bisher war das eine eher diffuse Angst. Aber jetzt … nach dem Mord an ihrem Mann denkt sie, dass die Mörder zurückkommen.«

Für Mark war das Gespräch beendet. »Wenn sie Polizeischutz will, dann soll sie sich an uns wenden.« Er beugte sich zu Nebel herunter. »Sagen Sie ihr das doch bei Ihrem nächsten Stelldichein.«

Auf der Straße zündete sich Mark eine Zigarette an.

Strobel versuchte wieder krampfhaft, mit seinem Chef Schritt zu halten. »Alexandra Kellermann erinnert mich irgendwie an Nebels Frau.«

»Ooch«, sagte Mark süßlich, »flachbrüstig, ordinär und schlecht frisiert? Da tust du unserer schönen Witwe aber unrecht.«

»Nein, sie hat so eine bestimmende Art, die ihn zu faszinieren scheint. Du weißt doch, dass die größten Macker im Büro zu Hause nichts als Schläge wollen.«

Mark schaute seinen Kollegen mit großen Augen an. »Strobelchen, Strobelchen, du hast hier ja echt schon eine Menge gelernt. Wäre Zeit, dass wir für dich noch eine Domina finden.«

Strobel errötete leicht. »Vielleicht hab ich ja schon eine im Blick.«

Mark blieb stehen, hielt die Hand nach dem Autoschlüssel auf und duldete keine Widerrede, zu der Strobel gerade ansetzen wollte. »Sag bloß …«

»Genau.«

»Die Zahl der uns beiden bekannten Frauen lässt sich tatsächlich an beiden Mittelfingern abzählen. Also auf unser Trüffelschwein hast du es abgesehen?«

»Nenn sie nicht so. Ich bitte dich.«

Mark kicherte, während er den Motor startete. »Der Kommissar und das Mädchen. Aber du weißt schon, dass sie autistische Züge hat? Am Ende lässt sie sich auf dich ein, und du erfährst es gar nicht.«

Strobel wurden Marks Scherze allmählich zu viel. Gereizte Menschen entwickelten seltsamen und immer auf Kosten anderer platzierten Humor. »Was macht eigentlich deine Zauberbraut? Nicht die von daheim, die andere, meine ich.«

Das saß. Mark sah Rebekka in letzter Zeit an jeder Straßenecke, war einmal sogar einer Frau hinterhergerannt und hätte sie fast umgerissen, als er sie am Arm festhielt.

»Hat sich weggezaubert.«

»Na ja, weggezaubert ist nicht ausgezaubert.«
»Das hoffe ich«, sagte Mark und gab Gas.

KAPITEL 39

Mark setzte Strobel am Potsdamer Platz ab und wollte den Wagen nach Hause lenken, als er entschied, doch noch einmal ins Büro zu fahren, dort die Ruhe zu genießen, die verlassene Schreibtische ausstrahlten, obwohl er bei alledem das Risiko einging, dass der Schnaps in einer Alkoholkontrolle nachweisbar war.

Als er den Gang zum Büro entlanglief, sah er, dass noch Licht in den Flur fiel. Pfitzner saß in der Ecke an seinem Schreibtisch, schaute kurz auf und sagte entschuldigend »Hallo!«

»Hallo, lassen Sie sich nicht stören!«

Abends wurden hier keine langen Gespräche mehr geführt, und das galt auch für Spekulationen um den jeweils aktuellen Fall. Jeder arbeitete auf, was er zu tun hatte, oder schlug einfach die Zeit mit Computerspielen tot, statt nach Hause zu gehen. Das Morddezernat war ein Sammelbecken der verschiedensten Alternativen zu einem Privatleben, und die interessanteste, fand Mark, schaute gerade zur Tür herein.

»Kim! Was machen Sie denn noch hier?«

»Sie haben doch gesagt, dass ich bleiben kann, solange noch jemand da ist?«

Mark schüttelte lachend den Kopf. »Natürlich, das war ja auch kein Vorwurf. Ich habe nur gefragt, was Sie hier noch machen.«

»Ich versuche, zu ordnen, was wir bisher haben, und daraus ein Ergebnis zu machen. Dafür gibt es ein ganz einfaches System.«

Pfitzner horchte auf.

»Und das wäre?«, fragte Mark.

»Das Ausschlussverfahren. Unbewusst nutzen Sie es alle. Aber ich versuche, es in Form von einer Datei – einer grafischen Darstellung sozusagen – sichtbar zu machen.«

»Dann zeigen Sie mal.«

Mark stand auf und machte Anstalten, ihr in das Büro nebenan zu folgen. Dort hatte sie ihren Computer, an dem sie mehr oder minder den ganzen Tag sich selbst überlassen war. Allerdings hatte Mark spätestens nach ihrer Recherche zu Kellermanns geheimem Projekt in der Eisfabrik beschlossen, dass dies die beste Art war, Kim Fröbe für sich arbeiten zu lassen.

»Was soll ich zeigen?«

»Na, Ihre Zauberdatei. Oder wie Sie sich durch das Internet zu den Ergebnissen vorkämpfen, die regelmäßig ausgedruckt auf meinem Tisch liegen.«

»Ach so! Gut.«

Er zog sich einen Stuhl heran. Auf dem Bildschirm ihres Computers klickte sie nun auf verschiedene Dateien.

»Hier ist das Moodboard Frank Kellermann. Hier das von Alexandra Kellermann. Hier das der Kinder. Hier das der Putzfrau.«

Mark sah nur vier Bildcollagen. Wild zusammengewürfelte Fotos und Grafiken.

»In jedem Bild habe ich die Lebenswelt der einzelnen Protagonisten gestaltet. So kann ich mich besser in sie hineinversetzen.«

Alexandra Kellermanns Collage strotzte vor Neonfarben, die Logos von »Neomusic« und »Fairtrades« waren zu sehen, dazu Strandimpressionen und Luxusartikel. Frank Kellermanns Grafik dagegen wirkte bodenständig und vermittelte den Eindruck eines Urlaubs auf einer Skihütte.

»Und was erreichen Sie mit Ihren kleinen Kunstwerken da?«

»Ich versetze mich in die jeweilige Lebenswelt. Mit den einzig verfügbaren Informationen, die ich habe. Denn was wir nach außen tragen, macht unser Wesen aus. Ich habe ein Moodboard für jeden einzelnen Kollegen hier. Auch von Ihnen.«

»Oh!« Mark winkte ab, als sie dabei war, die Dateien abzurufen. »Mein Moodboard ist ein schwarzer Fleck auf weißem Grund, vermute ich mal. Lassen Sie gut sein, dafür habe ich heute keinen Sinn mehr.«

»Aber es ist kein schwarzer Fleck auf weißem Grund«, versuchte sie, ihm zu verdeutlichen. Ihr Erklärungsdrang und die völlige Abwesenheit von Humor bestätigten Mark mehr und mehr in seinem Verdacht, es bei Kim Fröbe mit einer Autistin zu tun zu haben. Er hatte diesen Begriff wohl einmal zu oft im Scherz auf Rebekka verwendet, dass diese ihm nun eine echte zum Vergleich vorbeigeschickt hatte.

»Und auf diese Art kommen Sie an Informationen im Netz, zu denen keiner von uns vordringt?«

»Nein, die Boards sind nur meine Arbeitsgrundlage. Ich muss wissen, mit wem ich es zu tun habe. Dann erst weiß ich, wonach ich suchen muss. Das Internet gibt alles her, was Sie wissen wollen. Dass Sie nur an der Oberfläche schaben, liegt, bildlich gesprochen, am falschen Schlüssel, den Sie verwenden. Das A und O sind Suchbegriffe in ihrer effektivsten Kombination.«

»Dann reden wir mal von dem geheimen Prestigeprojekt, das die Kellermanns – oder auch nur die Frau hinter dem Rücken ihres Mannes – etwas zu forsch vorantrieben. Woher haben Sie die Infos?«

»Ich habe aus ›Fairtrades‹, ›Neomusic‹ und der Senatskanzlei für Kultur den kleinsten gemeinsamen Nenner errechnet. Namen, die immer wieder in ein und demselben Zusammenhang auftauchen, gegoogelt. Gesehen, was diese Menschen oder ihre Firmen finanzierten, verkauften oder herstellten. Das Internet gibt Firmenprofile mit allen Details her, wenn man auf den richtigen Plattformen registriert ist. Und ich bin wie ein kleines eigenständiges Unternehmen überall registriert mit all meinen Referenzen.«

»Das ist mir schon aufgefallen, als ich Sie, zugegebenermaßen, ebenfalls gegoogelt habe. Mit Ihren 22 Jahren verfügen Sie, was Ihre Berufserfahrung betrifft, über den Lebenslauf eines 40-jährigen Managers.«

Sie nickte zustimmend ohne eine Spur von Verlegenheit.

»Das habe ich mir bei Matteo Achilli abgeschaut. Habe alles über ihn gelesen. Er verwandelt Lebensläufe in Rankings und zeigt, wie man sein Ich optimal in Szene setzt. Ohne zu lügen. Haben Sie schon mal von Selbstoptimierung gehört?«

»Äh, nein.«

»Selbstoptimierung ist die maximale Ausschöpfung der Leistungskraft des eigenen Körpers.«

»Ähnliches habe ich gerade über Crystal Meth gehört.«

Kim runzelte die Stirn. »Das ist Selbstzerstörung. Aber den eigenen Körper in jedem seiner Bestandteile täglich zu optimieren, bedeutet, das wertvolle Material, das er uns kostenlos zur Verfügung stellt, effektiv zu nutzen. Ich habe meine Schlafzeiten im Blick, meine Protein- und Vitaminzufuhr, die Anzahl der Schritte, die ich optimalerweise jeden Tag gehen muss, um für ausgewogene Bewegung zu sorgen. Alles in einer App auf dem Handy enthalten. Und wenn ich all das und noch einiges mehr bewusst steuere, arbeitet mein Hirn völlig ohne Anstrengung auf dem allerhöchsten Level. Und zwar täglich.«

»Kollege Tschirner? Noch 'n Bier auf dem Heimweg?« Pfitzner schaute zur Tür herein und war ganz offensichtlich im Gehen begriffen.

»Nee, heute nicht. Aber das holen wir nach!«, sagte Mark. Es wäre sein erstes Bier mit dem langjährigen Kollegen gewesen, und unter anderen Umständen hätte Mark das überraschende Angebot angenommen.

»Okay, denn tschüss!«, sagte Pfitzner und ging hinaus in seinen kleinen Alltag, von dem Mark keinen blassen Schimmer hatte.

Kim schien Pfitzners Abgang gar nicht bemerkt zu haben. Sie war völlig auf ihren Vortrag fixiert. »All das zusammengenommen: Das Erstellen der Lebenswelten anderer aus den Informationen, die ich habe, die verschiedenen Schlüssel für den Zugang zu Informationen aus dem Internet und dabei die perfekte körperliche Verfassung helfen mir, Ihnen Informationen zu liefern, an die Sie sonst nicht herankommen würden.«

»Sie sind ein Phänomen, liebe Kim«, sagte Mark anerkennend. »Und das alles lernt man in einer Kindheit in Hellersdorf?«

»Nein.«

War klar, dachte Mark und beobachtete amüsiert, wie sie an ihrem Nasenpiercing herumschraubte. »Wohnen Sie noch da, oder haben Sie sich mittlerweile ein Loft in Mitte gekauft?«

»So viel Geld habe ich nicht. Ich wohne noch bei meinen Eltern. Sie denken, ich kann nicht allein leben. Und ich denke das manchmal auch.«

»Kim Fröbe, Hand aufs Herz: Denken Sie manchmal, dass Sie anders sind als andere?«

»Ja«, sagte sie, ohne nachzudenken. »Und das ist nicht schlimm. Bleiben Sie eigentlich noch oder soll ich hier morgen weitermachen?«

»Alles hat Zeit bis morgen. Womit machen Sie denn morgen weiter?«

»Mit der Herkunft des Eisblocks. Darum haben wir uns noch gar nicht gekümmert«, sagte Kim mit Nachdruck.

»Steht nicht gerade oben auf meiner Liste, das stimmt. Zumal er mir nur noch als Pfütze vorlag. Aber wie ich Sie kenne, werde ich überrascht sein, wie schnell uns diese Info zum Täter führt.«

»Apropos Täter: Dass sich Kriminalrat Nebel um die Stelle des Kulturstaatssekretärs beworben hatte, wissen Sie? Allerdings fiel die Wahl dann doch wieder auf Frank Kellermann.«

KAPITEL 40

Trevor Geddes hatte ihr erlaubt, seinen kleinen klapprigen Citroën hin und wieder für Ausflüge zu nutzen. Wahrscheinlich wäre entweder der Sprit oder das ganze Auto sowieso gestohlen, wenn er zurückkam, hatte er halb scherzend angedeutet und ihr dann an der vereinbarten Stelle im Haus die Papiere hinterlegt.

Mit dem Tag, an dem Rebekka Ceva in Tulle ausgemacht hatte, begann sie ihr Leben nach einem festen Plan, der nur von außen wie der gedankenlose Zeitvertreib einer leicht verrückten Malerin auf Selbstfindungskurs wirkte. Tatsächlich stand Rebekka morgens um 5 Uhr auf. Dann eine Stunde lockerer Waldlauf, bevor die Bauarbeiter das idyllische Stückchen Land wieder geräuschvoll in Beschlag nahmen. So konnte sie sehen, wie die Grube jeden Tag etwas breiter wurde, ebenso die Kabelkanäle und Rohre, die wie Därme darin lagen. Ausgiebiges Frühstück gegen sieben. Zufrieden stellte sie fest, dass ihr Spiegelbild allmählich zur pausbäckigen Frohnatur der Caroline Schneider wurde. Mittags Hausmannskost und zwei Kirschbier bei Adolphe. Sie fragte ihn nach der Gegend und ihren Leuten aus, ohne den Kreis zu eng um Ceva zu ziehen. Der kam hin und wieder auf einen Espresso vorbei und interessierte sich herzlich wenig für die pummelige Frau in Bioklamotten, von denen es hier zahllose gab. Den geordneten Tagesablauf im Gefängnis behielten Exhäftlinge auch in Freiheit bei. Ein vertrauter Umstand ihres früheren Lebens, das neben Entbehrung auch Schutz bedeutet hatte.

Jeden Tag begann sie ihre Erkundungen mit dem alten Citroën zu einer anderen Zeit, bis sich schließlich eine feste Zeit am Tag herausfiltern ließ, zu der sich Ceva am wenigsten geschützt in ihrer Nähe befand: Jeden Abend um 18 Uhr joggte Mathieu Ceva die gleiche Strecke von seinem Haus an der Place Gambetta den Hügel hinter der Kathedrale hinauf, durch die angrenzenden Wälder, bis er etwa einen halben Kilometer südlich den Waldstreifen hinter dem Haus durchquerte und von da den letzten Kilometer in einem Sprint absolvierte. Er lief die 10.000 Meter in 35 Minuten. Seine Zeit im Gefängnis hatte dieser Mann nicht verplempert, musste Rebekka zugeben und war noch mehr auf der Hut. Pünktlich um 19 Uhr beherrschte er schon wieder sein Terrain vor dem Bistro, schnittig in Jeans, Boots und tailliertem Hemd, die Zigarette im Mundwinkel.

Ihr Plan stand fest. Und sie hatte genau einen Versuch.

Es war Freitagnachmittag. Das Quietschen schwerer Reifen auf sandigem Boden drang bis ins Haus. Ein Lkw rollte rückwärts an den Rand der Grube. Durch die Zweige leuchtete auf der Ladefläche ein Haufen schneeweißer Kieselsteine. Zwei Arbeiter dirigierten den Fahrer lautstark. Rebekka lief zum Zaun und beobachtete das weitere Geschehen im toten Winkel ihrer Aufmerksamkeit.

Der Lkw blieb stehen, und ein Mann stieg aus. Vergeblich versuchte sie, aus dem Wortwechsel der Männer das eine oder andere herauszuhören. Also musste sie aus dem Tonfall auf das weitere Vorgehen schließen. Mittlerweile war es 16 Uhr, es war die Stunde, in der die Arbeiten für das komplette Wochenende eingestellt wurden.

Wenn es heute geschehen sollte, dann blieb ihr verdammt wenig Zeit, stellte Rebekka resigniert fest. Sie schloss die Augen, faltete die Hände und blieb unbewegt am Zaun stehen. Etwa drei Minuten lang befand sie sich in tiefer Konzentration, als das erlösende Geräusch ertönte: das Rauschen des Steinhaufens, der von der Laderampe in die Grube glitt. Sie atmete tief durch und tat etwas, was sie im Leben noch nie getan hatte: Sie bekreuzigte sich. Ab jetzt lief die Zeit rückwärts. In den nächsten Minuten musste die Baustelle verlassen sein, sonst konnte sie ihren Plan und ihre Abreise vergessen.

Sie ging zurück ins Haus und nahm eine eiskalte Dusche. Als ihr Kopf zu schmerzen begann, stellte sie das Wasser ab und rieb sich trocken, bis ihre Haut gerötet war. Sie zog eine löchrige Jogginghose an und ein T-Shirt. Dann ging sie in den Schuppen, in dem Trevor Geddes' Schnürstiefel standen. In die Kappen stopfte sie je eine Socke und fuhr dann hinein. So passten sie. Sie griff nach Spaten und Schaufel und stellte sie in den Flur. Dann legte sie Kabelbinder und vier Packungen Sertralin auf die Kommode. Jede Handlung erledigte sie in vollkommener Ruhe. Ihr Körper fuhr auf ein Minimum der notwendigen Temperatur herunter.

Sie ging noch einmal zum Fenster. Die Arbeiter packten ihre Rucksäcke. Dann stiegen sie zu dem Lkw-Fahrer in die Kabine. Mit leisem Tuckern entfernte sich das Fahrzeug aus ihrem Blickwinkel.

Sie griff nach der Medikamentenpackung und d drückte eine Filmtablette nach der anderen aus der Folie auf ein Geschirrtuch. Zwei Tabletten davon steckte sie in ihre Brieftasche. Sie schaute zur Uhr. 16:30 Uhr. Sie schlug die

Enden des Geschirrtuchs zusammen und klopfte sie darin mit einem Hammer zu Pulver. Sie füllte lauwarmes Leitungswasser in einen Krug und gab das Pulver dazu. Dann nahm sie Spaten und Schaufel und ging hinaus zu der frisch gefüllten Kiesgrube. Jetzt kam der wichtigste Teil. Sie spürte kalten Schweiß auf der Stirn, aber keine Nässe. Ihr Körper war noch immer auf ein Minimum an Energieverbrauch heruntergefahren. Sie war innerlich vollkommen ruhig.

Es war still. Nur eine Ahnung von der freitäglichen Betriebsamkeit auf dem Marktplatz drang durch die Bäume zu ihr. Adolphe deckte jetzt die Tische für den Abend ein. In zwei Stunden käme er nicht mehr dazu, wenn sein Pizzaofen glühte und alle Gäste zugleich nach etwas anderem riefen: nach der Rechnung, nach der nächsten Flasche Wein oder einfach nur nach ihm und seiner Zeit für einen Plausch.

Die Kiesschicht endete einen halben Meter unter dem Rand der Grube. Rebekka nahm die Schaufel und stieg hinein. Ringsum Stille. Sie holte tief Luft und begann am Grubenrand zu schaufeln. Die Steine waren klein und vom Kondenswasser der sommerlichen Wärme feucht. Als sie ein längliches Loch von etwa einem Meter Tiefe freigelegt hatte, hielt sie inne. Sie fühlte sich schwach, ihre Haut war schweißnass. Ihr blieb keine Zeit zum Nachdenken. Immer wieder rief sie sich im Stillen wie ein Mantra zu, nicht zu grübeln, was möglich war und was nicht, sondern zu tun, was sie mit ihren Kräften zustande brachte. Sie atmete tief durch, nahm die Schaufel und grub weiter.

17:30 Uhr. Sie betrachtete ihr Werk. Das reichte. Durch die Baumwipfel erspähte sie ein Stück Himmel, das ihr in seinem Blau beizupflichten schien, den richtigen Zeitpunkt gewählt zu haben. Ein Unwetter würde nicht nur ihre Konstruktion zerstören, sondern auch Cevas Tagesplan ändern. Aber noch spielte das Wetter mit.

Sie ging zurück zum Haus, stellte den Spaten in den Schuppen und klopfte sich den Staub von der Kleidung. Das Tablettenpulver hatte sich komplett im Wasser aufgelöst. Sie rührte um und füllte die Flüssigkeit aus dem Krug in eine leere Evian-Flasche. Dann ging sie zum Auto, klappte die Rückbank herunter, legte die Schaufel hinein und breitete ein Laken im Kofferraum aus. Wasserflasche und Kabelbinder steckte sie in das Seitenfach der Fahrertür. Sie ließ den Wagen an und fuhr bis zu der Stelle, an der ein Feldweg in dem Waldstück mündete. Sie bog auf den Feldweg ein und fuhr Mathieu Ceva entgegen. Am Ende des Weges, von wo aus sie die Strecke überblicken konnte, über die er normalerweise angelaufen kam, fuhr sie rechts ran und stellte den Motor ab. Das Zirpen der Grillen und hin und wieder eine Polizeisirene in der Ferne waren die einzigen Geräusche an diesem Sommerabend.

Er konnte den Wagen nicht sehen, der am Rande des Maisfelds geparkt war. Etwa 1 000 Meter vor dem Feldweg begann er seinen Schlusssprint. Auf den kam es an. Ohne diesen letzten Kilometer absoluter Verausgabung bei gleichzeitiger Konzentration war das ganze Training uneffektiv. Vor der Kurve bremste er ab, nahm die Kurve in den Feldweg im engen Winkel, als ihn ein Wagen bei voller Fahrt erwischte. Er flog über die Kühlerhaube aufs Wagendach und rollte über das Heck auf den Boden, wo er bewusstlos liegen blieb.

Sie stieg aus, ging zu ihm und fühlte seinen Puls. Er lebte. Dann band sie ihm Hände und Füße mit Kabelbindern zusammen. Mit einem Rettungsgriff unter seine Arme hievte sie den Körper mühsam in den Kofferraum. Sie deckte ein Laken darüber, schloss die Hecktür und fuhr über den Waldweg zur Kiesgrube. Vorsichtig rangierte sie den Wagen an den Grubenrand. Aus dem Kofferraum dröhnte Stöhnen. Ceva kam zu sich.

»Warte, mein Kleiner«, sagte sie. »Gleich hast du es geschafft.«

Das Stöhnen wurde lauter. Das war der Moment, in dem er merkte, dass er so beweglich war wie ein Mistkäfer auf dem Rücken. Sie nahm die Wasserflasche aus dem Seitenfach, öffnete die Kofferraumklappe und zog das Laken von seinem Gesicht. Mit der linken Hand fixierte sie seinen Kopf. Mit der rechten zwang sie den Flaschenhals zwischen seine Lippen. Das Wasser lief in seinen Mund, er bewegte wie wild seinen Kopf unter ihrer Hand, war schließlich gezwungen, zu schlucken, hustete und schnappte nach Luft. Sie nahm das Paketband aus dem Seitenfach und verklebte seinen Mund, sodass seine Schreie das Innere seines Körpers nicht verließen.

Sie umfasste seine Fußgelenke samt Laken und zog den Körper Stück für Stück nach vorn, während sie mit einem Fuß bereits in der Grube stand. Mit einem letzten gewaltigen Ruck, der sie gegen den Kieselhaufen neben dem Loch schleuderte, landete der Körper in seinem frisch ausgehobenen Grab. Durch den Aufprall begann der Kieshaufen, sich in das Loch zu ergießen, und ihr gelang es gerade noch rechtzeitig, aus der Grube herauszuklettern. Das Sertralin tat seine Wirkung. Ceva konnte nur mühsam die Augen offen halten, was er besser vermieden hätte bei dem, was ihn erwartete. Sie schaute auf ihn herab, genoss den Blick des allmählichen Wiedererkennens, lächelte. Sein Körper war erst zur Hälfte bedeckt, als das Rieseln aufhörte. Sie ging zum Auto und nahm die Schaufel heraus. Den Rest des Steinhaufens warf sie nach und nach in das Loch.

»Das Gesetz und die Strafe sind wesentlich auf die Zukunft gerichtet, nicht auf die Vergangenheit, weißt du? Nein, Mathieu Ceva, das sage nicht ich. Das hat schon Schopenhauer gesagt, und ich werde es dir erklären.«

Sein Gesicht war beinahe vollends bedeckt. Durch die panischen Bewegungen seines Kopfes lag es für Sekunden wieder frei, bevor die nächste Schaufel Kies darauf landete.

»Und man unterscheidet Strafe von Rache, da letztere durch das Geschehene motiviert ist. Alle Vergeltung des Unrechts durch Zufügung eines Schmerzes ohne Zweck für die Zukunft ist Rache und kann keinen anderen Zweck haben, als durch den Anblick des fremden Leidens sich über das selbst erlittene zu trösten …«

Das Loch in der Grube war nun vollends geschlossen. Nur kleine Rinnsäle aus winzigen Kieseln und Staub verrieten das darunter verebbende Leben.

»Das ist Bosheit und Grausamkeit und ethisch nicht zu rechtfertigen … Findest du nicht auch? Mathieu Ceva?«

Es war 19 Uhr. Suzanne Vegas »Solitude Stands« schallte durch den Raum. Rebekka duschte ausgiebig. Sie trocknete sich ab, bis ihre Haut glühte. Dann zog sie sich an. Diesen Moment hatte sie herbeigesehnt wie ein Kind den Weihnachtsmann.

Sie trug eine weite schwarze Hose von Alexander McQueen und ein weißes Seidenshirt. Um ihre Hüfte hatte sie die Ärmel ihrer Strickjacke geknotet, und ihr gesamtes Gepäck war ein sandfarbener Seesack aus Leder. Sie steckte ihre Haare hoch und band sich ein beiges Seidentuch um den Kopf. Zwei goldene Kreolen waren der einzige Schmuck. Aus einer Packung nahm sie den neuen Herrenduft von Paul Smith und sprühte sich gierig damit ein.

Bis zum nächsten Zug nach Paris hatte sie noch zwei Stunden Zeit, von denen sie keine Minute mehr in diesem Haus verbringen wollte.

KAPITEL 41

Sie wählte die Nummer vom »Vico House«. Falls Freddy freihatte und schlief oder etwas anderes Aufregendes tat, wollte sie ihn nicht auf dem Handy stören.

Jasmin, die kleine Zauberelfe vom Empfang, ging ans Telefon.

»Frau Schomberg, ich grüße Sie.«

Sie klang verhalten. Rebekka wurde hellhörig.

»Möchten Sie Ihr Zimmer haben?«

»N… nein«, sagte Rebekka und hatte in dieser Sekunde ihren Plan geändert. »Können Sie mich mit Freddy verbinden?«

»Leider nicht«, sagte Jasmin Freund. »Er ist seit … Seit über einer Woche ist er verschwunden.«

»Wie verschwunden?«, hakte Rebekka nach. »Seit wann wird er vermisst?«

»Seit Pfingstmontag. In der Nacht zum Dienstag hat er hier seine Schicht beendet. Seitdem keine Spur von ihm.«

Seit dem Tag meiner Abreise, dachte Rebekka. »Haben Sie ihn bei der Polizei als vermisst gemeldet?«

»Ein Polizist war gleich am nächsten Tag hier. Also … wissen Sie, ich möchte Ihnen eigentlich gar nicht mehr dazu sagen. Ich glaube«, jetzt flüsterte sie, »das darf ich gar nicht.«

»Hat Freddy seine Ausweispapiere dabei?«, fragte Rebekka unbeirrt weiter.

»Frau Schomberg, ich …«

»Nur noch diese Info bitte, Jasmin. Freddy und ich sind Freunde. Ich mache mir weniger Sorgen, wenn ich weiß, er hat alles dabei und hat vielleicht endlich seine Reise nach Afrika angetreten. Er wollte doch schon lange dorthin. Nach Südafrika, um genau zu sein.«

»Ich weiß«, sagte Jasmin gereizt. »Mit diesem Plan geht er uns seit einem Jahr auf die Nerven. Und, ja … jetzt, wo Sie es sagen … Jedenfalls hat er alles dabei. Sogar Laptop und Handy.«

Rebekka war erst einmal beruhigt. Freddy verschwand nicht einfach so. Und wenn doch, dann aus einem triftigen Grund. Seinen lang gehegten Traum endlich zu realisieren, sah ihm ähnlich. Immer wieder hatte er Urlaub beantragt. Mehr als eine Woche sei nicht drin, wurde ihm gesagt. Immer war irgendetwas. Und dann waren Schulferien, und die wenigen im Haus, die Kinder hatten, bekamen den Vorrang.

Sie durfte sich jetzt nicht verrückt machen. Eins nach dem anderen. Erst einmal nach Hause. Freddy ging es sicher gut. Irgendwo.

Rebekka entschied sich, nicht ins »Vico House« zu fahren. Solange nicht klar war, wo und unter welchen Umständen Freddy sich aufhielt, war es keine sichere Adresse mehr. Ganz anders als ihre Gartenlaube in Neuenhagen bei Berlin. Hier hatte sie es lediglich mit Saul, dem Spanner, und anderen interessanten Nachbarn mit Brandenburger Mentalität zu tun. Aber es herrschte Frieden und Ruhe. Sie konnte wieder sie selbst sein, egal, wie schräg sie angeschaut wurde.

In der kleinen Siedlung aus Einfamilienhäusern hatte sie so etwas wie ihr letztes bisschen Zuhause. Ihre Eltern hatten sich die kleine Hütte zum Wochenendrefugium neben ihrer Neubauwohnung in Marzahn ausgebaut. Dort hingen Bilder ihrer Kindheit an der Wand und das einzige Foto, auf der Familie Schomberg – Vater, Mutter, Kind – gemeinsam zu sehen war: Auf dem Bild legt ihr Vater liebevoll den Arm um Rebekkas hochschwangere Mutter. Einen Tag darauf verunglückte er bei einer rasanten Motorradfahrt zu seiner neugeborenen Tochter in die Klinik.

Statt eines Taxis nahm Rebekka heute den Bus. Die Buslinie, die sie zum Alexanderplatz bringen würde, kannte sie noch nicht. Den Versuch war es ihr wert. Vom Alex aus konnte sie gut in die S-Bahn nach Strausberg umsteigen.

Sie stieg als Erste vor einer Traube Menschen ein und setzte sich in die vordere Reihe, neugierig wie ein Kind, um alle Eindrücke bei der Fahrt einfangen zu können.

Sie hatte einfach nur Lust auf Normalität. Die hinter ihr liegende Zeit war eine Achterbahnfahrt gewesen. Jetzt war das Chamäleon ausgeglichen und ruhig. Seine Färbung war unauffällig und matt. Seine Augen hingegen blickten wach aus dem Fenster. Erst der lautstarke Auftritt eines Paares zog Rebekkas ganze Aufmerksamkeit auf sich. Wie die Frau die Koffer und Taschen raffend nach hinten durch die eng beieinanderstehenden Menschen zerrte, wie der Mann vorne beim Fahrer missmutig zwei Tickets löste und dann seiner Frau lautstark über »dös schiere Gedränge« granteInd, auf zwei Sitzplätze hoffend, hinterherpreschte, wie er auf halbem Weg innehielt, umkehrte, den Fahrer anbrüllte: »Wie lang brauchen S' eana von hier zum Olexanderplotz?«, und der Fahrer »Ne jute Stunde«, antwortete, wie der Mann die bereits entwerteten Tickets missmutig anschaute und wieder zu seiner im Gedränge klemmenden Frau durchstach, »dös nennt's Hauptstadt!« geifernd, und wie das Paar und sein Gemecker schließlich im Gedränge untergingen.

»Eine Stunde?«, fragte Rebekka den Fahrer erstaunt. Nicht, dass sie in Eile war. Sie wurde von niemandem erwartet. Aber die Stadt konnte sich in knapp zwei Wochen nicht dermaßen verändert haben, dass ein Bus von Tegel bis zum Alexanderplatz eine ganze Stunde brauchte. Der Fahrer warf einen prüfenden Blick in den Rückspiegel, bevor er Rebekka antwortete: »Nee. Zwanzich Minut'n.«

Rebekka lächelte breit, sie war wieder in Berlin, und das war gut so. Sie lehnte sich entspannt zurück. Dann nahm sie ihr Handy aus der Tasche und tauschte die Telefonkarten aus. Als sie es einschaltete, fand sie elf Anrufe von Mark vor. Und eine Nachricht aus ihrem E-Mail-Postfach. Während sie auf die Verbindung zu ihren E-Mails wartete, brach die Internetverbindung immer wieder zusammen. Sie schaltete das Handy aus. Das hatte Zeit. Alles hatte nun wieder Zeit.

Der Bus, den sie von der S-Bahn bis zum Haus nehmen musste, fuhr erst in einer halben Stunde.

Auf der anderen Seite der Straße hingen rote und weiße Luftballons am Eingang der Sparkassenfiliale, in der ihr strebsamer Berater Herr Ziervogel seinen Dienst tat. Es war Samstag, doch die Türen standen offen, Leute gingen ein und aus. Manche standen an Stehtischen davor und tranken, was wie Bier aussah. Ungläubig ging Rebekka näher. Werbetafeln mit Immobilien lehnten an der Hauswand, und gerade, als Rebekka zurück zur Haltestelle gehen wollte, kam Herr Ziervogel auf sie zu.

»Frau Schomberg, nun kommen Sie doch! Kaffee oder Tee?«, rief er über die Straße. Bei Rebekkas letztem Besuch waren sie so richtig in Streit geraten. Ziervogel war in Rebekkas Augen einer jener Zeitgenossen, die jene »aber«-Ressentiments verbreiteten, bei denen der vietnamesische Kioskbetreiber »aber eigentlich« ganz nett und es bei dem homosexuellen Nachbarn in der Wohnung »aber eigentlich« ganz sauber sei. Ziervogel selbst war ein speckiger Geselle, ein Enddreißiger mit großer Tendenz zum Übergewicht. Ein Mann, der Polen »Polacken« schimpfte und regelmäßig ins Nachbarland fuhr, um billig Zigaretten und Sprit einzukaufen. Eine in dieser Gegend sehr beliebte Kombination von Weltanschauungen.

Rebekka winkte ihm zu und überquerte die Straße. »Gerne. Ein Bier, wenn's eins gibt.«

Ziervogel verwaltete Rebekkas Geld. Das war ihr wunder Punkt. Diesen hochempfindlichen Bereich ihres versteckten Lebens in den Händen eines Menschen zu wissen, der nicht gut auf sie zu sprechen war, machte ihr Sorge. Also nutzte sie die Gelegenheit für einen Besuch.

»Frau Schomberg, wie schön!« Irgendetwas in seinem Gesicht lächelte. Rebekka überlegte, ob es das Doppelkinn oder doch die Augen waren. Doch da hörte das Lächeln auch schon wieder auf.

»Was ist denn hier los?«, fragte Rebekka.

»Wir haben heute 10-Jähriges. Und wieder jede Menge lukrativer Immobilien im Angebot.« Er wirkte noch immer etwas verschnupft. Er brachte sie zu seinem Schreibtisch und holte ein Bier aus dem Kühlschrank. »Ich darf ja noch nicht. Das Personal feiert dann ab 18 Uhr.«

Rebekka prostete ihm zu. Er lächelte süßlich.

»Wie kann ich Ihnen weiterhelfen? Mit einem Dispokredit vielleicht?« Er kicherte wie über einen säuischen Witz.

Rebekka lächelte höflich. »Ach, wenn ich schon mal da bin… Eigentlich nichts Großes. Vielleicht könnten Sie mir Onlinebanking einrichten?«

»Willkommen im 21. Jahrhundert, Frau Schomberg. Nichts lieber als das.«

Zum Glück konnte Ziervogel nur die Abbuchungen auf ihrer EC-Karte einsehen. Im Ausland nutzte sie die Kreditkarte, die in einer Gesamtsumme abgerechnet wurde. Trotzdem scrollte er am Bildschirm über ihre

Daten, als wolle er ihr zeigen, dass er am längeren Hebel mit der Macht des Wissens saß.

Erst jetzt bemerkte er ihren Seesack, der am Boden neben dem Stuhl lag. »Waren Sie auf Reisen, Frau Schomberg? Hatten Sie einen schönen Urlaub?«

»Bin ein bisschen durch Europa getourt. Davon kenne ich noch viel zu wenig.«

»Oh! Haben Sie unsere polnischen Freunde besucht?« Wieder dieses gehässige Kichern. Rebekkas Lächeln geriet zu einem abschätzigen Gesichtsausdruck, den sie einfach nicht unter Kontrolle bekam.

»Ich scherze, Frau Schomberg! … So, da wären wir …« Er drehte den Bildschirm zu ihr. »Das ist die Startseite für Ihr Onlinebanking. Sie können sich das aber auch gern in Ruhe zu Hause am Computer …«

»Das wäre mir am liebsten«, unterbrach sie ihn.

»Gut. Dann unterschreiben Sie mir nur noch die beiden Formulare, eins für Sie, eins für mich.« Der Drucker ratterte behäbig. Ziervogel tippte nervös auf die Tischplatte, als sich ein Papierstau ankündigte. Ächzend lehnte er sich über den Tisch. »Da Sie im Urlaub waren, haben Sie den scheußlichen Mordfall wohl gar nicht mitbekommen.«

»Frank Kellermann?«

»Richtig. Der gute Mensch Kellermann.«

»Davon weiß ich aus der Zeitung. Ist denn wirklich klar, dass er ermordet wurde? In der Presse hieß es kryptisch, ›tot aufgefunden‹.« Rebekka spürte, dass es wichtig war, herauszufinden, was sich die Leute außerhalb des Internets erzählten. Die Gossenvariante einer Nachricht enthielt, was sie wirklich glaubten, und genau das war nicht selten sehr nahe an der Wahrheit.

»Na klaro! Das pfeifen die Spatzen von den Dächern. Der hat sich Feinde gemacht mit seiner Integrationskultur. Außerdem, aber das ist tatsächlich nur ein Gerücht«, er lehnte sich zu Rebekka, »war er wohl schwul.«

»So?«, fragte Rebekka. »Und dafür wird man heute umgebracht?«

Ziervogel verdrehte die Augen. »Natürlich nicht. Aber einerseits versprach er, einen der schlimmsten Schandflecke an der Spree zu beseitigen, und andererseits setzte er sich für die Leute ein, die das Grundstück – übrigens unrechtmäßig! – besetzen. Und jetzt kommen Sie mir nicht damit, ich hätte etwas gegen Ausländer …«

»Aber?«, fragte Rebekka sanft.

»Aber wir können nicht jeden Zigeuner hier aufnehmen. So.« Ziervogel fingerte immer noch am Drucker herum und schien ganz froh über diese Ablenkung zu sein.

»Falls Sie von der Eisfabrik reden: Es ist nicht so, dass die Menschen, die dort seit Monaten hausen und wie Tiere im Zoo, besichtigt und gefüttert werden, uns Wohnraum wegnehmen.«

»Ich glaube, diesmal bin ich besser informiert als Sie.« Er fischte die beiden Formulare aus dem Drucker. »An die 20.000 Rumänen und Bulgaren leben derzeit in Berlin. Ein paar in Parks, Autos, Zelten. Eine Dunkelziffer wohl auch versteckt in Kellern und auf Dachböden. Aber viele von denen bekommen billigen Wohnraum, und den stellen sie dann als Dankeschön noch mit Müll voll.«

»Woher wollen Sie das wissen?«, fragte Rebekka und setzte wie beiläufig ihre Unterschrift auf die Formulare.

»Weil man die doch alle nur rumhängen sieht.«

»20.000 Rumänen und Bulgaren sehen Sie in der Stadt rumhängen? Sind es nicht vielleicht nur die, die Ihnen auffallen, wenn Sie am Alexanderplatz eine Bratwurst kaufen? Wissen Sie, was in Rumänien und Bulgarien los ist, wie es sich dort lebt? Keinen Tag würden Sie freiwillig dortbleiben.«

»Ich lebe aber nicht dort. Basta.«

Der Frustpegel musste weit oben liegen, mutmaßte Rebekka, wenn ein Bankberater seine Kunden mit Stammtischparolen unterhielt.

»Haben Sie nicht auch mal im Westen gelebt, Herr Ziervogel?«

Er reckte die Brust, Rebekka konnte förmlich spüren, wie sicher er sich war, diesmal die Oberhand zu behalten. Die Polennummer würde er ihr nie vergessen.

»Ja. Aber nur kurz. Und nun bin ich, wie Sie sehen, wieder hier, in Lohn und Brot. Als Steuerzahler.«

»Sie sind doch damals aus der DDR abgehauen, wie Sie mir erzählten. Was wäre denn gewesen, wenn man Sie im Aufnahmelager Marienfelde *nicht* aufgenommen hätte?«

»Aber hören Sie mal!«, sagte Ziervogel gönnerhaft, »Wir waren doch Flüchtlinge.«

»Aber nicht jeder DDR-Flüchtling war Verfolgter des SED-Regimes, oder?«

»Nein. Aber jeder DDR-Flüchtling war ein Deutscher. Wir waren doch alle gleich mit den Deutschen im Westen, gehörten doch alle zu einem Land.«

»Wo bitte sind zwei Länder gleich, wenn sie sich 40 Jahre lang völlig konträr entwickeln? Ist dann Österreich auch Deutschland, weil dort Deutsch geredet wird? War Mozart also ein deutscher Komponist?«

Ziervogel lenkte ein. »Ich merke, dass uns beide die so wichtigen politischen Diskussionen nicht voranbringen, liebe Frau Schomberg. Vielleicht sollte sich jeder von uns um seine eigenen Dinge kümmern. Und ich mich einfach weiter um Ihre Bankgeschäfte.«

»Gut. Probieren wir das.«

»Und eigentlich wollte ich nur sagen, dass es schade ist um einen wie Kellermann«, fügte er noch hinzu. »Er ist wohl zwischen die Räder verschiedener Interessen geraten. Und hat das mit seinem Leben bezahlt. Vielleicht war er tatsächlich schwul, aber er war ein guter Politiker.«

KAPITEL 42

Am Ende des Weges glänzte das Blechdach ihrer Laube in der Sonne. Das, dachte Rebekka, war nach Hause kommen.

Bresecke hatte sich einen Sitzrasenmäher zugelegt. Es gab nichts weniger Männliches als einen Sitzrasenmäher, fand Rebekka und grüßte ihn freundlich. Er grunzte seinen üblichen Gruß zurück.

Gartentor und Haustür samt Schloss waren unbeschädigt, stellte Rebekka erleichtert fest. Sie betrat die Laube, schloss die Augen und atmete tief ein. Staubkörner wirbelten wie magnetisiert in den hereinfallenden

Sonnenstrahlen herum. Alles war an seinem Platz, so wie sie es verlassen hatte. Der Küchentisch am Fenster mit einer aufgeschlagenen Tageszeitung vom April, aus der eine Todesanzeige herausgeschnitten war. Karl-Heinz Otto. Traurig dachte sie an die Toten der Recyclingfirma zurück. 19 Tote, die beinah als 19 Unfälle durchgegangen wären. Sie strich über ihr gemütliches Sofa mit den orientalischen Kissen, über den Raumteiler aus Metall. Eine Einzelanfertigung von Andrew Cascone, dem Recyclingkünstler aus Chicago, in den sie sich verliebt hatte; ein Mann, den es nie gegeben hatte.

Sie ließ ihren Seesack auf das Sofa fallen und legte sich daneben.

Als sie aufwachte, hielt sie den Seesack im Arm. Für einen Moment verlor sie die Orientierung: Wo war sie? Wer war sie? Wie spät war es?

Beim Anblick des vertrauten Mobiliars wurde sie ruhiger. Es war Samstagabend, 21 Uhr. Aus den Gärten drangen Stimmen und vereinzeltes Lachen zu ihr.

Sie packte den Laptop aus und schloss ihn an. Zwei Minuten später war sie online.

Neben den üblichen Google-Alerts und den Zugangsdaten zum Onlinebanking entdeckte sie eine Nachricht, die ihr Interesse auf sich zog. Sie zögerte kurz. Dann klickte sie auf die Zeile mit dem Absender »Bluesprig. Inc.« und dem Betreff »Password only«. Es konnte sich um eine typische Phishingmail handeln. Doch dann hatte sie immer noch die Möglichkeit, den enthaltenen Link zu ignorieren und die Mail zu löschen. Sie öffnete die Mail. Eine Löschung des Links kam für sie nicht mehr infrage.

»Frederik Karst« stand in der ersten Zeile. Darunter Geburtsdatum, Passwörter seiner E-Mail-Accounts und seine Bankverbindung.

Sie hätten beide nicht gedacht, dass es funktionieren könnte. Freddy wollte diese neue App ausprobieren. Blieb sein Handy 18 Stunden lang unbenutzt, sandte es automatisch eine Mail an eine vorgegebene E-Mail-Adresse. An Rebekkas Adresse. Und die Nachricht, die zwischen den Zeilen stand, war ein Hilferuf.

Rebekka versuchte, einen klaren Gedanken zu fassen. Sie wählte Marks Nummer. Normalerweise hatte er das Handy, auf dem ihre Anrufe landeten, in seiner Schreibtischschublade versteckt. Dann war er Familienvater und für Rebekka nicht zu erreichen.

Zu ihrer Überraschung hörte sie plötzlich seine Stimme am anderen Ende. Er war wütend. Hatte sich Sorgen gemacht. Natürlich. Aber das gehörte nun mal zu den Regeln, die Rebekka aufgestellt hatte: keine Nachfragen zu ihrem Verbleib. Wollte sie sich immer für alles rechtfertigen, dann hätte sie auch heiraten können. Mit ihrer Freiheit musste Mark umgehen können, so wie sie es mit seiner Unfreiheit tat.

Sie spürte, dass es ein ungünstiger Moment war, er konnte nicht lange reden. Es war Samstagabend, und er vertröstete sie auf den Sonntag. Damit bliebe Rebekka genügend Zeit, sich wieder auf ihn einzustellen und sich vorher mit seinem aktuellen Fall zu befassen. Die Bemerkung Ziervogels hatte in ihr den ihr vertrauten Drang ausgelöst, sich hinter etwas zu klemmen, das wie ein klarer Fall aussah, aber weit entfernt davon war.

Mit der Nachricht von Freddy gab sie Mark noch einen Brocken mit, an dem er sich bis zu ihrem Wiedersehen wundkauen würde. Dann legte sie auf.

KAPITEL 43

Nebel, dem er gerade wieder verziehen hatte, wollte also Kulturstaatssekretär werden. Rebekka und auch Freddy blieben verschwunden. Und eine seltsame Art von Einsamkeit ergriff Besitz von Mark Tschirner.

Er bog in die Weitlingstraße ein und hatte noch etwa zwei Minuten Fahrt vor sich, bis er zu Hause war. Er fuhr an den Straßenrand, saß kurz still bei laufendem Motor. Die Blicke der Passanten nahm er nicht wahr. Vergrub das Gesicht in den Händen. Irgendwann würde er Rebekka verlassen. Francoise Sagan hatte mal gesagt, nur wirklich freie Menschen könnten harmonisch miteinander leben. Julia zitierte viel aus den Büchern, die sie las, und Mark hörte ihr gern dabei zu. Im Vergleich zu ihm war Rebekka eindeutig der freiere Mensch. Sollte Mark eines Tages tatsächlich seine Familie verlassen, um auch ganz offiziell mit Rebekka zusammen zu sein, dann hätten beide ihre Freiheit verloren. Diese Madame Sagan musste einiges durchgemacht haben, mutmaßte Mark. Sie behauptete auch, sobald man ein Kind habe, hätte man die Freiheit zu sterben, verloren. Und er wurde den Verdacht nicht los, dass Julia ihn ganz bewusst mit solchen literarischen Tipps versorgte. Denn dass er zumindest für seine Frau gestorben wäre, wenn sie von Rebekka erfuhr, war abzusehen.

Er atmete tief durch, setzte den Blinker und fuhr weiter. Er parkte den Wagen auf dem Innenhof, schaute nach oben, wo die Klappfenster der Dachgeschosswohnung geöffnet waren, und ging dann durch die Einfahrt an der Haustür vorbei nach draußen auf die Straße.

Beim »NORMA« im Bahnhof Lichtenberg schlug ihm die gewohnte Wolke aus Körperausdünstungen und Alkoholfahnen verschiedenster Zusammensetzung entgegen. An der fleckigen Wand über den Kassen hingen einzelne Buchstaben hinter Plastikfolie, die zu guten Zeiten den Satz »VIELEN DANK FÜR IHREN EINKAUF« darstellten. Es interessierte niemanden, schon gar nicht den Ladeninhaber, dass sie nun zu »LENDANK FR RN NKAUF« zusammengeschoben waren. In den halb leeren Regalen leere Wurstkartons und aufgerissene Sechserpacks Mineralwasser, die jeden Moment auseinanderfielen. Er schaute auf die Uhr. Samstagabend. 21 Uhr, was wollte man hier noch erwarten.

Mark kaufte zwei Flaschen Rotwein und rannte über die Straße. Julia hatte es nicht verdient, ihn jeden Tag und auch an den Wochenenden nur für ein paar Stunden als schlecht gelaunten Schlafgast zu erleben.

Gerade, als er das Haus betreten wollte, klingelte sein Handy. Das Handy mit ihrer Nummer, das er seit ihrem Verschwinden immer bei sich trug. Rebekka.

»Sag mir, wo du bist!« Er konnte seine Wut kaum im Zaum halten.

»Ja, mir geht es gut, vielen Dank der Nachfrage. Und dir?«

Etwas ratlos stellte er die beiden Rotweinflaschen auf dem Boden ab. Der Fahrstuhl kam. »Ich habe mir Sorgen gemacht.«

»Ich mir auch. Aber es ist alles gut gegangen.«

Die Fahrstuhltür öffnete und schloss sich wieder. »Wo bist du gewesen? Wo bist du jetzt?«

Rebekka zögerte kurz. »Wann hast du Zeit?«, fragte sie dann.

Er drückte auf den Knopf, die Fahrstuhltür öffnete sich wieder. »Frühestens morgen Abend.« Die Fahrstuhltür schloss sich hinter ihm. Er sah sein eigenes Spiegelbild, während er mit Rebekka telefonierte. Wie ein wütender verliebter Junge stand er da, während er versuchte, so cool wie möglich zu bleiben. Hatte sie einen anderen? Waren solche Gedanken nicht mehr als krank, während sich der Fahrstuhl unerbittlich seiner Wohnungstür näherte, hinter der seine Frau und die Kinder auf ihn warteten?

Rebekka schwieg.

»Freddy ist verschwunden. Er scheint in einer ziemlich üblen Geschichte drinzuhängen.«

»In einem Fall, den du gerade bearbeitest?«

»Ja. Du bist eh auf dem Laufenden, also kann ich es dir auch sagen.«

»Der Mord an Kellermann?«

»Richtig. Also, wenn du eine Ahnung hast, wo dein Freund sich aufhält, dann …«

»Ich weiß nicht, wo er ist«, sagte Rebekka. »Aber ich habe eine Nachricht von ihm bekommen.«

»Was?« Die Fahrstuhltür öffnete sich. Mark stand vor

seiner Wohnungstür. »Wo ist er? Triffst du ihn? Ich muss mit ihm reden, bevor meine Kollegen es tun.«

»Morgen, Mark, das alles hat Zeit bis morgen.« Dann legte sie auf.

Julia öffnete die Tür. »War sie das?«

Mark war völlig perplex. »Wer?«

»Deine Praktikantin. Die Bestsellerautorin.«

Er reichte ihr die Weinflaschen und konnte so den Moment für die Suche nach einer geeigneten Ausrede überbrücken.

»Äh, ja. Kim Fröbe. Warum?«

»Manche Menschen sind im Flüstern so laut, dass auch der Letzte alles mitbekommt. Was musst du denn mit ihr bereden, was die eigenen Kollegen nicht wissen dürfen?«

»Hallo, mein Schatz.« Er gab ihr einen zarten Kuss auf den Mund, einen zweiten auf den Hals. »Die Mädchen …?«

»Schlafen heute bei Constanze. Das hatte ich dir gesagt.«

»Richtig!«, parierte Mark erleichtert. »Was meinst du, wofür ich den Rotwein besorgt habe? Für unsere Sturmfreiheit.«

»Oder für ein Gespräch«, entgegnete Julia und nahm ihm die Flaschen aus der Hand.

So kannte er sie nicht. Ihr befremdliches Verhalten war ihm zum ersten Mal damals im »Hackendahl« aufgefallen, als er auf ein Bier mit Kim dort saß. Er hatte den unterschwelligen Vorwurf seiner Frau herausgehört, den Abend lieber dort als zu Hause zu verbringen. Dass sie nun auf seine Praktikantin eifersüchtig war, passte überhaupt nicht zu Julia. Am liebsten hätte er ihr gesagt, wie falsch sie lag, dass er sie nämlich seit zwei Jahren mit jenem seltsamen Wesen namens Rebekka Schomberg betrog und sie davon nichts mitbekam, er aber weiß Gott kein Interesse an dem gepiercten Zwerg aus Hellersdorf verspürte, der als Internetjunkie bei ein paar Ermittlungen half. Warum er seine Frau überhaupt betrog, war ihm schleierhaft, und es beruhigte ihn, sein Verhalten der männlichen Natur zuzuschreiben, so, als wäre er selbst an dem ganzen Prozess nicht beteiligt. Julia war eine Traumfrau. Aber nach ein paar Jahren war eben auch der schönste Traum mal ausgeträumt. Dabei sah sie immer aus wie aus dem Ei gepellt. Beide Töchter kamen zum Glück nach ihrer Mutter. Eva hatte mit ihren elf Jahren und trotz der Pausbacken schon das schöne Gesicht einer reifen Person, die Charme versprühte, ohne abgebrüht zu wirken. Und ihre neunjährige Schwester Claudia eiferte der Großen in all dem nach. Manchmal hielt man sie für Zwillinge. Julia war zudem eine exzellente Mutter, die ganztags in einer Steuerkanzlei arbeitete und die Abende dann auch noch allein verbringen durfte. Nie kam ein Jammern oder Nörgeln.

Irgendetwas musste sie verändert haben, dass sie ihren Zweifeln nun freien Lauf ließ.

»Was ist los?«, fragte Mark geradeheraus und schenkte Rotwein ein.

Julia setzte sich ihm gegenüber. Normalerweise kuschelte sie sich auf dem Sofa an ihn, doch jetzt hatte selbst ihre Körperhaltung jene Starre, die einem unausgesprochenen nagenden Verdacht Ausdruck gab.

»Du hast doch ihre Bücher auch gelesen?«, begann Julia zaghaft.

Mark dachte nach. »Überflogen« war wohl das richtige Wort. Für eine Rezension, wie Julia sie regelmäßig bei Amazon abgab, völlig unentgeltlich und meist zum Vorteil des Autors, hätte es bei ihm nicht gereicht.

»Ich weiß so in etwa, worum es darin geht.«

»Und?«, fragte Julia hoffnungsvoll.

Mark gefiel dieses Gespräch schon jetzt nicht mehr. Er hasste es, wenn sie über Umwege zum Punkt kommen wollte, statt ganz direkt zu sein. Er war einfach gestrickt, was das betraf.

»Und was? Es geht um Liebe und ihre Spielarten. Und um Mord in den außergewöhnlichsten Varianten.«

Julia schüttelte enttäuscht den Kopf. »Es geht um Manipulation.«

Enttäuscht ließ Mark sich nach hinten fallen. »Will heißen?«

»Ich hab das selbst am Anfang nicht bemerkt, bis ich mittendrin war! Sie spinnt ihre Storys so fein und – zugegebenermaßen – gekonnt, dass du als Leser selbst in den Strudel gerätst und am Ende das Gute nicht mehr vom Bösen unterscheiden kannst. Mark?«

»Ja?«

»Kannst du es noch unterscheiden?«

»Ich hoffe es. Worauf willst du hinaus?«

»Auch wenn ich nie die Details erfahre, so weiß ich doch, dass ihr an einer ziemlich großen und sehr unappetitlichen Sache dran seid.«

Ohne es zu realisieren, schenkte sich Mark bereits das zweite Glas Rotwein an, während Julia noch am ersten nippte.

»Was hat das mit ihren Büchern zu tun?«

»Nicht mit ihren Büchern, aber mit ihr. Wie sie denkt. Wie sie tickt. Wie sie dich im Griff hat. Ihr hockt ja nur noch zusammen.«

Er schlug mit der flachen Hand auf den Tisch. Es reichte ihm. Am liebsten wäre er aufgestanden und zu seinen Kumpels in die Kneipe gegangen. Doch im Weitlingkiez gab es keine Kneipen, nur Tattoo-Shops mit Bierausschank, einen Asiaten, einen Italiener und einen Spätverkauf neben dem anderen. Und Kumpels hatte Mark schon lange nicht mehr.

»Du bist eifersüchtig auf diesen Schlumpf? Dann sag es doch! Sie hilft mir, wo sie kann. Sie ist fit, ja – sicher etwas durchtrieben, was ihr Internet-Stalking angeht – aber durch sie komme ich an Informationen, die mir weiterhelfen in diesem Morast! Und wenn sie mich manipuliert, dann macht sie das verdammt gut!«

Julia stellte erschrocken ihr Glas auf den Tisch und hielt es fest, als könne es bei dem Krach explodieren.

»Kein Grund, so zu brüllen.«

Mark spürte das Eigentor, als es fiel. Dass ihm dermaßen die Nerven durchgingen, lag sicher zum einen an Rebekkas Anruf und der Anspielung auf Freddy, zum anderen aber auf jeden Fall an seiner eigenen Unfähigkeit, die Kim Fröbe ihm im Fall Kellermann vor Augen führte.

Sein Diensthandy klingelte.

Julia schaute ihn herausfordernd an. »Geh ruhig ran.«

Er hatte Feierabend. Es war Wochenende. Er war müde und fühlte sich leer. Zugleich spürte er eine Gefahr, die er nicht benennen konnte. Sie war nur ein Gefühl und damit schlimmer als alles Vorstellbare.

»Störe ich Sie, Hauptkommissar Tschirner?«

Ihre Art zu fragen war immer sehr direkt. Und diese Frage klang, als hätte sie gehofft, zu stören.

»Was gibt es noch, Kim?«, fragte Mark in Erinnerung an seine Notlüge.

»Ich hab herausgefunden, woher der Eisblock kam, auf dem Kellermann erhängt wurde.«

»Wollen Sie es mir sagen oder wollen Sie es mir tanzen?« Er war noch unter dem Eindruck seines Gespräches mit Julia und schnippisch wie ein Waschweib.

»Ich verstehe nicht, was Sie mit tanzen meinen.«

»Vergessen Sie es. Woher stammte der Eisblock?«

»Aus dem ›Berghain Laboratory‹.«

»Aus diesem Klub, in den man nicht reinkommt?«

»Genau. Besser gesagt, aus einem dazugehörigen Etablissement. Das ist eher was für Schwule.«

»Ich weiß nicht, ob ich wissen möchte, wie Sie an diese Information gekommen sind. Was schlagen Sie vor?«

»Ich warte hier auf Sie.«

»Fahren Sie Auto?«

»Ja.«

»Dann kommen Sie mit der S-Bahn zum Bahnhof Lichtenberg. Da steht mein Wagen. Sie fahren. Ich hab schon etwas getrunken.«

»Gut.«

Er legte auf und hielt Julias Blick stand. »Und wenn du magst, gehen wir zusammen runter, und ich stelle sie dir vor.«

»Und wenn du magst, machst du sie demnächst zur Polizeihauptkommissarin und gehst in den Vorruhestand. Für Ermittler, die nicht mehr ohne Praktikanten auskommen, gibt es bestimmt eine Regelung.«

KAPITEL 44

Das Handy von Freddy war also noch angeschaltet. Jemand musste es ihm abgenommen und immer wieder aufgeladen haben. Freddy wurde von der Polizei gesucht, oder zumindest von Mark. Bat sie Mark nun um die Ortung des Handys, dann lieferte sie Freddy ans Messer, denn der Mord an Kellermann und die Gerüchte um seine Homosexualität drängten den Zusammenhang mit Freddys Verschwinden geradezu auf.

Rebekka schaltete den Fernseher ein, dann klickte sie sich durch die Nachrichten im Internet, bis sie zu den relevanten Meldungen kam. Die Kommentarfunktion zu den Schlagzeilen um Kellermanns Tod war auf den seriösen Nachrichtenseiten vom Provider bereits abgeschaltet worden. Das geschah immer öfter in der letzten Zeit, stellte Rebekka fest. Die giftsprühenden Internet-Trolle schienen sich rasant vermehrt zu haben. Im Fernsehen hatten sich die Meinungsgeber der Nation zu ihren üblichen Talkrunden zusammengefunden, und das Land verwandelte sich in eine einzige Aufklärungskampagne zu den Themen Crystal Meth und Doppelleben. Rebekka fand es immer wieder erstaunlich, wie viele der prominenten Redner Koryphäen auf allen relevanten Gebieten waren. Dieselben, die noch vor einem Monat pro und contra des EU-Beitritts der Türkei oder die deutschen Maut-Pläne diskutierten, wussten auch zu diesen Themen so gut Bescheid, dass sie abendfüllend darüber diskutieren konnten.

Das Wenige, was Rebekka von Frank Kellermanns Arbeit in der Berliner Kulturszene mitbekommen hatte, war so anders als alles, was nun post mortem über ihm ausgegossen wurde. Hier passte nichts zueinander. Männer mit einem Doppelleben wurden oft etwas ungläubig als verlässliche Ehemänner und Väter hervorgehoben. Kellermann hingegen schien tatsächlich ein solcher gewesen zu sein. Er war nicht durch Skandale aufgefallen, sondern weil er eloquent, gut aussehend und von einem Schlag war, dass man ihm die Dinge, die er vertrat, auch tatsächlich abnahm.

Es war kurz vor Mitternacht. Ihr Telefon klingelte. Mark.

»Kann ich vorbeikommen?« Seine Stimme klang warm. Die Wut war verflogen.

»Wir haben uns morgen, Mark. Ich bin gerade erst zurückgekommen.«

»Woher?«

»Von einer Kurzreise.«

»Wohin?«

»Ich bitte dich, lass das.«

Er räusperte sich. »Bist du im ›Vico House‹?«

»Nein.«

»Wo bist du? Ich muss noch ins Berghain. Dann komme ich vorbei.«

»Wohin musst du?«, fragte Rebekka ungläubig.

»Erzähl ich dir später. Wo bist du?«

Mark kannte ihr Gartenrefugium nicht. Und dabei sollte es bleiben. »Deine Familie wartet.«

»Meine Kinder sind nicht zu Hause.«

»Dann wartet deine Frau umso mehr.«

»Nein. Sie denkt, ich hätte eine andere.«

»Lass uns ernsthaft reden, Mark. Aber morgen.«

»Ich will aber jetzt reden«, platzte es plötzlich aus ihm heraus. »Freddy ist dringend tatverdächtig. Ich muss wissen, was du von ihm für eine Nachricht bekommen hast. Ich riskiere gerade meinen Job, weil ich deinen Freund decke. Ein Kollege hat schon mitbekommen, dass eine Spur ins ›Vico House‹ führt. Ich kann nur froh sein, dass er glaubt, ich ermittle dort längst. Sobald er nachhakt, bin ich geliefert.«

»Wir sehen uns morgen, Mark. Komm zu dieser Adresse.«

Sie hatte ihn lange genug hingehalten, hatte die Treffen im Hotel satt und fühlte sich gut bei dem Gedanken, dass ihr kleines Reich hier auf dem Land durch seine Anwesenheit so etwas wie ein Zuhause werden könnte.

KAPITEL 45

Sie steuerten das Nebengebäude des Berghain an. Hier ging es ins »Berghain Lab«, den angesagtesten Schwulenklub der Stadt. Es war noch zu früh. Die heutige Snax-Party würde erst gegen 2 Uhr morgens so richtig an Fahrt aufnehmen. Die Chancen standen gut, noch ein einigermaßen vernünftiges Gespräch mit einem Angestellten führen zu können.

Sie liefen die Schlange der Wartenden entlang zur Tür. Mark kam sich vor wie ein Hinterwäldler beim Anblick der nackten Oberkörper und in Leder verpackten Schenkel.

»Erstens hinten anstellen, zweitens keine Frauen«, schnauzte der Türsteher von der Gestalt eines russischen Gießers.

»Erstens ganz schnell Tür aufmachen, zweitens Geschäftsführer«, sagte Mark und zückte seinen Ausweis. Für Momente wie diesen liebte er seinen Job.

Kaugummikauend schob der Gießer die Tür auf. »Geschäftsführer noch nicht da. Fragt mal an der Bar.«

Sie standen im Keller des ehemaligen Heizkraftwerkes, das jetzt das »Berghain« war. In der Bar standen Dildos neben Schnapsflaschen. In einer Hälfte des Raumes vergitterte Zellen mit Sportgeräten. Genauso stellt sich der Hetero das Fegefeuer vor, dachte Mark. Aber sein eigentliches Interesse galt etwas anderem. Kim Fröbe musste eine ihrer Sternstunden der Selbstoptimierung gehabt haben, als sie darauf stieß. Von der Decke hingen bunte Gymnastikseile. An deren Enden waren Eisquader befestigt. Von jedem Quader tropfte Tauwasser in eine Porzellanschüssel. Am Rand jeder Schüssel klemmte ein Mikrofon, das den Klang der Tropfen im ganzen Raum verstärkte.

»So klingt es in einer Tropfsteinhöhle«, sagte Kim.

»Ach was!« Mark war fasziniert. Vor allem aber von diesem kleinen Hellersdorfer Unikat an seiner Seite. »Haben Sie auch diese Höhle mit Ihrer genialen Internettechnik entdeckt?«

»Nein, das hier war einfach. Beinahe ein Zufall. Die Eiswürfel sind ein Teil einer Ausstellung, die bei Facebook mit

Fotos die Runde machte. Hachiko Sauvage heißt der Künstler. Er ist Japaner. Bereist die Welt mit seinem Soundsystem. Der andere, sehr viel größere Teil der Installation wird gerade in Potsdam gezeigt. Daher lag es nahe, dass unser Eiswürfel aus dem hiesigen Teil der Ausstellung stammt.«

»Samt Gymnastikseil.«

»Ja.«

»Kann ick euch helfen?«

Der russische Gießer hatte die beiden sicher angekündigt, denn der Barkeeper mit Lederkappe und Brustpiercings versuchte so freundlich zu schauen, wie es seine Coolness gerade noch zuließ.

»Bestimmt«, sagte Mark. »Tschirner, LKA Berlin. Das ist meine Kollegin Kim Fröbe. Wir ermitteln in einem Mordfall.«

»Einer von uns?«

Mark überlegte. Irgendwie schon. »Nein. Aber der Mord steht im Zusammenhang mit diesen Eiswürfeln. Wer hängt die hier auf? Der Künstler selbst?«

»Nee, dazu hat der keene Zeit. Machen wir alles selber. Jeden Tag neu. Macht aber Spaß. Sind ja nur 20. In irgend so 'nem Klub in Potsdam hängen noch mal 50. Nach der Aktion haste Eispfoten, kann ick euch sagen!« Er lachte rasselnd.

»Wie lange läuft die Ausstellung schon?«

»Exakt seit unserer Sportswear-Party Pfingstmontag.«

»Wie kommen die Eisblöcke hierher?«

»Jeden Tag kommt ein Kühlwagen und lädt die immer zum selben Zeitpunkt hier ab. Exakt alle 24 Stunden. Immer um 19 Uhr. Eine halbe Stunde später hängen die dann.«

»Wo hält der Wagen?«, fragte Kim.

»Vorne am Eingang. Wir tragen die Dinger dann in Kühlboxen die Treppe runter«, antwortete der Barkeeper.

»Wer hat Zugang dazu?«

»Alle, die hier arbeiten. Und das sind jeden Tag andere.«

»Könnten Sie mir eine Aufstellung Ihres Personals geben?«, fragte Mark und kramte in der Innentasche seine Sakkos.

Sein eben noch entspanntes Gesicht wirkte plötzlich etwas müde. »Mann, was für 'n Aufwand für den Scheiß hier! Bis wann brauchen Sie das denn?«

Mark legte seine Visitenkarte auf den Tresen. »So schnell wie möglich per Mail. Namen und Anschriften der Leute reichen mir. Das war's auch schon.«

Durch Haut, Latex, Muskeln und Leder kämpften sich Mark und Kim mühsam über die Treppe wieder nach oben. Die Warteschlange war noch länger geworden und wirkte wie ein Open Air schwuler Lebensfreude.

»19 Uhr abends ist hier nichts los. Die Kisten werden nach und nach aus dem Kühlwagen geholt, und im Grunde genommen kann sich jeder eine Kiste rausnehmen, in sein Auto laden und abdampfen. Aber warum der ganze Aufwand?« Mark schüttelte immer noch ungläubig den Kopf.

»Um die Spur ins ›Berghain Lab‹ zu legen. Kellermanns Todesumstände sind voller Symbole. Das Eis steht zum einen für seinen Drogenkonsum, zum anderen für das Doppelleben, das er führte.«

»Führen Sie auch eins?«, fragte Mark, obwohl er schon ahnte, dass Kim die Frage wieder nicht witzig finden würde.

»Nein. Das eine, das ich habe, ist schon schwer genug.«

KAPITEL 46

Rebekka hatte einen Menschen ermordet. Es war erst gute 24 Stunden her. Sie hatte die Kleidung von Caroline Schneider am Bahnhof von Tulle in eine Mülltonne geworfen und war in den Nachtzug gestiegen. Caroline Schneider gab es nicht mehr. Und Rebekka wurde schmerzlich klar, dass es auch Rebekka Schomberg nicht mehr gab. Mit dem Mord an Mathieu Ceva war sie genauso ein Mörder wie die anderen. Sie war schuld am Tod eines Menschen. Ihr Opfer hatte Rebekka nichts getan. Für seine Taten war er im Gefängnis gewesen. Jahrelang hatte sie die Idee vorangetrieben, ein möglichst perfektes Verbrechen zu begehen. Jeder kreative Gedanke war in dem Plan versandet. Und all diese Gedanken holten sie nun zum ersten Mal ein. Jetzt, da die Tat begangen war, müsste sie Erleichterung spüren und das Fehlen jener diffusen Angst vor dem Häftling Mathieu Ceva, vor dem Tag seiner Entlassung, vor der Pflicht, ihn aus dem Weg zu räumen. Aber sie fühlte sich nicht leicht. Sie fühlte sich beschwert von einer neuen Variante der Angst. Neben dem Blutgeld auf ihrem Bankkonto war nun der Mord an einem Menschen ein weiteres Geheimnis. Niemandem würde sie sich je offenbaren können.

Der Himmel leuchtete lila und schwarz. Durch das angelehnte Fenster hörte sie Vogelgezwitscher und in der Ferne aufheulende Motorräder. Ihre Laufschuhe standen seit einem Vierteljahr ungenutzt an der Tür. Sie würde wieder mit dem Training beginnen. Eine Stunde pro Tag über den Acker, am Ententeich vorbei, den Waldweg entlang und zurück. Zurück zu ihrer Mitte finden und das Gefühl der Schuld in Regionen ihres Inneren verbannen, die sie verschließen und vergessen konnte.

Ihre Sorge um Freddy wurde größer. Immer wieder las sie die E-Mail mit seinen Passwörtern. Freddy war in derselben Nacht verschwunden, in der Frank Kellermann ermordet wurde. Vielleicht war er ja tatsächlich nach Johannesburg geflogen, und dort war ihm etwas widerfahren. Rebekkas Zweifel wurden größer. Wie gut kannte sie ihren Freund eigentlich? Von seinen nächtlichen Eskapaden, von denen er meist völlig geschafft zurückkehrte, bekam sie nichts mit. Sie wusste nicht, mit was für Leuten er sich traf und ob er nicht nur deshalb der immer fröhliche Kerl war, weil er seine andere Seite im Geheimen ausleben konnte.

Ihr Kühlschrank war leer. Sie hatte nicht ans Einkaufen gedacht. Ihr blieb noch eine Flasche Rotwein. Rebekka schenkte sich ein und setzte sich an ihren Laptop.

Binnen Minuten hatte sie erneut aus allen Kanälen – von seriöser Berichterstattung bis hin zu den sozialen Netzwerken – die verfügbaren Informationen zum Mord an Kellermann herausgefiltert. Und immer noch wurden es stündlich mehr. Trotz unterkühlt gehaltener Pressemitteilung überschlugen sich die Meinungen. Die Vermutung, Kellermann sei in Wahrheit schwul gewesen und hätte ein Doppelleben geführt, war mittlerweile die harmloseste. Nun standen ein Schmiergeldverdacht, Verbindungen zur Mafia, Kindesmissbrauch, Menschenhandel und Drogenabhängigkeit im Raum – das volle Programm menschlicher Häme. Es wurde diskutiert und debattiert, und Rebekka musste an Kellermanns Frau und die Kinder denken, die das alles zusätzlich zum Tod eines geliebten Menschen aushalten mussten.

Aber wenn Freddy tatsächlich in diesen Fall verwickelt war, hätte Rebekka nicht jene automatisch versandte Nachricht von ihm bekommen. Er hätte das Handy weggeworfen oder sie direkt angerufen. Ihre Gedanken liefen im Kreis. Sie musste Mark bitten, das Handy zu orten.

Ein leises Klopfen an der Tür ließ sie zusammenzucken. An diese Tür war nicht geklopft worden, seit sie hier wohnte. Vorsichtig spähte sie durchs Fenster. Am Zaun war ein Wagen geparkt.

Er war es. Zur Tür laufen, sie öffnen und ihn küssen war eins. Sie zog ihn herein und schloss die Tür hinter ihm, sie hielten sich fest, und der Moment schien ewig zu währen.

»Morgen war gesagt«, flüsterte sie in sein Ohr.

»Ich hab's nicht mehr ausgehalten.«

Seine Hände waren überall auf ihrem Körper. Sie fielen aufs Bett, um sich herum eine bunte Wiese aus Kleidungsstücken. Sie roch an seiner Haut, die einfach nur nach ihm duftete, salzig schmeckte, sie warm bedeckte. Er nahm sie schnell und gierig, ihre Lippen blieben aneinandergepresst in einem einzigen stundenlangen Kuss. Gegen Morgen schliefen sie ein, waren schweißnass, müde und einen kleinen illusorischen Moment lang glücklich.

»Ich muss los!« Er küsste Rebekka auf den Nacken und stieg vorsichtig über sie hinweg aus dem Bett. Der Radiowecker zeigte 5 Uhr. Mark suchte seine Sachen vom Boden zusammen.

»Erzähl mir vom Fall Kellermann. Und ich will alles wissen«, sagte Rebekka.

Während Mark sich anzog, schilderte er ihr den Fall und ließ auch seine Praktikantin nicht aus.

»Kein Wunder, dass deine Frau eifersüchtig ist. Ich wäre es, glaube ich, auch.«

»Wärest?« Er küsste sie zärtlich auf den Mund. »Jetzt bin ich dran: Was ist mit Freddy? Was war seine Nachricht an dich?«

»Zuerst muss ich wissen, was der Fall mit ihm zu tun hat«, sagte Rebekka mit Nachdruck.

»Das wird dir nicht gefallen. Es ist starker Tobak.«

Rebekka nickte.

»Also gut: Freddy war der letzte Chatpartner unseres Mordopfers. Sie hatten sich zu einer Party in einem Privatklub in Mitte verabredet. Für Montagnacht. Erschwerend kommt hinzu, dass es sich bei dieser Website nur scheinbar um Dates für Schwulenpartys handelt. Tatsächlich sind dort Pädophile am Start.«

»Das kann ich nicht glauben«, sagte Rebekka. Sie schüttelte den Kopf. »Stell dir vor, was du da sagst, Mark!«

»Und du stell dir bitte vor, wie unglaublich es erst war, Freddy hinter dem Profil zu sehen.«

Gedankenverloren strich sie ihm durchs Haar. »Bei diesem Mord passt so gar nichts zusammen.«

»Oder passt es zu gut? Überrascht es dich wirklich, dass ein Typ wie Kellermann sowohl mit Crystal als auch Kindesmissbrauch in Verbindung gebracht wird? Schau dir die Nachrichten an. In einem einzigen Untersuchungsausschuss sitzen momentan zwei unserer Volksvertreter, die sich zu diesen Themen äußern müssen. Die sind aufgeflogen. Kannst dir also vorstellen, wie hoch die Dunkelziffer ist.«

»Aber Mark, mal ganz im Ernst. Was bringt einen gestandenen Politiker dazu, sich mit Crystal Meth zu dopen und dann mit kleinen Jungs herumzumachen?«

»Sie haben mit den Jungs nicht nur rumgemacht.«

»Oh Gott!« Rebekka legte das Gesicht in die Hände.

»Einen toten Jungen haben wir aus der Spree gefischt. Der andere ist auf seiner Flucht vor ein Auto gelaufen.«

Sie hätte ihre Hand dafür ins Feuer gelegt: Damit hatte Freddy definitiv nichts zu tun. »Was, wenn Alexandra Kellermann bezüglich des Laptops die Wahrheit gesagt hat? Niemand wäre so dumm, den Link zu einer Pädophilen-Website auf seinem Computer zu lassen. Außerdem habt ihr das Gerät im Haus bei Kellermann gefunden und nicht in der Wohnung seiner Frau.«

»Genauso kann es aber auch geplant gewesen sein. Sie hat den Chat an seiner Stelle geführt, die Chronik nicht gelöscht und wollte, dass wir den Laptop finden. Alexandra Kellermann ist als Verdächtige so wenig aus dem Rennen wie Freddy. Das Doppelleben ihres Mannes, grenzenlose Wut und die Schmach in der Öffentlichkeit geben ein wunderbares Motiv ab. Vielleicht steht mit Nebel sogar schon der nächste Mann an ihrer Seite bereit. Die Frau ist hart wie Kruppstahl, ihr ist auch einer wie Nebel nicht zu eklig, solange er Kriminalrat ist. Bizarrerweise hat der sich damals nämlich zeitgleich mit Kellermann um den Posten als Kulturstaatssekretär beworben. Nebel hätte nicht mal eine Karenzzeit gebraucht, sondern direkt von Hausnummer 175 in Hausnummer 188 umziehen können.«

»Diese Verbindung ist tatsächlich seltsam«, fand Rebekka.

»Sag du mir endlich, was die Nachricht von Freddy beinhaltet. Wenn wir ihn ausschließen können, sind wir einen großen Schritt weiter.«

Rebekka öffnete die Mail. »Hier.«

»Was zum Teufel ist das?«

»Ein kleiner privater Sicherheitsdienst. Bleibt dein Telefon länger ungenutzt, dann verschickt ein Onlinedienst die in deinem Handy hinterlegten persönlichen Daten nach einer bestimmten Zeitspanne an eine von dir festgelegte E-Mail-Adresse.«

»Und was soll das bringen?«, fragte Mark.

»So erfährt jene von dir bestimmte Person, dass dir etwas passiert sein muss.«

»Hm«, Mark zögerte etwas, »also lasse ich das Handy orten.«

»Und damit wird deine Suche nach Freddy offiziell.«

»Wir haben keine Wahl.«

Rebekka nickte ratlos. »Okay. Bitte seid vorsichtig. Gebt ihm eine Chance, wenn ihr ihn aufgespürt habt. Und gib du mir bitte gleich Bescheid …«

»Natürlich.« Mark stand an der Tür, die Hand bereits auf der Klinke. »Und noch etwas gebe ich dir …« Er reichte ihr eine kleine Plastiktüte.

Neugierig griff Rebekka hinein. Langsam wanderte ihr Blick von dem giftgrün gebundenen Notizbuch zu Mark. »Das hast du nicht getan!«

Erst jetzt wurde ihm die Tragweite bewusst. »Rebekka, ich …« Und wenn es in seinem Leben je einen Moment gegeben hatte, in dem Mark eine Tat bereute, dann war es dieser. Mit diesem Verrat an Rebekkas Privatsphäre hatte er ihren Schutzwall eingerissen. Sie würden füreinander nie wieder dieselben sein. Und sie wussten es beide.

Rebekka war aschfahl. Kalter Schweiß stand auf ihrer Stirn. Sie konnte ihre Gefühle nur schwer von Wut und Scham unterscheiden. Sie wollte nur noch, dass Mark so schnell wie möglich verschwand. Ihre ganze Körperhaltung war Abwehr und ihre Haut nahm einen tödlichen dunklen Ton an.

Mark nahm ihre Veränderung wahr, doch das Gefühl, diese Sache mit einer Begründung zu rechtfertigen, war stärker als seine Angst um Rebekka und seine Beziehung zu ihr.

»Es war gut, dass ich es gelesen habe, Rebekka. Du hast mir damit unbewusst bei dem Psychogramm unseres Täters weitergeholfen. Diese Tötungsmaschinen …«, er zeigte auf das Buch, das Rebekka immer noch umklammert hielt, »waren quasi permanent mit Pervitin gedopt. Diese Wehrmacht war eine Kristallmacht.« Er strich Rebekka über die Wange, was sie reglos über sich ergehen ließ. »Alles andere in diesem Buch, und darauf kannst du dich verlassen, habe ich überlesen und bereits wieder vergessen.«

KAPITEL 47

Hühne Kotschack kam ihm auf dem Hof entgegen und begann schon aus zehn Metern Entfernung mit ihm zu reden. »Der richterliche Beschluss für das Orten des Handys liegt auf deinem Tisch.« Breit grinsend blieb er vor Mark stehen. »Kannst du mir sagen, wieso du erst heute damit anfängst?«

»Ich weiß nicht, was du meinst«, sagte Mark.

»In den Angaben zur gesuchten Person ist das ›Vico House‹ als Arbeitsstelle angegeben. Also handelt es sich um den Typen, den wir kürzlich aus Kellermanns Chat herausgefischt haben. Weißt schon …«, Kotschack machte ein paar alberne Bewegungen und fing auch noch an zu singen: *»… ja der Haifisch … der hat Zähne … und die trägt er … im Gesicht…* Du hättest sein Handy doch schon vor zwei Wochen orten lassen können, wenn du ihn kanntest.«

»Ich kannte ihn nicht. Nur das Graffiti an der Wand kam mir bekannt vor. Und dass ich heute weiß, wer sich hinter dem Facebook-Profil verbirgt …«, er deutete eine Boxerfaust an, »ist allein meinem ausgezeichneten Ermittlerinstinkt zu verdanken.«

»Na denn viel Spaß noch.«

»Danke!«

Mark war früh dran. Julia hatte sich wieder beruhigt und ihm überdies die Nachtschicht von Samstag auf Sonntag geglaubt. Es hatte ihm sogar ein bisschen geschmeichelt, dass seine Frau endlich einmal eifersüchtig gewesen war. Kim Fröbe saß bereits an ihrem Schreibtisch.

»Guten Morgen, Herr Tschirner!«

»Guten Morgen, Frau Fröbe. Was gibt es Neues in der Cyberworld?«

»Mein zehntes Buch! ›Schön und zerstörend‹.«

»Das ist der Titel? Was Sie nicht sagen!«

Sie nickte. Ihre Augen glänzten. So hatte Mark sie noch nie gesehen. »Ab heute im Handel. Online und offline.«

»Wie schaffen Sie das?« Er schaute auf den Bildschirm. Der nächste Nackenbeißer war geboren. Mark war beeindruckt. »Sie sind hier bei uns voll im Geschirr und schreiben nebenbei noch Bücher. Alles dank der Selbstoptimierung?«

»Natürlich. Probieren Sie es doch mal aus.«

»Erinnert mich dann die kleine App auch daran, wann ich wieder eine Zigarette rauchen muss?«

»Rauchen ist nicht vorgesehen«, sagte sie ernst.

»Ach, schade.« Mark klopfte auf ihren Schreibtisch und ging in sein Büro.

Den richterlichen Beschluss ließ er schnell unter der Schreibtischauflage verschwinden. Den Auftrag zur Ortung von Freddys Handy schickte er per E-Mail an die Kollegen am Tempelhofer Damm. Nun lief die Zeit. Strobel war noch nicht am Platz. Er würde ihn brauchen. Sobald das Telefon gefunden war, musste der Zugriff erfolgen. Mark hielt den Ball so lange wie möglich flach. Er wollte derjenige sein, der Freddy als Erster befragte.

Kim Fröbe kam ins Büro. »Sie wollten doch wissen, was es sonst noch Neues gibt in der Cyberworld?«

»Schießen Sie los. Sie haben ja gar nichts ausgedruckt.«

»Nein. Ich wollte Ihnen ja auch nur sagen, dass es im Internet einen regelrechten Shitstorm über Kellermann gibt.«

»Und dass ich mich mal nach der Familie erkundigen soll, die garantiert darunter leidet?«

»Nein? Wieso?«, fragte Kim. »Ich wollte es Ihnen nur sagen, weil man aus all den verschiedenen Meinungen …«

»… ein Moodboard bauen kann? Vielleicht mit der Überschrift ›Soziale Kälte‹?« Er war enttäuscht. »Vielen Dank für Ihre Info, liebe Kim. Und natürlich werde ich mich jetzt mal um die Familie kümmern. Denken Sie wirklich, man kann sie damit allein lassen?«

Kim Fröbe zog sich wortlos zurück. Autistin hin, Autistin her, dachte Mark, Benehmen würde ich dir trotzdem gerne beibringen.

Er griff zum Hörer und rief in der Redaktion von »Neomusic« an.

»Frau Kellermann, Hauptkommissar Tschirner hier. Unser letztes Zusammentreffen war ja nicht so schön …«

»Das ist die Untertreibung des Jahres.«

»Entschuldigen Sie bitte vielmals.« Mark blieb höflich. Der Schmerz, dem die drei Kellermanns jetzt ausgesetzt waren, musste unerträglich sein. »Ich möchte nur wissen, wie es Ihnen und Ihren Söhnen geht.«

Am anderen Ende blieb es ruhig.

»Brauchen Sie Hilfe, vielleicht therapeutischen Beistand?«

Jetzt erst merkte er, dass die Stille am anderen Ende in Wahrheit ein leises verzweifeltes Schluchzen war.

»Frau Kellermann, ich …«

»Die Jungs hätten heute ihren ersten Schultag gehabt. Sie sind gar nicht erst hingegangen.«

Mark seufzte. »Das tut mir leid. Ich kann nur vermuten, wie grausam das alles für Sie sein muss. Wie gesagt, wenn ich irgendetwas ...« Plötzlich klingelte das Handy in seiner Hemdtasche. Rebekka. Die Sache mit dem Notizbuch würde sie ihm nie verzeihen.

»Gehen Sie ruhig ran«, sagte Alexandra Kellermann resigniert.

Ohne etwas zu sagen, hielt er das Handy an das andere Ohr.

»Sprichst du heute mit Frau Kellermann?«, fragte Rebekka ohne eine Regung in ihrer Stimme.

»Bin grade dabei«, flüsterte er.

»Frag sie, ob sie ihren Laptop jemals aus der Hand gegeben hat. Vielleicht zur Reparatur oder verliehen. Und zwar in dem Zeitraum unmittelbar vor dem Tod ihres Mannes.«

»Gut. Ich melde mich«, flüsterte er in den einen Hörer und »Frau Kellermann?« in den anderen.

»Ich bin noch dran.«

»Das ist gut.«

Er schilderte ihr kurz, was er wissen musste, und bat sie, sich Zeit mit der Antwort zu nehmen und genau nachzudenken.

»Mein Laptop war zu langsam. Ich konnte ihn für unterwegs schon gar nicht mehr benutzen. Frank wollte ihn mit zur Arbeit nehmen. Die hätten da jemanden.«

Mark wurde hellhörig. »Wissen Sie, ob es jemand aus der EDV-Abteilung war, dem er es geben wollte?«

»Nein. Das Kuriose war, sie war eine Praktikantin. Er beschrieb sie als einen ›Crack‹, was Computer betraf. Ich weiß noch, dass ich deshalb meinen Laptop über Pfingsten nicht mitnehmen konnte. Sie hatte wohl nur dann Zeit. An dem Freitag, als ich mit den Jungs ins Tropical Island gefahren bin, hat er ihn mit zur Arbeit genommen.«

»Gut, Frau Kellermann, das war es schon. Und wie gesagt, wenn ich Ihnen helfen oder jemanden vermitteln kann, bitte rufen Sie mich an.«

»Danke.« Sie klang erleichtert, und Mark war sich sicher, dass sie lächelte.

KAPITEL 48

Auf dem Weg zum Auto wählte er Rebekkas Nummer. Sie ging sofort ran.

»Sei mir nicht mehr böse, Rebekka, ich …«

»Was hat Frau Kellermann gesagt?«, unterbrach sie ihn, als wäre nichts geschehen.

»Sie hat den Laptop tatsächlich aus der Hand gegeben«, sagte Mark. »Ich fahre jetzt in die Senatskanzlei.«

»Wusste ich es doch«, sagte Rebekka. »Wem hat sie den Laptop gegeben?«

»Er musste wohl repariert werden. Also hat sie ihn an eine Praktikantin aus der Senatskanzlei übergeben. Aus dem Büro ihres Mannes.«

Rebekka dachte kurz nach. »Die Sache hat mir keine Ruhe gelassen. Ich habe mich gefragt, was würde ich tun, wenn ich jemandem eine Falle stellen wollte?«

»Und was würdest du tun?«, fragte Mark.

»Ich habe überlegt, was das Naheliegende ist. Mein

Bankberater hat mich heute zum Onlinebanking überredet.«

»Willkommen in der Zukunft«, sagte Mark ungeduldig. »Und?«

»Hm, da bin ich leider noch nicht angekommen. Habe den Link nämlich doch nicht freigeschaltet. Was, wenn sich jemand mit in meine Geldgeschäfte einklinkt, wie in ein Telefonat?«

»Du bist paranoid, aber das wusste ich schon immer«, sagte Mark. »Was hat das mit Kellermanns Laptop zu tun?«

»Es ist einfach, einen Proxy-Server auf dem Laptop eines anderen Nutzers zu installieren. Die Praktikantin hatte alle Zeit dafür. Der Bildschirm sieht dann natürlich aus wie immer, nur wird die Oberfläche von anderer Hand bedient. Eine andere Person ist mit draufgeschaltet.«

»Dann schaue ich mir diese andere Person mal genauer an.«

Strobel kam gerade über den Hof gelaufen. Mark bremste und winkte ihn heran.

»Ich muss schnell zu Kellermanns Büro. Erzähle ich dir alles später. Hock du dich bitte an meinen Schreibtisch. Ich lasse gerade ein Handy orten. Falls die Kollegen fündig geworden sind, ruf mich an, und wir treffen uns da. Es darf nur keiner wissen. Noch nicht.«

»Geht in Ordnung.« Strobel war kurz irritiert. Allerdings machten Marks oft rätselhafte Ansagen jedes Mal Sinn, deshalb nickte er zustimmend.

Erst jetzt fiel Mark auf, dass Strobel sich neuerdings

in Schale schmiss. Machte mit seinen 30 einen auf coolen Mittzwanziger und roch wie eine russische Pelmeni-Millionärin.

»Und wenn ich sage, keiner soll von der Ortung etwas mitbekommen, dann meine ich damit auch unsere kleine Punkprinzessin.« Er gab Gas.

Martin Gierke empfing ihn im Foyer. »Was kann ich für Sie tun?«

»Sagen Sie mir doch bitte, ob Frank Kellermann eine Praktikantin hatte.«

»Ja. Elsa Arend. Die hätten wir am liebsten eingestellt.«

»Hätten? Sie arbeitet nicht mehr hier?«

»Nein. Die Praktika sind immer auf drei Monate begrenzt. Sie war sogar nur einen Monat lang hier.«

Mark versuchte, sich seine Aufregung nicht anmerken zu lassen. »Können Sie sie beschreiben oder haben Sie ein Foto?«

»Hm, lassen Sie mich überlegen … Ein Foto habe ich leider nicht. Die Bewerbung könnte noch in Kellermanns Computer sein, wobei … die Festplatte haben Sie ja noch im Kommissariat.«

»Stimmt! Ich werde dafür sorgen, dass Sie noch diese Woche alles wiederbekommen. Aber beschreiben können Sie mir die junge Frau?«

»Ach, irgendwie schräg. So ein bisschen aus der Zeit gefallen. Etwas altmodische Kleider zu knalligen Strumpfhosen, wenn Sie verstehen, was ich meine. Modemäßig immer gerade so viel neben der Spur, dass es schon wieder wie ein Trend aussah. Anfang 20. Unglaublich wach und bewandert in allem, was mit IT zu tun hatte.«

»Tattoos, Piercings?«, fragte Mark. Am liebsten hätte er aus Angst vor der Antwort die Augen geschlossen.

»Nix dergleichen. Haare immer akkurat zum blonden Bob frisiert. Leicht schrill, wie gesagt, aber nie billig.«

Es konnte eigentlich nicht sein. Aber einen letzten Versuch wollte er noch unternehmen. »Können wir kurz an einen Computer gehen?«

Martin Gierke nickte. »Kommen Sie. Ich hab meinen in Kellermanns Büro.«

»Geben Sie ›Schön und zerstörend‹ ein.«

Cover und Autorenfoto füllten den Bildschirm.

Martin Gierkes Augen wurden immer größer. »Ach, Bücher schreibt sie auch noch? Unter Pseudonym. War ja klar.« Er schnalzte anerkennend mit der Zunge. »Das ist Elsa Arend. Und so flippig gefällt sie mir gleich noch besser.«

KAPITEL 49

Das Handy von Frederik Karst lag in einem Müllwagen unten vor der Tür, der langsam davonfuhr.

Jay war bereit. Jetzt musste alles schnell gehen. Elsa hatte Freddy eine kleine Dosis Liquid Extasy mit Crystal Meth verabreicht und dazu einen Red Bull-Wodka. Mit dieser Mischung im Blut würde kein Mensch an seinem Selbstmord Zweifel haben.

Freddy lag gefesselt und geknebelt auf dem Bett. In seinem Blick sammelten sich alle Ängste, die ein Mensch haben konnte. Sie beugte sich über ihn und strich ihm über die Wange. Die Angst schien aus dem Blick zu weichen, nun spiegelte er nur noch diese eine große Frage wider: Warum? Sie waren sich nie zuvor begegnet, hatten weder gemeinsame Freunde noch Feinde. Das »Warum« konnte sie ihm noch beantworten, bevor er wieder abdriften würde in die Untiefen seiner Gedanken, die nur noch grausame Vorahnung waren. Sie tat es mit einem Lächeln: Weil ich es kann!

Die Kamera stand bereit. Das lila Band hing von der Decke und kräuselte sich wie eine Fliegenfalle.

Sie stellte die Musik an. Es war das letzte Lied, welches er in dieser Welt hören würde. Und es war das Mindeste, was sie für ihn tun konnte.

Ich lass los, lass jetzt los, die Kraft, sie ist grenzenlos. Ich lass los, lass jetzt los, und ich schlag' die Türen zu. Es ist Zeit, nun bin ich bereit …

Jay beugte sich über den gefesselten Körper und legte ihn sich über die Schulter. Freddy wand sich und gab dumpfe Schreie von sich.

Sie stand auf dem kleinen Nierentisch und breitete die Arme aus – Elsa, Prinzessin des Königreichs Arendelle. Sie war die Eiskönigin. Sanft legte sie ihm die Schlinge um den Hals. Sein Haar war schweißnass, die Augen weinten ihre letzten Tränen. *… und ein Sturm zieht auf. Die Kälte, sie ist nun ein Teil von mir …*

Bald hatte er es hinter sich. Der 2. Akt stand kurz vor seiner Vollendung.

KAPITEL 50

»Sie haben das Handy geortet«, flüsterte Strobel in den Hörer.

Mark knallte in voller Fahrt das Martinshorn aufs Autodach. »Du musst nicht mehr flüstern. Wir bestellen nun doch das große Ballett. Adresse?«

»Schwierig. Seit drei Minuten bewegt sich das Handy. Ist von der Friedrichstraße gerade eben eingebogen in die Oranienburger. Fährt langsam und hält in kurzen Abständen.«

Mark fuhr die Chausseestraße entlang. Als er die Kreuzung Oranienburger Tor passierte, sah er den Müllwagen mit der Aufschrift »We kehr for you«. Mark überholte ihn und stellte sich quer.

»Strobel!«, rief Mark in das Handy, während er den Müllwagen im Auge behielt, »SEK in die Friedrichstraße Ecke Oranienburger. Sie sollen in den Wagen bleiben, bis ich die genaue Adresse durchgebe. Weder Anzahl der Zielpersonen noch der Räume ist bekannt. Daher bitte alles Verfügbare hierher.«

»Geht klar!« Er konnte Strobels Enthusiasmus durch den Hörer spüren.

Der Fahrer des Müllautos stieg verdattert aus seiner Kabine. »Hab ick ne Leiche jeladen?«

»Werden wir sehen«, sagte Mark und zückte seinen Ausweis, aber der Fahrer winkte nur ab. »Wird schon stimmen.«

»Wo haben Sie in den letzten fünf Minuten Müll geladen?«

Der Mann kratzte sich am Kopf. »Hier umme Ecke neben die Apotheke und davor am Oscar Wilde.«

»Danke. Bitte bleiben Sie hier. Der Wagen ist beschlagnahmt.«

»Wird hier 'n neuer Bond jedreht?« Der Mann schaute Mark nur kopfschüttelnd hinterher.

Vier Einsatzwagen des SEK und zwei Krankenwagen näherten sich aus Richtung Friedrichstraße. Von der anderen Seite rasten zwei grüne Wagen der Verkehrspolizei auf die Kreuzung zu. Innerhalb weniger Minuten waren die Straßen gesperrt. Dann kam auch Strobel mit Blaulicht angefahren.

Mark zeigte dem Einsatzleiter die Hauseingänge. »Diese drei Häuser kommen infrage. Ich geh in den ersten. Strobel in den zweiten. Sie übernehmen den dritten. Wir suchen nach einem jungen Mann, Frederik Karst, der hier mutmaßlich festgehalten wird. Alle beteiligten Personen, inklusive Karst, sind vorerst festzunehmen.«

Der Mann gab die Infos an seine Kollegen weiter. Dann wurden alle drei Eingänge zeitgleich von je einem Dutzend Uniformierter gestürmt.

Mark lief die Treppe hinauf, bis er im Flur ankam, von dem links und rechts jeweils fünf Zimmertüren abgingen. Wenn das eine Pension war, dann fehlte der Empfang. Es schien sich um eine Art Privatklub zu handeln. Lautlos checkten sie jeden Raum. Die ersten acht Zimmer waren möbliert, aber leer. Mark blieb vor der letzten Tür stehen. Von innen drangen Musik und andere, undefinierbare Geräusche nach außen. Mark nickte und trat zur Seite.

Die Tür flog von dem Tritt aus den Angeln und landete krachend auf dem Boden. Ein Mann und eine Frau schreckten auf und wollten fliehen, liefen dabei den Uniformierten direkt in die Arme. Die Frau schrie, biss und schlug um sich, und zwei kräftige Männer hatten Mühe, mit ihr fertig zu werden. Schließlich schafften sie es, ihr Handschellen anzulegen. Der Mann hingegen lallte nur unverständliches Zeug. Ein Stauband war an seinem Oberarm befestigt, die Spritze steckte noch in der Vene und er hob die Hand zum Satanszeichen. Von der Decke hing ein halb nackter Körper an einem Seil. Freddy. Seine Fußspitzen berührten gerade noch so die Tischplatte. Er zitterte. Mark umklammerte seine Beine und versuchte, den schlaffen schweren Körper immer wieder etwas anzuheben, während sich ein Kollege mühte, das Kunststoffseil mit einem Messer abzuschneiden. Er schaffte es, und Freddy landete auf Mark, der ihn vorsichtig auf den Boden legte. Dann kam Strobel zur Tür herein. Sein Blick blieb an der Frau hängen, die eigentlich noch wie ein Mädchen aussah in ihrem Prinzessinnenkleid. Die Hände waren mit Handschellen hinter dem Rücken fixiert. Sie saß auf der Bettkante und wippte abwesend mit dem Oberkörper. Sie schien gar nichts mehr wahrzunehmen. Sie hob nicht einmal den Kopf, als er ihren Namen sagte.

KAPITEL 51

»Tschirner!« hörte er Gellert im Treppenhaus. »Deine Dienstbesprechung beginnt grad ohne dich.«

Mark wollte noch schnell eine Zigarette am Klofenster rauchen, als er Strobel dort stehen sah.

Seit Kim Fröbes Verhaftung am Vortag war ihm der Kollege aus dem Weg gegangen. Und Mark hatte ihn in Ruhe gelassen.

Er zündete sich eine Zigarette an und klopfte Strobel beruhigend auf die Schulter. Doch Strobel schaute nur reglos aus dem schmalen Fenster. Mark hatte ihn noch nie so traurig gesehen. Er hatte seinen Kollegen überhaupt noch nie traurig gesehen.

»Strobelchen. Niemand, wirklich niemand hätte das ahnen können. Ich habe sie heute Morgen in der U-Haft ein erstes Mal vernommen.«

»Kim Fröbe ist so real wie Elsa Arend. Wie hat sie das geschafft? Jeden so dermaßen in Sicherheit zu wiegen?«, sagte Strobel, als hätte er Marks Worte gar nicht gehört.

»Kim Fröbe ist die Bestsellerautorin mit autistischen Zügen«, sagte Mark. »Eines der Zimmer dieser alten Pension hatte sie mit ihrem Freund bewohnt. In einem regelrechten Verschlag saß sie jede Nacht am Computer. Sie schrieb ihre Bücher. Erfand sich selbst neue Identitäten. Frischte ihr Computerwissen auf. Las reihenweise Fachliteratur über Autismus. Tagsüber hat sie bei uns im Kommissariat die Ermittlung zu dem von ihr selbst begangenen Mord begleitet. Nachts hat sie dieses Wissen so verarbeitet, dass sie uns am nächsten Tag wieder verblüffende Informationen geben konnte. Mit den Eiswürfeln aus dem ›Berghain Lab‹ präsentierte sie uns sogar die Mordwaffe.«

»Wie hat sie das körperlich geschafft? Sie wirkte immer munter, wach und fit.«

»Mir hat sie sehr glaubhaft das Prinzip der Selbstoptimierung erklärt. Tatsächlich aber war sie auf Crystal Meth«, sagte Mark.

»Aber sie sah doch gar nicht aus wie ein Junkie«, sagte Strobel.

»Auch die Droge hatte sie präzise im Griff. Auf ihrem Tisch standen jeden Morgen zwei volle Literflaschen Wasser, die sie über den Tag hinweg austrank. Crystal trocknet dich aus. Dem wirkte sie entgegen. Ihre Konzentration war immer auf allerhöchstem Niveau. Ihr komplettes Erscheinungsbild, ob als Kim Fröbe hier im Team, als Elsa Arend in der Senatskanzlei oder als Avatar im Internet, war ein einziger weitverzweigter Schaltplan, den sie perfekt angelegt hatte und beherrschte. Sie überließ rein gar nichts dem Zufall, prüfte jede ihrer Äußerungen und Postings vorab gründlich.«

Nach Strobels Blick zu urteilen, konnte er immer noch nicht fassen, was er da hörte. »Ich kannte Kim Fröbe. Wer war Elsa Arend?«

»Da liegen die Dinge etwas komplizierter. Und wenn es dich mit Blick auf Freddy tröstet: Sei froh, dass du Kim und nicht Elsa getroffen hast.« Mark zündete sich die nächste Zigarette an. »Elsa Arend ist eine Psychopathin, wie sie im Lehrbuch steht. Auch Frauen sind vor dieser schweren Persönlichkeitsstörung nicht gefeit, aber es gelingt ihnen besser, ihre Seelenkälte zu verbergen. Sie ist völlig gewissenlos, kann dabei zuschauen, wie ein Kind getötet wird, und verspürt keinen Funken Reue. Auch dass sie jetzt verurteilt wird und ihr Leben im Gefängnis verbringen wird, ist ihr egal, weil sie absolut keine Angst empfindet. Elsa war eine der größten Crystal-Dealerinnen der Stadt. Diesen Dümmling namens Jay nahm sie sich als Handlanger. Dann begann sie mit den Partys. Das war der bequemste Umschlagort für Crystal. Die Partys liefen immer besser und mussten immer noch gesteigert werden. Und im Hochgefühl von Crystal, dieser grenzenlosen Macht über andere, baute sie sich eine Fantasiewelt auf. Nicht Elsa Arend wurde zur Mörderin. Es war die Eiskönigin, die Menschen tötete. Crystal im Blut eines Psychopathen führt zur explosivsten Mischung Mensch, die du dir vorstellen kannst.«

»Warum Kellermann?«

»Er war der ideale Schnittpunkt für all die Holzwege, auf die sie uns Ermittler führen konnte. Er war die Verbindung zur Eisfabrik und zu den Kindern, die sie sich dort für die speziellen Veranlagungen ihrer Gäste holen konnte. Er stand in der Öffentlichkeit und konnte bestens in Verruf gebracht werden. All das hat einen gemeinsamen Nenner: die Macht, an den großen Rädern zu drehen. Kim Fröbe und Elsa Arend ging es um nichts als Macht. Um Kellermann auszuspionieren, bewarb sich Elsa Arend um ein Praktikum bei ihm. Damit das später bei uns nicht auffiel, verwandelte sie sich in Kim Fröbe. Um die Ermittlungen zu Kellermanns Tod von vornherein fehlzuleiten, stattete sie seinen Rechner mit einem Proxy-Server aus, der in seinem Namen all diese Chats verfasste.«

Jetzt wurde Strobel hellhörig und schien aus seiner Lethargie zu erwachen. »Wie kommt es dann, dass Freddy an diesem Chat beteiligt war?«

»War er nicht. Elsa schrieb Freddy in einer einschlägigen Gruppe bei Facebook an. Und hat auf der Basis seiner Angaben ein Profil auf die Website ›Gummitwist‹ gesetzt. Zu der Party an jenem Abend kam Freddy über Facebook. Er glaubte, mit einem Mann verabredet zu sein, der auf so junge Typen wie ihn abfährt. Frank Kellermann. Alias Elsa Arend.«

»Wer hat Kellermann umgebracht?«

»Elsa kam am Pfingstmontag zu ihm nach Hause und brachte ihm den Laptop seiner Frau. Sie hatte ihren Freund dabei. Kellermann ließ beide ein. Sie überwältigten ihn. Jay erledigte den Rest, während Elsa nach Hause fuhr und dort die Party vorbereitete.«

»TSCHIRNER!«, brüllte Gellert im Treppenhaus.

»Lass uns hochgehen«, sagte Mark und packte Strobel fest an den Schultern. »Die Psychopathen sind gut versteckt in dieser Welt. Wir sollten uns jetzt mit denen befassen, die zwar alle ihre Macken haben, aber wenigstens noch Menschen sind. Mit denen da oben zum Beispiel.«

Strobel seufzte. Mark schob ihn vor sich her in Richtung Treppenhaus.

Strobel blieb kurz stehen. »Du hast gesagt, der mutmaßliche Mörder Kellermanns sei kein selbstbewusster Macher, sondern wir suchten einen kleinen feigen Versager.«

»Schau sie dir doch an, Kim alias Elsa und diese Vogelscheuche Jay dazu. Keiner von ihnen hat auch nur eine einzige menschliche Qualität. All ihr Wissen um Computer, Romanschreiben, Selbstoptimierung hat sie nicht zum Gewinner gemacht. Wenn das keine kleinen feigen Versager sind, wer dann?«

»Hat sie dir alles erzählt?«

»Alles. Chronologisch und präzise. Und ich hatte dabei das Gefühl, sie dachte darüber nach, wie sie es beim nächsten Mal besser machen könnte.«

KAPITEL 52

Es war morgens um sechs. Rebekka lief durch das taufrische Gras und nahm die Zeitung aus dem Briefkasten. Sie liebte die frühen Morgenstunden hier draußen und ließ sich selten mal eine entgehen. Der Polizist an der Ecke zum Feldweg startete sein Motorrad gegen sieben. Dann Krömer. Dann Werner. Dann wäre wieder Ruhe bis zwölf.

Rebekka rührte in ihrer Kaffeetasse und schlug die Zeitung auf. Auf diese Meldung hatte sie gewartet.

Leiche von Mathieu C. in einem Wald bei Tulle gefunden.

Ihre Hände begannen zu zittern. Ganz leicht nur. Doch sie musste die Tasse aus der Hand stellen.

Sie würden ihn ausgraben, an seinen Resten herumschneiden, sich fragen, wo in dem trockenen Klumpen, der einst sein Hirn war, das Verderben gesessen hatte. Sie würden forschen und beinah vergessen, den Täter zu ermitteln, der dieses Übel mit Keim und Schale erstickt hatte. Und dann würden sie weitere Bücher über ihn schreiben und den Fall ungelöst zu den Akten legen. Aber eines war sicher: Das Böse des Mathieu Ceva war aus der Welt.

Rebekka schluckte kurz. Sie schloss die Augen und zog sich für einen Moment ganz in sich zurück. Sie hörte tief in sich hinein. Doch sie spürte keine Angst. Sie hatte das Richtige getan. Das Leben, das Rebekka lebte, war gerecht zu ihr, denn sie war gerecht zum Leben.

Sie stand auf, ging zum Kleiderschrank und zog ein buntes dünnes Sommerkleid über ihre zerschlissenen Jeans.

Ohne den Hintergrund der Mordserie in Paris wäre diese Meldung hierzulande nicht in den Schlagzeilen aufgetaucht. Doch über die »Bestien von Paris« waren innerhalb von fast zwei Jahrzehnten Reportagen und Bücher verfasst worden, hatten Kriminalistik-Studenten ihre Hausarbeiten geschrieben und Profiler eine Aktualisierung ihrer verstaubten Doktorarbeiten vorgenommen.

Gedankenverloren trank Rebekka ihren Kaffee aus. Der zweite stand schon bereit.

Die Zeitung lag in ihrem Schoß. Sie blätterte vor zu den internationalen Meldungen und spürte, wie sich ihr Puls erhöhte.

»Mörder der alten Damen« ermordet

Frankreich, Tulle, 8. Juli (afp). In einem Waldstück in Zentralfrankreich bei Tulle wurden vorgestern gegen

11:30 Uhr Reste einer menschlichen Leiche gefunden. Zur Identifizierung des beinah komplett von Säure und Kalk zerstörten Körpers, der schon länger auf einer Lichtung lag, wurde eine Obduktion bei der Rechtsmedizin Tulle durchgeführt. Diese erbrachte die Gewissheit, dass es sich bei dem Toten um den seit dem 24.06. vermissten 46-jährigen Mathieu C. handelt, der wegen Mord und Beihilfe von 20 anderen Tötungsdelikten vor kurzem nach Verbüßung seiner Haftstrafe aus dem Gefängnis in Paris entlassen worden war. Die Todesursache konnte nicht mehr festgestellt werden. Die Auffindesituation ergab eindeutig Hinweise auf ein Fremdverschulden, wie ein Polizeisprecher mitteilte. Ermittelt würde nun in alle Richtungen.

Rebekka spürte nicht, wie die Zeitung zu Boden glitt. Sie schaute nur starr auf die Wand und nahm nicht den Krach von Breseckes Rasenmäher wahr, der durch das geöffnete Fenster hindurch die Ruhe störte.

Sie hatte Ceva nicht in Säure und Kalk aufgelöst. Und sie hatte ihn nicht auf einer Lichtung abgelegt.

Mathieu Ceva lebte.

Er war auf dem Weg zu ihr.

Und er würde sie finden.

ENDE

ZITATE

Peter Fox »Alles neu«

Writer(s): Vincent von Schlippenbach, David Conen, Vincent Graf von Schlippenbach, Dmitri Dmitijewitsch Schostakowitsch, Pierre Baigorry

Copyright: Fixx & Foxy Publ. Pierre Krajewski, Hanseatic Musikverlag Gmbh & Co. Kg, Fixx & Foxy Publishing

Soular Music Gmbh & Co. Kg, Fixx Foxy Publ Pierre Krajewski Lyrics powered by www.musiXmatch.com

»Die Eiskönigin«

Künstler: Willemijn Verkaik, aus dem Album: »Die Eiskönigin – Völlig Unverfroren« OST (German version of »Frozen«)

DANKSAGUNG

Claudia Senghaas für ihre unendliche Geduld.

Kriminalrat a. D. Manfred Lukaschewski für kriminalistischen Beistand.

M. Claver, M. Moyen, Agnès Robin, Jean-Marie Akera, Frédéric Lair für meine Recherche in La Santé, Paris.

Brigitte Poirson für Beratung zur Resozialisierung von Häftlingen, Paris.

Sean Derrick Cooper Marquardt für Liebe und Inspiration.

Gunnar König für jede Menge Unterstützung, gemeinsames Lesen und Vorlesen.

Krista Maria Schädlich für so ziemlich alles.

Weitere Krimis finden Sie auf den folgenden Seiten und im Internet:

PATRICIA HOLLAND MORITZ
Die Einsamkeit des Chamäleons

978-3-8392-1487-9 (Paperback)
978-3-8392-4269-8 (pdf)
978-3-8392-4268-1 (epub)

»Wie eine rasante Berlin-Stadtrundfahrt, bei der man auf dem Trittbrett mitfährt.«

In der Millionenstadt Berlin lebt Rebekka Schomberg unsichtbar wie ein Chamäleon. Sie passt sich an, ohne angepasst zu sein, wechselt die Farbe, ohne ihren Standpunkt zu verlieren und verfügt wie ihr tierisches Pendant über ein ganzes Repertoire an Drohgebärden gegenüber ihren Feinden … Die Häufung von Todesfällen in einer Recyclingfirma scheint niemandem aufzufallen. Also ermittelt sie ungefragt und stößt auf einen perfiden Kunstdeal sowie auf ein tatsächlich totgeschwiegenes Verbrechen.

GMEINER SPANNUNG

WWW.GMEINER-VERLAG.DE
Wir machen's spannend

MAREN SCHWARZ
Inselfeuer

978-3-8392-1741-2 (Paperback)
978-3-8392-4745-7 (pdf)
978-3-8392-4744-0 (epub)

»Ein packender Psychokrimi über ein hochbrisantes Thema aus DDR-Zeiten«

Unter den verkohlten Trümmern eines Ferienhauses auf Rügen wird eine Leiche gefunden. Die von Rechtsmedizinerin Leona Pirell vorgenommene Obduktion ergibt, dass der Tote, Enoch Zwill, ermordet wurde. Schon bald gerät dessen Witwe Berit ins Visier der Ermittler. Die Ehe war alles andere als harmonisch, Gewalt war keine Seltenheit.

Leona glaubt jedoch nicht an Berit Zwills Schuld und beginnt auf eigene Faust zu ermitteln. Damit bringt sie sich in tödliche Gefahr.

UWE KLAUSNER
Führerbefehl

978-3-8392-1800-6 (Paperback)
978-3-8392-4861-4 (pdf)
978-3-8392-4860-7 (epub)

»Auf der Jagd nach den verschollenen Manuskripten von Hitlers Lieblingsoper«

Berlin, April 1945: Hitler erteilt den Befehl, in seinem Besitz befindliche Manuskripte und Aufzeichnungen von Richard Wagner aus der belagerten Reichshauptstadt fortzuschaffen.

West-Berlin, März 1968: Ein Journalist, der sich im Besitz von Originalpartituren Richard Wagners befindet, und ein Münchner Staranwalt. Zwei Männer, die kurz hintereinander tot aufgefunden werden. Zwei verschiedene Fälle? So sieht es zumindest im ersten Moment aus, doch dann kommt Hauptkommissar Tom Sydow einer geheimnisvollen Verbindung auf die Spur.

GMEINER SPANNUNG

WWW.GMEINER-VERLAG.DE
Wir machen's spannend

CLAUDIUS CRÖNERT
Siegeszeichen

978-3-8392-1769-6 (Paperback)
978-3-8392-4801-0 (pdf)
978-3-8392-4800-3 (epub)

»Ein ergreifender Kriminalroman zwischen Liebe, Verzweiflung und den Grenzen der Moral«

Für eine teure Behandlung seiner schwerkranken Tochter benötigt der ehemalige Bereitschaftspolizist Nathan Fleming viel Geld. Nach tödlichen Schüssen auf einen Jugendlichen heuert Nathan, selbst seelisch angeschlagen, als Personenschützer bei einem rechtspopulistischen Politiker an. Bald erkennt er, wie skrupellos dieser Mann handelt, um mit seiner Partei in die Schlagzeilen zu kommen. Nathan trifft eine folgenschwere Entscheidung, die ihn in höchste Gefahr bringt.

Das Neueste aus der Gmeiner-Bibliothek

Unsere Lesermagazine

Bestellen Sie das kostenlose KrimiJournal in Ihrer Buchhandlung oder unter www.gmeiner-verlag.de

Informieren Sie sich …

www … auf unserer Homepage:
www.gmeiner-verlag.de

@ … über unseren Newsletter:
Melden Sie sich für unseren Newsletter an unter www.gmeiner-verlag.de/newsletter

f … werden Sie Fan auf Facebook:
www.facebook.com/gmeiner.verlag

Mitmachen und gewinnen!

Schicken Sie uns Ihre Meinung zu unseren Büchern per Mail an gewinnspiel@gmeiner-verlag.de und nehmen Sie automatisch an unserem Jahresgewinnspiel mit »mörderisch guten« Preisen teil!